아이스맨이 오다

아이스맨이 오다
The Iceman Cometh

유진 오닐 지음

강선자 옮김

도서출판 ▌동인

옮긴이의 글

『아이스맨이 오다』는 오닐이 가장 애착을 가진 작품이다. 초고를 완성하고 교정을 단 한 번만 했을 정도로 오닐은 이 작품을 즐거운 마음으로 쉽게 써내려갔다고 한다. 『아이스맨이 오다』는 인간의 환상과 죽음에 대한 이야기로 우리 모두의 이야기라고 볼 수 있다. 우리 모두는 '내일에 대한 환상'을 갖고 살고 있으며 그리고 우리 모두는 언젠가는 죽음이라는 마지막 순간을 맞이하기 마련이다.

작품의 제목을 번역하는 데 있어 고민이 많았다. 사전적으로 번역하면 '얼음 장수가 오다'가 맞지만, 주제를 전달하는데 있어 다소 어울리지 않는 면이 있다고 생각했기 때문이다. 결국 주제를 잘 전달하는 것이 더 중요하다고 생각하였고, '아이스맨이 오다'로 결정하게 되었다.

작품에서 인물들이 기다리고 있는 아이스맨은 죽음이다. 우리는 슈퍼맨, 배트맨, 아이언맨과 같은 맨 시리즈를 이미 알고 있다. 이들은 공통적으로 평범한 인간이 갖지 못한 초능력을 갖고 있으며 언제나 위기에 처한 인간을 마지막 순간에 구해준다. 아이스맨 역시 작품 속 인물들을 존재라는 감옥에서 최종적으로 구해줄 구원자이다. 구원자를 기다리는 동안 인물들은 고통스러운 현실을 견뎌내기 위해 늘 술에 취해 있거나 '내일'이라는 백일몽에 매달린다. 죽음은 우리를 삶이라는 고통에서 마지막 순간에 해방시켜주는 아이스맨인 것이다.

작품을 최대한 정확하고 자연스럽게 번역하려고 하였고 또 여러 차례 교정하였으나 역자가 미처 발견하지 못한 실수들이 분명 있으리라 생각한다. 혹여라도 발견하신다면 독자들의 넓은 아량과 이해를 부탁한다. 그리고 부족하게나마 이 번역서가 영문학을 공부하는 학생들에게 그리고 일반 독자들에게 오닐의 작품세계를 이해하는 데 도움이 되기를 바란다.

마지막으로 출판을 허락해주신 도서출판 동인 대표님과 여러 가지로 많은 조언을 해주신 손동호 교수님께 감사드린다. 그리고 막내딸을 홀로 키우느라 고생 많으셨던, 지금은 병상에 계신 어머니께 이 책을 바친다.

꽃비가 내리는 4월에
강선자

차례

옮긴이의 글 • 5

1막 ─ 11

2막 ─ 87

3막 ─ 135

4막 ─ 177

작품 해설 • 223

작가 소개 • 232

등장인물

해리 호프	술집겸 하숙집의 주인*
에드 마셔	호프의 처남으로 한때 서커스 단원의 경력이 있음*
팻 맥글로인	한때 경찰관으로 일한 경력이 있음*
윌리 오번	하버드 법대 졸업생*
조 모트	한때 흑인 도박장을 운영하였음
파이어트 웨이트존	한때 보어 의용군 지도자였음* (일명 "장군")
세실 루이스	한때 영국군 보병 대위였음* (일명 "대위")
제임스 카메론	한때 보어전쟁 종군기자였음* (일명 "지미 투마로우")
휴고 칼머	한때 무정부주의 잡지 편집장이였음
래리 슬레이드	한때 노동 무정부주의자*
로키 피오지	야간 바텐더*
돈 패릿	
펄*, 마지*, 코라, 매춘부	
딕 모렐로, 루킨 비텐디*	
씨오도어 힉맨(히키), 철물 세일즈맨	
모런	
리브	

*해리 호프의 세입자들

장면

1막. 해리 호프 주점의 내실과 바의 일부. 1912년 여름, 이른 아침
2막. 내실, 같은 날 자정 무렵
3막. 다음날 아침, 바와 내실의 일부
4막. 1막과 같음. 다음날 새벽 1시 30분경. 내실과 바의 일부

해리 호프 주점은 레인즈 법 호텔로써 뉴욕 다운타운 웨스트사이드에 위치해 있으며, 가장 저급한 종류의 5센트짜리 위스키를 판매하는 싸구려 술집이다. 호프가 소유주인 이 건물은 내부가 협소한 다가구 주택의 구조를 한 5층 건물로 호프가 2층을 사용하고 있다. 위층은 세를 주고 있는데, 레인즈 법의 허점으로 인해 이곳은 법적으로 호텔이 되고 영업이 끝나거나 일요일에는 바의 내실에서 술을 팔 수 있는 특권을 갖는다. 술이 식사와 함께 제공되면 내실은 합법적으로 호텔 레스토랑이 된다. 먼지 쌓인 빵의 말라비틀어진 유해와, 미라가 된 햄 또는 술 취한 촌놈이나 역겨운 식탁 장식용으로 보지 않을 치즈로 만든 소품 샌드위치를 식탁 한가운데 놓아둠으로써 보통 음식 제공은 하지 않는다. 그러나 해리 호프가 이전에 태머니파의 일원이었고, 여전히 그쪽에 친구들이 있어, 음식 제공은 개혁의 바람이 부는 소동의 시기 외에는 문제가 되지 않는다. 호프의 내실은 독립된 공간이 아니라 더러운 커튼으로 바와 나누어진 술집의 뒤쪽 공간일 뿐이다.

1막

1912년 여름날의 이른 아침, 해리 호프 주점의 바와 내실이 보인다. 내실의 오른쪽 벽은 더러운 검정색 커튼이다. 이 커튼으로 인해 바와 내실이 나뉜다. 뒤쪽에서 바텐더는 이 커튼을 젖히고 내실을 드나든다. 내실에는 둥근 탁자와 의자들이 너무 다닥다닥 붙어 있어서 그 사이를 지나다니기가 힘들다. 뒷벽의 중앙에는 복도로 가는 문이 열려 있다. 인쪽 모퉁이에는, 칸막이 화장실이 있고 문에는 "거시기"라고 쓰여 있다. 왼쪽 벽 중앙에는 동전을 넣어 사용하는 축음기가 있다. 왼쪽 벽에 있는 두 개의 창문은 뒷마당 쪽으로 향해 있는데, 때가 너무 껴서 밖이 보이지 않는다. 한때 벽과 천장은 흰색이었다. 그러나 그것은 옛날 얘기일 뿐이고, 이제 얼룩지고, 벗겨지고, 때와 먼지가 껴있어 더럽다는 표현이 가장 정확하다. 톱밥이 흩어져 있는 바닥에는 침이나 가래를 뱉을 때 사용하는 철로 된 그릇이 여기저기 놓여 있다. 왼쪽에 두 개 뒤쪽에 두 개, 벽에 붙은 등으로부터 조명이 들어온다.

탁자들이 앞쪽에서 뒤쪽으로 세 줄로 놓여 있다. 맨 앞줄에는 세 개의 탁자가 있다. 이 중에 좌측에 있는 탁자에 의자 네 개가 있고, 중앙에 있는 탁자에는 네 개, 오른쪽 탁자에는 다섯 개가 있다. 첫 번째와 두 번째 탁자 사이 중간 뒤에 둘째 줄의 탁자에 의자가 다섯 개있다. 두 번째와 세 번째 탁자 사이 뒤에도 마찬가지로 탁자와 다섯 개의 의자가 있다. 세 번째 줄의 탁자는 하나의 탁자에는 의자 네 개가 있고, 다른 탁자에는 여섯 개의 의자가 있는데, 양쪽 문 사이에 있으며 뒤쪽 벽에 붙어 있다.

이 휘장의 우측에 술집 카운터와 홀이 있고, 좌측에는 통로로 나가는 문이 있다. 전면에는 탁자 하나와 의자 네 개가 있다. 빛은 거리 쪽 우측 창문에서 들어온다. 이른 아침 좁은 거리의 가라앉은 회색빛이다. 내실에는 래리 슬레이드와 휴고 캘머가 좌측 앞 탁자에 앉아 있다. 휴고는 오른쪽을 향해 앉아 있고, 래리는 탁자 뒤에서 정면을 향해 앉아 있다. 두 사람 사이 빈 의자가 하나 있다. 네 번째 의자는 탁자의 오른쪽에서 왼쪽을 향하고 있다. 휴고는 작은 체구의 오십대 남성이다. 그의 머리는 체구에 비해 너무 크고, 이마가 넓으며, 곱슬곱슬한 긴 검정머리는 희끗희끗하고, 각진 얼굴에 들창코, 팔자수염이 있다. 근시안 때문에 두꺼운 렌즈로 된 안경을 썼다. 검은 눈동자를 가졌으며 손과 발은 작다. 그는 다 닳은 검정 옷과 목과 소매가 다 해진 흰 셔츠를 입고 있다.

그러나 그가 입은 옷은 깔끔하고 깨끗하다. 넥타이도 단정하게 매고 있다. 그에게는 이국적인 분위기, 신문 만화란에 그려진, 한 손에 폭탄을 든 무정부주의자와 매우 흡사한, 외국에서 온 급진주의자 냄새가 난다. 지금 그는 의자에 앉아 몸을 구부리고, 탁자 위에 팔을 올려놓고 고개를 옆으로 얹은 채 잠들어 있다.

래리 슬레이드는 육십 세이다. 키가 크고, 뼈가 앙상한, 굵은 백발 직모는 들쑥날쑥 길게 자라있다. 그는 수척한 외모에 큰 코, 튀어나온 광대, 일주일간 자란 수염이 덥수룩하게 덮인 뾰족한 턱, 날카로운 냉소적인 유머가 담긴 그리고 신비주의자적인 명상에 잠긴 듯한 연청색의 눈동자를 가진 아일랜드 사람이다. 휴고만큼이나 그의 옷은 단정치 못하고, 더러운 옷을 입고 잔 것처럼 보인다. 회색 플라넬 셔츠는 목 부분에 단추가 열려 있고, 한 번도 세탁한 적이 없는 것 같다. 손가락이 길고 털이 많이 난 손으로 자꾸 몸을 긁적이는 것으로 보아 지저분하고 그렇게 사는 데 적응이 되어 있는 것처럼 보인다. 인물들 중 유일하게 깨어 있다. 그는 정면을 응시하고 있으며 체념의 표현으로 인해 그의 얼굴은 연민으로 지친 늙은 성직자처럼 보인다.

전면 중앙에 있는 탁자의 네 개의 의자에는 모두 사람이 앉아 있다. 조 모트는 탁자의 좌측 앞쪽에 앉아 전면을 향하고 있다. 그 뒤에는 파이어트 웨트손(상사)이 우측 선반을 향하고 있다. 탁사의 뒤쪽 중앙에는 제임스 캐머런(지미 투마로우)이 전면을 향한 채 앉아 있다. 탁자 오른쪽, 조의 맞은편에 세실 루이스(대위)가 있다.

조 모트는 흑인으로 오십 살 정도 되었다. 갈색 피부에 작지만 다부진 체구를 가졌으며, 입고 있는 밝은 색 정장은 한때는 멋스러웠으나 지금은 거의 누더기 상태이다. 앞이 뾰족한 단추가 달린 구두, 색이 바란 핑크색 셔츠, 밝은 색 넥타이 모두 마찬가지로 오래되었다. 그러나 그럭저럭 단정한 옷차림이라 할 수 있으며, 추레한 외모는 아니다. 얼굴은 인종적 특징이 덜하다. 코는 가늘고 입술도 그렇게 두껍지는 않다. 머리는 곱슬곱슬하고 이제 머리가 벗겨지기 시작한다. 왼쪽 광대에서 턱 쪽으로 칼자국이 나있다. 만약 성품이 부드럽고 느린 유머가 없었더라면 그의 얼굴은 냉정하고 거칠어 보였을 것이다. 왼손으로 턱을 괸 채 꾸벅꾸벅 졸고 있다.

파이어트 웨트존은 보어인이며 오십대이다. 대머리에 체구가 크고, 희끗희끗한 긴 수염이 나 있다. 주름이 다 펴진 지저분한 옷을 대충 입고 있으며, 음식물 자국이 묻어 있다. 네덜란드 농부 타입으로, 한때 멋진 근육질은 축 늘어진 지방질로 변해버렸다. 부은 입술과 충혈 된 파란 눈에도 불구하고, 익사를 당한 사람들의 기억처럼 그에게서는 과거의 권위가 나타난다. 몸을 앞으로 구부린 채 두 팔꿈치는 탁자에 대고, 양손으로 머리를 받치고 있다.

제임스 캐머런(지미 투마로우)은 체격이나 나이에 있어 휴고와 비슷한 작은 사람이다. 휴고처럼, 그는 다 닳아빠진 검은색 정장을 입고 있으며, 모든 부분에 있어 깔끔하다. 그러나 휴고와 닮은 점은 여기까지이다. 지미의 얼굴은 훈련을 잘 받은 유순한 사냥개 블러드하운드 같다. 입 양쪽으로 쳐진 살, 크고 선하며 친근감을 주는 갈색의 눈은 사냥개보다 더 충혈되었다. 그는 쥐색의 가느다란 머리카락과 주먹코, 작은 토끼 같은 입에 뻐드렁니가 있다. 그러나 훤칠한 이마와 지적인 눈은 그에게 과거에 유능한 능력이 있었음을 보여준다. 교육받은 듯한 말투이고, 그 안에는 스코틀랜드의 억양이 담겨져 있다. 품행은 신사적이다. 그에게는 빅토리아시대의 노처녀 같은 엄격함과 더 이상 성장하지 않은 소년의 귀엽고 사랑스러운 면을 동시에 가지고 있다. 턱을 가슴에 대고, 두 손은 무릎에 포갠 채 자고 있다.

세실 루이스(대위)는 영국 사람의 특징(요크셔푸딩)과 과거 군장교의 특징이 분명하게 드러난다. 그는 육십에 가까워지고 있다. 머리카락과 군대식 콧수염은 흰색, 눈동자는 연청색, 얼굴색은 칠면조색이다. 그의 마른 체구는 여전히 꼿꼿하고 어깨는 사각형으로 각이 져 있다. 허리까지 상체는 벗고 있으며, 코트, 셔츠, 내의, 목에 거는 훈장과 타이는 둘둘 말아 베개로 만들어 앞에 있는 탁자 위에 놓고, 그 위에 머리를 옆으로 뉘고 있다. 눈길은 정면을 향하고 있고 팔은 바닥으로 축 늘어져 있다. 왼쪽 어깨 아래쪽으로 오래된 상처자국이 있다.

앞줄 오른쪽 탁자에 주인인 해리 호프가 중앙에 앉아서 앞을 바라보고 있다. 그의 오른쪽에는 팻 맥글로인이 왼쪽에는 에드 마셔가 있다. 나머지 두 의자는 비어 있다.

맥글로인과 마셔 둘 다 올챙이배를 가졌다. 맥글로인은 이전의 경찰관의 흔적이 남아 있다. 그는 오십대로 엷은 갈색 머리카락과 뾰족한 두상, 목 주변은 축 늘어져 있고, 툭 튀어나온 귀와 작고 둥근 눈을 가졌다. 한때 잔인하고 탐욕스러웠던 얼굴은, 세월과 위스키로 인해 유머러스하고 배알 없는 성격으로 바뀌었다. 그의 옷은 낡았고 지저분하다. 의자에서 한쪽으로 기울어져 있고 머리는 한쪽 어깨 쪽으로 늘어져 있다.

에드 마셔는 육십이 되어간다. 그는 둥근 큐피 인형의 얼굴을 가졌다. 다시 말해 면도도 하지 않은 주정뱅이 큐피로, 시골의 뚱뚱한 남자 아이가 그대로 자라 덩치가 커지고, 나이 먹고 대머리가 된 격이다. 교활한 뚱보, 선천적으로 게으른 장난꾸러기, 타고난 사기꾼 기질의 장사꾼이다. 그러나 근본적으로 큰 악의는 없는 유쾌한 사람이다. 가장 잘 나갔을 때조차도 너무 게을러서 자잘한 사기 정도에 그쳤다. 이전에 서커스에서 일한 경험이 복장에 분명히 드러난다. 옷은 낡았으나 요란한 편이다. 모조 보석반지를 끼고 있고 굵은 황동으로 된 (시계는 없는) 시계 줄을 차고 있다. 맥 글로인처럼 외모는 지저분하다. 머리는 뒤로 젖힌 채 커다란 입은 벌리고 있다.

해리 호프는 육십 세로 백발이다. 너무 말라서 "뼛가죽만 남은 사람"이라는 표현이 적절하다. 사팔뜨기 눈에는 고집스러움이 가득하고, 깜짝 놀라서 재갈을 문척하는 말의 얼굴을 하고 있다. 호프는 누구나 첫눈에는 좋아할 타입으로, 악의가 없는 여린 마음의 게으름뱅이다. 어느 누구에게도 잘난 체하지 않고, 자신을 죄인 중의 죄인으로 여기며, 모든 부탁도 잘 들어주는 사람이다. 자신의 성급하고 호전적인 기질을 무방비적인 모습으로 가리려고 하나 아무도 속지 않는다. 그는 약간 가는귀가 먹었으나, 그가 귀먹은 척 하는 만큼은 아니다. 시력도 나빠지고 있으나 불평할 정도로 나쁜 것은 아니다. 그가 쓰고 있는 싸구려 안경은 테의 기울기가 맞지 않아 가끔씩 한쪽 눈은 안경 위쪽으로, 한쪽 눈은 아래쪽으로 본다. 틀니가 잘 맞지 않아 성질을 낼 때마다 캐스터네츠처럼 달그락거린다. 상의와 하의가 맞지 않는 짝짝이로 입고 있다.

둘째 줄에는 윌리 오번이 앞줄의 좌측 두 탁자 사이에 놓인 탁자에서 왼쪽에 앉아 있다. 왼팔은 탁자 모퉁이 쪽으로 뻗어 있고, 그 위에 머리를 두고 있다. 삼십대 후반에 보통 키, 마른편이다. 초췌하고 지친 얼굴, 작은 코, 뾰족한 턱, 파란 눈, 흐릿한 속눈썹과 눈썹을 가졌다. 금발은 너무 지저분하게 자라 잘라야 할 필요가 있고, 힘없이 머리 가죽에 붙어있다. 눈꺼풀은 불빛이 너무 강한지 끊임없이 깜빡거린다. 그가 입고 있는 옷은 허수아비에게나 어울리는 것으로, 싸구려 압지로 만든 것처럼 보인다. 신발은 더욱 봐줄 수가 없다. 인조가죽은 다 뜯어지고, 구두 끈 대신에 한쪽 구두는 꼰 실로, 다른 쪽은 철사로 묶었다. 양말을 신지 않아서 구두 밑창에 난 구멍을 통해 맨발이 드러나고, 커다란 엄지발가락이 터진 앞쪽으로 보인다. 자면서 계속해서 중얼거리고 꼼지락거린다.

막이 오르면 야간 바텐더인 로키가 바에서 커튼 사이로 나와 내실을 바라보며 서있다. 그는 이십대 후반의 나폴리 출신의 미국인으로 땅딸막한 근육질에, 납작하고 거무스름한 얼굴과 구슬 같은 눈을 가졌다. 깃이 없는 셔츠의 소매를 말아 굵고 튼튼한 팔뚝 위로 걷어 올렸고 앞치마를 두르고 있다. 거칠지만 감성적이고 온화한 면이 있다. 그는 래리에게 조심스럽게 "쉿"하며 신호를 보내고 호프가 자고 있는지 보라고 손짓한다. 래리는 의자에서 일어나 호프가 자고 있는지 보고, 로키에게 고개를 끄덕인다. 로키는 바로 가서 곧장 위스키 한 병과 잔 하나를 들고 온다. 그는 탁자들 사이를 뚫고 래리에게 간다.

로키   (입을 한쪽만 약간 벌려서 낮은 목소리로) **빨리요.** (래리는 한 잔을 따라 벌컥 들이킨다. 로키는 병을 받아 윌리 오번이 있는 탁자에 놓는다.) **사장이 구두쇠 같으니 어쩔 수 없죠.** (그는 호프를 바라보며 재밌다는 듯 혼자 웃는다.) **젠장, 저 늙은 영감탱이가 개과천선하**

겠다고 헛소리할 때 볼만했죠. "이제 공짜 술 없어. 저 인간들 당장 내일부터 방세 다 내라고 해." 이랬다니까요. 젠장, 진짜 같았어요! (그는 래리 왼쪽에 있는 의자에 앉는다.)

래리   (씩 웃으며) 나도 당장 내일 갖고 싶지. 다른 방 친구들도 같은 생각일 거야. 다들 내일이라고 하면 너무나 쉽게 믿어버리지. (취한 눈에 약간의 비웃음이 있다.) 모두에게 내일은 아주 멋진 날이 될 거야. 관악밴드가 연주하는 바보들의 축제 말이야! 그들의 배는 취소된 후회와 실현된 약속들 그리고 새 출발과 새 임대 계약서들을 넘치도록 싣고 들어올 거야.

로키   (시니컬하게) 맞아요, 맥주도 잔뜩 있겠죠!

래리   (그를 향해 몸을 기울이며, 그의 낮은 목소리에는 익살스러움이 있다.) 믿음을 비웃어! 이 음흉한 이태리 놈, 너는 종교에 대한 존경심도 없냐? 싸구려 위스키의 입 냄새가 그들이 좋아하는 순풍이고, 맥주잔이 그들의 바다이며, 배는 약탈당하고 구멍이 뚫려 오래전에 가라앉아 버렸다 한들 뭔 상관이야? 진실 좋아하네! 세계 역사가 증명하는 것처럼, 진실은 아무 짝에도 쓸모없어. 진실은 통하지도 않고 형체도 없다고 변호사들이 말하잖아. 술에 절어 있건, 맨 정신이건 우리처럼 망가진 인간들이 살아갈 수 있는 건 백일몽이라는 거짓 때문이지. 이 철학적 지혜가 술 한 잔 값으로는 충분하지.

로키   (놀리듯 웃는다.) 아저씨가 히키가 말한 늙은 개똥철학자이

시군요, 안 그래요? 내 생각에 아저씨는 백일몽 같은 거 꿀 사람은 아닌 거 같은데요?

래리   (약간 완강하게) 아니지, 그럼. 내 백일몽은 다 죽어서 묻고 왔어. 이제 내 앞에는 죽음은 아름다운 긴 잠이라는 위로가 되는 사실이 있어. 나는 너무나도 지쳤어, 죽음이 빨리 왔으면 좋겠어.

로키   그래, 하는 일 없이 죽기를 기다린다는 거죠, 그렇죠? 글쎄, 장담컨대 아마 한참을 기다려야 할 걸요. 차라리 누가 와서 도끼로 죽여준다면 모를까.

래리   (씩 웃는다.) 맞아, 나는 운이 나쁘게도 이 집 술로도 끄떡없는 강철 체력을 가지고 태어났어.

로키   모르는 게 없는 무정부주의자. 그게 바로 아저씨죠, 그렇죠?

래리   (찡그리며) 무정부주의자라는 말은 하지 마. 이미 오래전에 그 운동에 손 뗐어. 사람들은 자아를 버리기를 원치 않아. 왜냐하면 그러려면 탐욕을 버려야 하고 자유의 대가를 지불할 수 없게 돼. 그래서 나는 세상을 향해 말했지. 신이시여 여기 있는 모든 이를 축복하소서, 그리고 최고의 인간이 승리하고 잔뜩 쳐 먹고 배 터져 죽게 하소서! 그리고 나는 철학적 관망이라는 관중석에 앉아 식인종들이 죽음의 무도를 추는 것을 보며 잠이 들었지. (그는 자기 상상을 생각하며 조용히 웃으며 손을 뻗어 휴고의 어깨를 흔든다.) 내 말이 맞지 않아, 휴고 동지?

로키 아, 제발, 저 또라이한테 말 시키지 마세요!

휴고 (고개를 들어 두꺼운 안경을 통해 게슴츠레하게 로키를 바라본다. 걸걸한 목소리의 연설조로) 자본주의 돼지 새끼들! 부르주아 첩자들! 노예들은 잠잘 권리조차도 없냐? (로키를 바라보고 씩 웃다가 낄낄거리면서 마치 어린 아이에게 말하듯 태도가 장난스럽게 변한다.) 안녕, 꼬마 로키! 귀여운 원숭이! 니 노예 계집들은 어디 있니? (갑자기 윽박지르는 투로) 바보짓하지 마! 1달러만 빌려줘! 염병할 부르주아 이태리 놈아! 위대한 말라테스타가 내 친구라고! 술 한 잔 사! (지쳐서 졸린 기색이 역력하다. 머리를 다시 탁자에 대고 곧 잠에 빠진다.)

로키 다시 조용해졌군. (아주 짜증스러워 하며) 다들 저 헛소리를 무시하니 다행이지. 안 그랬으면 매일 아침 병원에서 잠을 깼을 텐데.

래리 (휴고를 안쓰럽게 바라보며) 그럼. 다들 무시하지. 묘비명에 써 줘야지. 옛 동지들도 무시해버려. 내가 오래 전에 사상 운동에 손 땐 건 저 인간 때문인데, 술 때문에 그 사실을 본인만 몰라.

로키 저 사람한테 참 많이 당했어요. 툭하면 노예 계집 얘기나 하고. (방어적인 태도로 바뀌며) 젠장, 저를 기둥서방 따위로 생각하는 건 아니겠죠? 알 만한 사람은 다 알아요. 기둥서방은 직업이 없는데 저는 바텐더잖아요. 저 매춘부들, 마지하고 펄은 그냥 푼돈벌이용이에요. 순수한 사업적 관계라구요, 권투선수와 매니저처럼. 내가 경찰한테 손을 써야 걔네들이 안 잡히고 일을 하죠. 젠장, 내가 없다면 감방 들락거리다 볼일 다 볼 거예요. 저는 다른 기둥서방처럼 안패고 잘해줘요. 그래서 걔네들도 날 좋아하고. 우린 친구예요, 알겠어요? 내가 걔네들 돈 좀 갖다 쓰면 어때요? 어차피 다 써버릴 텐데. 창녀들은 돈 못 모아요. 하지만 나는 바텐더이고, 돈 벌려고 여기서 열심히 일하잖아요. 래리, 아저씨는 다 알잖아요.

래리 (속으로는 빈정거리지만 비위를 맞추며) 노련한 사업가지, 살아남기 위해 절대 기회를 안 놓치는. 나는 자네를 그렇게 부르고 싶어.

로키 (기분이 좋아져서) 그렇죠. 그게 나죠. 한 잔 더 하세요. (래리는 윌리의 탁자에 있는 술병에서 한 잔 따라 단숨에 들이킨다. 로키는 방안을 둘러본다.) 위층에 푹신한 침대가 있는데도 저래요. 자러 가면 히키가 왔을 때 술을 못 먹을까봐. 그래서 아저씨도 안자고 있는 거죠, 그죠?

래리 맞아. 근데 꼭 술 때문만은 아냐, 자네가 믿을지 모르지만. 사실 나 우울한데, 이럴 땐 히키처럼 농담 잘하고 분위기를 띄우는 사람이 필요해.

로키 맞아요, 개그맨이죠! 한 건 걸치고 나면 미 거기지고 농담하는 거봐요. 부인 사진을 보면서 통곡을 하다가 그 다음엔 아이스맨하고 침대에서 뒹굴고 있다고 갑자기 난리를 치지를 않나. (웃는다.) 오늘은 왜 안 나타나지? 항상 칼같이 왔는데. 항상 생일파티 이틀 전에 왔는데. 이번에는 왜 이렇게 안 오지. 얼른 왔으면 좋겠네요. 주정뱅이들이 이렇게 뻗어있으니 꼭 영안실 같네. (월리 오번이 자다가 갑자기 몸을 뒤틀더니 중얼거린다. 그들이 그를 바라본다.)

월리　(잠결에 지껄인다.) 거짓말이야! (비참하게) 아버지! 아버지!

래리　불쌍한 놈. (스스로에게 화가 나) 젠장 동정은 무슨! 아무 소용도 없는 걸. 동정 같은 건 안 믿어.

로키　아버지 꿈을 꾸고 있나보죠. 아버지가 경찰에 잡히기 전에는 도박장에서 돈을 엄청 땄대요. (얼굴을 찡그리며 월리를 바라본다.) 젠장, 전에도 이랬는데, 이번처럼 처참하진 않았어요. 저 옷 좀 봐요. 구제품 놀이를 하고 있는지. 이틀 전에 전당포에서 옷과 신발을 팔았는데, 2달러하고 저 거지 옷을 받았대요. 어제 그 거지 옷을 도로 50센트 받고 팔고, 지금 입고 있는 저 누더기 하나 받았대요. 이제 밑바닥까지 갔어요. 저걸 누가 돈으로 쳐주겠어요. 완전히 끝장난 거라구요. 살면서 저렇게까지 처참한 사람은 처음이에요. 히키가 미쳐서 날뛸 때만 빼고.

래리　(빈정거리며) 행복추구라는 대단한 게임이지.

로키　사장도 두 손 두 발 다 들었다니까요. 어디 가서 맞고 오면 항상 사장이 월리 어머니의 변호사한테 전화하고, 그러면 그 변호사가 와서 해결해주고, 기억하시죠? 근데 이제 그 변호사가 그만하겠다고 했대요. 그 어머니도 이제 상관 안 할 테니까 지옥으로 꺼지라고 했대요.

래리　(월리가 자면서 늙은 개처럼 떨고 있는 것을 바라본다.) 왜 먼 데서 위안을 찾으려고 그래! (마치 이 말에 대답하듯, 윌리는 몸을 뒤틀며 신음소리를 낸다. 래리는 코믹하면서 광기적인 속삭임을 덧붙인다.) 이런, 지금 그 문을 두드리고 있군!

윌리 (갑자기 악몽 속에서 소리 지른다.) **새빨간 거짓말이야!** (흐느끼기 시작한다.) **아버지! 이런!** (방안의 모든 사람들이 의자에서 꿈틀거린다. 그러나 호프를 제외하곤 아무도 잠에서 깨지 않는다.)

로키 (윌리의 어깨를 잡고 흔든다.) **이봐요! 그만! 조용히 좀 해요!** (윌리가 눈을 뜨더니 당황하여 겁에 질린 채 주변을 둘러본다.)

호프 (한쪽 눈을 떠서 안경 너머로 바라본다. 졸린 듯이) **누가 시끄럽게 하는 거야?**

로키 윌리요, 사장님. 알코올이 부족해서 저러나 봐요.

호프 (툴툴거리며) **한 잔 먹이고 재워! 젠장, 내 집에서 잠도 맘대로 못자.**

로키 (화가 나서 래리에게) **저 눈먼 귀머거리가 하는 얘기 들었죠? 전에는 무슨 일이 있어도 윌리에게 술 한 방울 주면 안 된다고 하더니─**

호프 (귀먹은 표시로 기계적으로 손을 귀에 갖다 대며) **뭐라고? 안 들려.** (곧 졸린 듯 성질을 낸다.) **술 취한 거짓말쟁이. 내 평생 지금까지 술이 절실한 사람한테 안 준 적 없어. 알아서 하라고 했잖아. 잘 알아서 판단해야지. 맨날 나 속여먹을 궁리만 하느라 바쁘지. 니가 생각하는 것만큼 그렇게 눈 안 나빠. 돈 통이 아직도 보인다구!**

로키 (애정 어린 웃음을 짓는다. 아부하며) **당연하죠, 사장님. 사장님**

을 속일 절호의 기회였는데!

호프 니 놈이랑 니 똘마니 척을 내가 모를 줄 알아! 젠장, 니들
은 바텐더가 아니라 도둑놈들이야! 내가 눈 먼 늙은 귀머
거리라고? 니 놈이 하는 말 다 들었어! 아닐 거 같지, 웃
기지마. 돈을 위로 던져서 천장에 붙는 것이 내 돈이래매!
사기꾼놈들! 너는 니 죽은 어머니 두 눈깔에 박아 놓은
저승길 노잣돈도 **빼** 갈 놈이야!

로키 (래리에게 윙크한다.) 사장님! 그냥 척이랑 장난 친 거예요.

호프 (더 졸린 듯) 너희 둘 다 잘라버릴 거야, 나를 얼간이로 봤
다면 사람 잘못 봤어. 감히 누가 날 등쳐먹어!

로키 (래리에게) 누구든지.

호프 (눈을 다시 감고- 중얼거린다.) 최소한- 조용히는 시켜봐-
(다시 잠이 든다.)

윌리 (애원하며) 술 한 잔 줘, 로키. 해리가 괜찮다고 하잖아.
젠장, 난 술이 절실해.

로키 마셔요. 코앞에 있잖아요.

윌리 (탐욕스럽게) 고마워. (떨리는 두 손으로 병을 들고 벌컥 들이킨다.)

로키 (날카롭게) 그만! 그만! (병을 뺏는다.) 술로 샤워해요! (래리에
게 술병을 보여주며- 화가 나서) 젠장 할! 반병이나 작살냈잖
아! (화가 나서 윌리 쪽으로 향하지만, 윌리는 벌벌 떨면서 술 마신 효
과를 기다리며 눈을 감고 얌전히 앉아 있다.)

래리 (애처로운 눈빛으로) 놔둬, 불쌍한 놈. 저 다이너마이트를 반
병이나 마셨으니 잠잠하겠지- 죽지는 않겠지만.

로키   (어깨를 으쓱하더니 다시 앉는다.) 뭐, 내 술도 아닌데요. (중앙에 있는 탁자의 좌측 의자에 앉아있던 흑인 조 모트가 잠에서 깬다.)

조   (졸린 듯 눈을 껌뻑이며) 누구 술이라고? 나도 좀 줘봐. 누구 술이든 상관없어. 히키는 어디 있어? 아직 안 온 거야? 지금 몇 시야, 로키?

로키   문 열 시간 다 됐어요. 아저씨 얼른 바닥 쓸어야죠.

조   (나른하게) 시간 상관 안 해. 만약 히키가 안 오면, 조는 다시 잔다. 꿈에서 히키가 장돌뱅이 개그를 하면서 지폐뭉치를 흔들면서 들어왔지. 2주 동안 술에 절게 해줄 거라고 했는데, 깨고 보니 꽝이군. (갑자기 눈을 크게 뜨고) 아, 맞다. 래리, 어제 방 빌린 젊은 친구 있잖아, 지금 어딨어?

래리   지 방에서 자고 있어. 그 친구는 기대하지 마. 완전 빈털터리야.

조   그 친구가 그러던가? 나랑 로키가 아는 거랑 다른데. 걔가 방세 낼 때 돈 뭉치 있는 거 다 봤는데. 내가 다 봤어.

로키   맞아요. 아무 생각 없이 돈 뭉치를 꺼냈다가 아차 싶은 듯 얼른 감추던데요.

래리   (놀라고 화가 난 듯) 걔가 그랬단 말이지, 응?

로키   네. 이 동네 사람이 아닌 것 같은데, 이쪽[…]를 안[…]고 히[…]던데요.

래리   거짓말이야. 그 놈이 지가 누구라고 말해서 안 거야. 말 안했으면 내가 알 턱이 있나. 걔네 엄마랑 나랑 전에 서해안 쪽에 있을 때 친구였어. (잠시 주저하다 목소리를 낮추어)

전에 신문에서 서부 해안에서 폭발이 나 사람이 죽었다는 신문기사 읽은 적 있지? 그때 체포된 그 여자, 로사 패릿이 걔 엄마야. 곧 재판이 있을 건데 그 친구들 이제 끝났어. 아마 종신형 받을 거야. 그 친구가 괴상하게 굴더라도 좀 봐주라고 이 말 하는 거야. 충격이 컸겠지. 그 여자 외아들이거든.

로키   (고개를 끄덕이다가 생각에 잠기더니) 근데 왜 엄마 옆에 있지 않죠?

래리   (얼굴을 찌푸리며) 묻지 마. 그럴만한 사정이 있겠지.

로키   (그를 바라보며 이해한다는 듯) 네. 알겠어요. (그러다 궁금해 하며) 근데 왜 본명을 그대로 써요?

래리   (귀찮아하며) 아무것도 모른다고 했잖아. 알고 싶지도 않고. 염병할 사상운동이나 그쪽하고 연관된 건 뭐든지 다 손털었어. 그래서 기쁘고.

로키   (어깨를 으쓱하며 무관심하게) 저는 패릿이라는 녀석에게 관심 없어요. 저랑 아무 상관없어요.

조   나도 그래. 내가 신경 쓰는 것이 하나 있다면 자네랑 휴고가 사상운동이라고 부르는 멍청이들의 게임이지. (낄낄거리다가 기억을 더듬으며) 얼마 전에 나랑 모스 포터랑 말다툼을 했던 게 생각나네. 그 친구도 취했고 나는 더 취했었지. 모스가 "사회주의자와 무정부주의자들, 다 쏴 죽여야 해. 그것들은 나쁜 개자식들이야."라고 하더군. 그래서 내가 "진정해. 무정부주의자랑 사회주의자를 똑같이 취급하네.”라고 했더니 “그럼, 똑같이 나쁜 놈들이지. 다 쓸모 없는 개자식들이야.”라고 하더군. 그래서 내가 말했지. “아니야, 달라. 내가 그 차이를 말해주지. 무정부주의자들은 절대 일을 안 해. 술을 마셔도 절대 돈을 내는 법이 없고, 동전 한 닢이라도 생기면 폭탄 사는데 쓰지. 그러니까 쏴 죽여 버려. 근데 사회주의자들은 가끔씩 일을 해. 10불이 생기면 교리에 따라 자네와 반 씩 나누게 되어 있지. 자네가 만약 동지, 내 몫은? 이러면 5불을 너한테 줘. 그니까 내 앞에서는 사회주의자들은 쏘지 마. 가진 게 있어도. 근데 당연히, 만약 걔네들이 빈털터리라면, 그 자식들 역시 아무 쓸모없는 개자식들이지.” (간지럼을 타듯 웃는다.)

래리 (비아냥거림으로 알고 씩 웃는다.) 세상에, 조, 그 작은 비유 속에 인간 본성의 아름다움과 세상살이의 실용적인 지혜가 다 담겨있네.

로키 (조에게 윙크한다.) 그럼요. 래리가 여기에서 유일한 현자 아닌가요? (로비에서 소리가 나 뒤돌아보니 돈 패릿이 들어온다. 로키는 래리에게 말한다.) 여기 오네요. (패릿이 앞으로 온다. 열여덟 살에 큰 키, 넓은 어깨를 가졌다. 그러나 마르고 구부정하여 어설퍼 보인다. 얼굴은 잘 생기고 금발 곱슬에 이복구비는 뚜렷하고 균형이 잡혀 있으나 성격은 그리 밝지 않다. 파르스름한 눈에는 반항기와 아첨하는 듯한 분위기가 번갈아 나타나고, 초조한 듯한 태도에서 공격적인 성향이 보인다. 새 옷과 구두는 비싸 보이며 스포티한 스타일이다. 당구장에 자주 들락거릴 옷차림이다. 방어적으로 주위를 둘러보고 래리를 본후 앞으로 나온다.)

패릿	안녕하세요. 래리 아저씨. (그는 로키와 조에게 고개를 까딱한다.) 안녕하세요. (그들은 고개를 끄덕이며 무표정한 시선으로 그를 훑어본다.)
래리	(무뚝뚝하게) 웬일이야? 자는 줄 알았는데.
패릿	못 잤어요. 잠이 안 오니까 미치겠네. 여기 계실 것 같아서 와 봤어요.
래리	(탁자 우측에 있는 의자를 가리킨다.) 앉아. 합석해. (패릿이 앉는다. 래리는 의미심장하게 덧붙인다.) 이 집의 관례상 술은 24시간 내내 제공되지.
패릿	(억지로 웃으며.) 알겠어요. 근데, 저 거의 빈털터리예요. (로키와 조의 경멸적인 시선을 느낀다. 재빨리.) 아, 어제 본거요. . . 제가 돈 좀 있다고 생각하는 거 같은데. 잘못 알고 계신 거예요. 보여드릴게요. (주머니에서 얇은 돈 다발을 꺼낸다.) 죄다 일 불짜리예요. 일자리 구할 때까지 이걸로 버텨야 해요. (곧 방어적인 호전적 태도로) 제가 어디서 사기 쳤다고 생각하죠? 제가 왜 그러겠어요? 제가 어떻게 돈을 벌겠어요? 지금껏 해온 일로는 부자 못돼요. 래리 아저씨한테 물어보세요. 사상운동하면서 밥이나 안 굶으면 다행이죠. (래리가 어리둥절한 표정으로 그를 바라본다.)
로키	(차갑게) 왜 혼자 난리야? 아무 말도 안했는데.
패릿	(수그러들며 – 이제는 달래듯) 그냥, 오해하시지 말라고요. 저 노랭이 아녜요. 정 원하시면 한 잔 정도는 사드릴 수 있어요.

조　　　(활기차게) 원하면? 야, 내가 만약 술을 거절하면, 장의사한
　　　테 전화해서 내 시체를 가져가라고 해. 왜냐면 내가 죽은
　　　게 분명하니까. 쟤 맘 변하기 전에 얼른 술병 줘, 로키.
　　　(로키가 술병과 잔을 건넨다. 술을 가득 따라 벌컥 들이키고 래리에게
　　　병과 잔을 준다.)

로키　　바에 들어가서 담배 하나 가져올게요. 넌 뭐로 할래?

패릿　　됐어요. 술 끊었어요. 얼마예요? (1달러 지폐를 내민다.)

로키　　15센트. (주머니에서 잔돈을 꺼낸다.)

패릿　　특별한 술인가 보네요?

래리　　청산가리에 석탄산을 넣었지. 단맛 나라고. 행운을! (마신다.)

로키　　가게 문 열기 전에 잠깐 눈 좀 붙여야겠어요. (탁자 사이를
　　　비집고 나가 뒤쪽 우측 커튼 뒤로 사라진다. 우측의 바 공간으로 나와
　　　탁자에 딸려 있는 의자에 기대고 눈을 감고 하품을 한다.)

조　　　(계산적으로 패릿을 바라보고 시선을 돌린다. 철학적인 어조로 큰소리
　　　로 혼잣말을 한다.) 한 잔 술은 금방 말라버리고. 해리의 생
　　　일파티까지는 희망이 없어. 히키가 오지 않는다면. (래리에
　　　게 몸을 돌리고) 래리, 만약 히키가 오면 의자로 쳐서라도 나
　　　깨워. (자리를 잡고 곧 잠이 든다.)

패릿　　히키가 누구예요?

래리　　철물 세일즈맨이야. 해리 호프랑 그 무리들하고 오랜 친
　　　구지. 대단한 친구야. 일 년에 두 번씩 정기적으로 와서
　　　술판을 벌이고 있는 돈 다 날려버리지.

패릿　　(얕보는 듯한 시선으로 둘러보며) 갈 데가 꽤나 없나보죠.

래리　　그만한 이유가 있어. 여기선 사업적으로 아는 사람을 마

주칠 일이 없거든.

패릿 (목소리를 낮추며) 네, 제가 원하는 게 그거예요. 아저씨, 어젯밤에 말한 것처럼 제가 좀 숨어 있어야 해요.

래리 힌트만 잔뜩 줬지. 어떤 말도 안했어.

패릿 짐작하잖아요, 안 그래요? (갑자기 화제를 바꾼다.) 서부 해안가 쪽도 형편없었는데, 여긴 최악이네요. 도대체 여긴 뭐하는 곳이에요?

래리 (냉소적인 웃음을 지으며) 뭐하는 곳이냐고? 불가능이라는 술집이지. 밑바닥 술집, 인생 막장 카페, 해저 식당이지. 아늑한 평온함 같은 분위기 못 느꼈어? 여기가 마지막 항구라서 그래. 여기 있는 사람들은 다음에 어디로 가야할 지 걱정할 필요가 없지, 더 이상 갈 데도 없거든. 그게 엄청난 위안이야. 물론 다들 각자의 어제와 내일을 꿈꾸며 무해한 백일몽으로 그럴싸해 보이는 삶의 외관을 유지하기는 하지만 말이야. 좀 더 있으면 알게 될 거야.

패릿 (호기심에 차서 바라보며) 아저씨의 백일몽은 뭐죠?

래리 (불쾌함을 감추며) 오, 난 예외야. 난 다행히도 남은 게 없어. (퉁명스럽게) 여기 불평은 하지 마. 숨어 지내기엔 딱이야.

패릿 잘됐네요. 썩 그렇게 좋지는 않지만. 서부에서 그 일 때문에 여기저기 도망 다니고 있는데, 보는 사람마다 다 형사 같고 정말 죽는 줄 알았어요.

래리 (이제는 동정으로) 그래, 그랬겠지. 여기는 안전해. 경찰들이 여기는 신경도 안 써. 묘지만큼이나 해가 없다고 생각하거든. (냉소적으로 웃는다.) 그래, 제대로 본 거지.

패릿   진짜 외로웠어요. (충동적으로) 아저씨를 찾게 돼서 정말 다행이에요. 항상 속으로 생각했어요, "래리 아저씨만 찾을 수 있다면. 세상에서 나를 이해해 줄 유일한. . ." (머뭇거리다가 야릇한 호소력으로 래리를 바라본다.)

래리   (당황하여 그를 바라보며) 이해하다니, 뭘?

패릿   (급히) 그니까, 제가 겪은 모든 일이요. (시선을 회피하며) 아저씨 생각 알아요. 그 자식 참 대담하죠. 어릴 때 이후로 본 적이 없는데, 살아 있는지조차도 모르겠어요. 하지만 아저씨는 한 번도 잊은 적이 없어요. 아저씨는 엄마 친구들 중에서 유일하게 저에게 관심을 가져주고, 제가 살아 있다는 걸 알고 계셨죠. 다른 사람들은 사상운동 때문에 너무 바빴고. 엄마조차도요. 아버지는 안계셨고. 아저씨는 저를 무릎에 앉히고 옛날이야기도 해주고 농담도 하면서 저를 재밌게 해 주셨죠. 저한테 질문도 하시고 제 대답을 진지하게 들어주기도 하셨어요. 아저씨랑 함께 사는 몇 년 동안 아저씨가 우리 아버지 같았어요. (당황해서) 이런, 너무 감상적이네요. 아저씨는 기억도 안 날 텐데.

래리   (자기도 모르게 감동받아) 다 기억하지. 어린놈이 진지하고 외로워했지. (감동받은 걸 원망하며 화제를 바꾼다.) 근데, 니 엄마랑 다 잡혔는데, 왜 너만 무사해?

패릿   (나직이 열띤 목소리로, 마치 말할 기회를 기다렸다는 듯) 그때 근처에 없었거든요. 다 잡혔다는 소식을 듣자마자 잠수 탔죠. 제 요란한 복장 보셨죠? 저한테 현상금을 걸었드라구요. 그래서 변장을 좀 했죠. 도박꾼인척 하면서 당구장, 도박장, 사창가 같은 데를 다녔죠. 노동조합원들은 그런 데 안 다니거든요. 어쨌든, 중요 인물은 다 잡아들였으니, 저는 당분간은 뒷전이겠죠.

래리   신문에서 봤는데 경찰이 현장을 덮쳤다고 하든데, 경찰이 이미 동선을 다 알고 있었나봐. 내부에서 분 게 분명해.

패릿   (래리의 눈을 바라보며 천천히) 맞아요, 사실일 거예요. 누군지는 아직 안 밝혀졌는데. 아마 끝까지 그럴 거 같아요. 누가 불었는지는 모르겠지만, 아마 자기는 빼 주는 조건으로 거래를 한 거 같아요. 그 사람 증거는 필요 없겠죠.

래리   (긴장하며) 설마, 내가 손 뗀지 한참 되긴 했지만, 조합원이 그럴 리 없어. 좀 멍청하고 지들이 공격하는 악질의 자본가들처럼 권력을 탐하긴 해도, 장담컨대 그런 비겁한 스파이는 있을 리가 없어.

패릿   그럼요. 저도 그렇게 생각해요.

래리   어떤 자식이 그랬는지, 지옥에나 떨어져라!

패릿   당연히 그래야죠.

래리   (잠시 후) 날 어떻게 찾았지? 조합원들이 내 평온을 방해하지 못할 최적의 장소를 찾았는데.

패릿   엄마요.

래리   아무한테도 말하지 말랬는데.

패릿   엄마는 아무 말 안했어요. 그냥 제가 엄마가 아저씨한테

온 편지 뭉치들을 숨겨 놓은 곳을 발견한 거예요. 엄마 체포되고 나서 밤에 몰래가서 봤거든요.

래리 니네 엄마가 편지를 보관하는 사람인 줄은 꿈에도 생각 못했다.

패릿 저도요. 부드러움이나 감성과는 아무 상관없는 분이신데.

래리 마지막 편지엔 답장도 안했어. 2-3년간은 니 엄마나 아무한테도 안했지. 세상과 단절하려는 맘으로. 아니, 더 정확하게 말하자면 탐욕스런 광기로부터 더 이상 시달리고 싶지 않아서.

패릿 엄마가 아저씨랑 그렇게 오래 연락하고 지냈다는 게 안 믿겨요. 엄마는 누구랑 끝내면 완전 끝이거든요. 항상 그걸 자랑스럽게 여기셨는데. 엄마가 사상운동을 어떻게 여기는 지 아시죠? 꼭 부흥회 목사 같았잖아요. 그래서 변절자는 누구든지 죽음이죠. 끓는 기름에 던져지는 유다처럼. 근데 아저씨는 용서했나 보네요.

래리 (냉소적으로) 아냐. 편지에서 실컷 욕하고 나서 다시 참회시키고 믿음을 갖게 하려고 했지.

패릿 왜 그만 뒀는데요? 엄마 때문이었어요?

래리 (움찔하며) 엇소리 마! 뭣 땜에 그렇게 생각하시?

패릿 아, 그냥요. 아저씨가 떠나기 전에 엄마랑 싸웠던 게 생각나서요.

래리 (분개하며) 난 기억 안나. 그게 11년 전 일이야. 넌 고작 일곱 살이었고. 만약 우리가 다퉜다면, 그건 내가 니 엄마한테 사상운동이라는 것이 고작 아름다운 백일몽에 불과할 뿐이라는 확신이 든다고 말했기 때문일 거야.

패릿   (이상한 미소를 띠며) 제 기억엔 그게 아닌데요.

래리   그럼 니 생각이 잘못된 거야. 잊어버려. (갑자기 화제를 바꾼다.) 왜 그만 뒀냐고. 이유야 많지. 첫째는 내 자신 때문이고, 둘째는 동지들 마지막은 인간이라는 염병할 돼지 새끼들 때문이지. 먼저, 삼십 년을 대의명분에 바치고 나서 나랑 안 맞는다고 느꼈어. 문제의 모든 면을 보는 게 내 천성이야. 그러면 문제들이 계속 증가해서 결국에 답은 없고 모든 게 문제가 되어버리지. 역사가 증명하듯, 세상, 특히 혁명에서 성공하려면, 말처럼 눈가리개를 하고 오로지 앞만 보고 달려야 해. 그리고 모두 흑백논리로만 봐야 해. 사상운동을 하면서 호래이스 월폴이 영국에 사는 인간만 아니면 영국을 사랑하겠다는 말을 한 그 심정을 이해할 수 있었어. 이상적인 자유사회라는 것이 인간들로 만들어지는 건데, 진흙과 똥오줌으로 대리석 사원을 지을 순 없잖아. 인간 영혼은 시궁창에서 뒹구는 돼지새끼와 같아서 이상사회를 꿈꾼다는 건 요원한 일이야. (빈정거리며 키득거리다가 자신이 말을 너무 많이 한 것 같아 화가 난 듯 신경질적으로) 그래서 그만 둔 거야. 너는 좀 배웠는지 몰라도. 어쨌든, 니 엄마하고는 아무 상관없는 거 이제 알겠지.

패릿   (조롱하듯 미소 짓는다.) 그럼요. 하지만 엄마는 항상 자신 때문이라고 생각하세요. 아저씨도 아시잖아요. 가끔씩 듣다

보면 엄마가 곧 사상운동이라니까요.

래리   (혼란스럽고 불쾌해 하며 그를 바라본다. 날카롭게) 말하는 본새하고는, 지 엄마가 그 지경이 됐는데!

패릿   (당황하고 죄책감에서) 오해하진 마세요. 비웃는 게 아니고 그냥 농담한 거예요. 엄마한테도 똑같은 농담 수없이 했어요. 근데 아저씨 말이 맞아요. 지금 제가 이러면 안 되는 거 알아요. 근데 엄마가 감옥에 있다는 사실을 자꾸 까먹어요. 진짜 같지가 않아요. 믿어지지도 않고. 엄만 항상 자유분방하셨어요. 저는- 그냥 생각하고 싶지 않아요. (래리는 자신도 모르게 혼란스러운 동정에 빠진다. 패릿이 화제를 바꾼다.) 서부를 떠난 뒤로 그동안 뭐하고 지내셨어요?

래리   (냉소적으로) 아무것도 못했지. 사상운동을 못 믿으면 아무것도 못 믿어. 특히 미국은 더. 나는 쓸모 있는 사회의 일꾼이 되기를 거부했지. 난 그냥 주정뱅이 철학자가 되었어, 그게 또 자랑스럽고. (말투가 갑자기 분노를 띄며 경고조로 변한다.) 잘 들어. 내가 낯선 사람의 건방진 질문에 대답하는 건 다 나만의 이유가 있을 거라고 생각해. 너는 나한테 그 정도야. 뭔가 잔뜩 기대를 하고 온 거 같은데. 애초에 오해 없도록 경고하는데, 난 너에게 줄 것도 없고 혼자 있고 싶으니까 니 인생은 니가 알아서 책임져. 뭔가에 대한 대답을 찾고 있는 것 같은데, 내 자신은 물론 누구에게도 해줄 대답이 없어. 하이네가 모르핀에 대한 시에서 말한 게 대답이지. (빈정거리는 투로 다음 결구를 인용한다.)

오, 잠도 좋지만, 진실로 그보다 더 좋은 건 죽음이라네,
그 중에서 가장 좋은 건 아예 태어나지 않은 것이라네.

패릿   (약간 놀래 움츠러들며) 참 끔찍한 대답이군요. (용감한 척 억지
웃음을 띠며) 그래도 모르죠, 언제 쓸모가 있을지. (시선을 다
른 곳으로 돌린다. 래리는 어리둥절해 하며 그를 바라보다가 자신도 모
르게 관심을 갖고 동시에 막연히 불안해한다.)

래리   (억지로 태연한 척 하며) 엄마가 감옥에 간 뒤로 소식 들은 거
없지?

패릿   아뇨. 전혀요. (망설이다가 불쑥 내뱉는다.) 어쨌든, 엄마는 제
소식 안 듣고 싶어 할 거예요. 그 일이 일어나기 전에 엄
마랑 싸웠거든요. 제가 창녀들이랑 어울려 다닌다고 엄청
뭐라고 하셨거든요. 그게 내 성질을 돋운 거죠. "엄마는
항상 자유로운 여자였잖아요. 엄마가 무슨 자격으로. . ."
(자신을 억제하고 서둘러 다시 말을 잇는다.) 그래서 엄마가 맘이
상했나 봐요. 제가 뭘 하든 상관 안하겠다고 하셨지만 제
가 사상운동에 관심을 끊고 다른 일에 관심 갖는다고 의
심하셨죠.

래리   (그를 바라본다.) 그랬어?

패릿   (망설이다가 강렬하게) 그럼요! 제가 바본 줄 아세요! 동지들
이 세상을 바꾼답시고 헛소리나 떠들어대고, 몰래 건물과
다리를 폭파시키고 다니는데 믿음이 안 가드라구요. 그런
짓들이 미친 백일몽뿐이라는 것을 알게 됐죠. 아저씨가

그랬던 것처럼요. 그래서 찾아온 거구요. 이해하실 줄 알고요. 사실 손을 뗀 계기는 최근에 배신한 놈 때문이에요. 그런 일이 생겼는데 어떻게 믿겠어요. 충격이 크신가 봐요! (호소하며) 제 기분 아시겠죠? 그렇죠? (래리는 그를 바라본다. 자신도 모르게 그를 동정하면서도 공감하지만 왠지 불안하고, 이런 자신의 심리적인 변화를 못마땅하게 여기며 패릿한테 이상한 점이 있다고 느끼자 의아해한다. 그러나 그가 대답하기 전에 휴고가 팔에 묻고 있던 머리를 쳐들고 술이 덜 깬 채 말한다.)

휴고   (걸걸한 목소리로 선포하듯, 크게 혼잣말로 인용한다.) "오 바빌론, 날은 더워지고! 그대 수양버들 아래 시원함이여!" (패릿이 놀라 돌아보자 휴고는 그를 알아보지 못하고 게슴츠레 바라본다. 휴고는 비난조로 외친다.) 염병할 스파이새끼!

패릿   (몸을 움츠리다가 말을 더듬으며) 네? 누구요? (화가 나서) 거지같이, 그딴 식으로 부르지 마요! (주먹을 뒤로 뺀다.)

휴고   (이를 무시한다. 이제 그를 알아보고 아이처럼 놀리듯 키득거린다.) 어이구 돈! 원숭이새끼. 널 못 알아봤어. 이제 청년이네. 엄마는? 그동안 어디 있었어? (갑자기 달래면서 윽박지르는 어조로 변한다.) 바보처럼 굴지 말고! 1불만 빌려줘 봐! 한 잔 사! (이로 인해 지친 듯, 갑자기 모든 것을 잊고 팔에 머리를 파묻고 다시 잠이 든다.)

패릿   (매우 안도하며) 그럼요, 사드려야죠. 제가 아무리 돈이 없어도 아저씨 술 한 잔 못 사드리겠어요. 화내서 죄송해요. 아저씨가 취하면 아무한테나 스파이라고 부르는 거 깜빡했네요. 근데 이번은 농담 같지가 않았어요. (래리한테 시선을 돌리자 래리는 자신의 생각이 두려운 듯 불안한 표정으로 바라본다. 패릿, 억지로 웃으며) 젠장, 다시 기절해버렸네. (방어하듯 몸을 세운다.) 왜 그런 험한 표정으로 보세요? 아, 제가 휴고 아저씨를 칠 줄 알았나보죠? 절 뭐로 보고 그러세요? 저는 항상 아저씨를 존경했어요. 사상운동 하는 사람들이 아저씨를 한물간 늙은 주정뱅이라고 해도 항상 아저씨 편을 들었다구요. 모국에서 십년 간 감옥살이 할 만큼 아저씨는 배짱도 있고, 고독 속에서 눈도 다 버렸잖아요. 여기 다른 사람들도 그런 배짱을 가졌으면 좋겠어요. 곧 그것을 보여줄 때가. . . (급히) 제 말은- 그냥 잊어버리세요. 여기 얘기나 더 해주세요. 저 술꾼들은 누구예요? 폐렴에 걸릴 거 같은 저 사람은 누구죠? (루이스를 가리킨다.)

래리 (두려운 듯 그를 바라본다. 곧 시선을 다른 곳으로 돌리고 화제를 바꿀 기회를 잡는다. 비웃는 투로 그러면서 애정 어린 투로 잠자는 사람들을 묘사한다.) 저기 루이스 대위는 한때 영국 육군의 영웅이었지. 취하기만 하면 옷을 벗고 원주민 창에 찔린 등에 난 상처를 자랑스럽게 보여주지. 그 맞은편에 구레나룻 있는 친구는 웨트존 장군이야. 보어전쟁 때 의용군을 이끌었지. 둘이 세인트루이스 박람회 때 보어전쟁 기념전시회 일을 하다가 만났어. 그 뒤로 단짝이 되었지. 남아공에서 서로 죽이려고 했었던 무용담을 얘기하면서 꿈같이 행복한 시간을 보내지. 저들 사이에 끼어 있는 조그만 애도 그 전쟁 때 있었지. 영국 신문 종군기자였거든. 여기서는 지미 투마로로 통해. 우리의 '내일 운동'을 이끄는 지도자지.

패릿　저분들은 뭐해서 먹고 살아요?

래리　가능한 안하지. 한 명은 어딘가에 돈줄이 있고, 몇 명은 절대 귀국 안하는 조건으로 본국에 있는 조직에서 한 달에 몇 불씩 받아. 나머진 무료식사나 옛날 친구인 해리 호프한테 빌붙어 살지. 해리는 자기 맘에만 들면 누가 뭘 하든 상관 상해.

패릿　힘든 인생이네요.

래리　아냐. 동정 따윈 필요 없어. 그렇다고 고맙게 생각 안 해. 저들은 무슨 짓을 해서라도 취해서 자신들의 백일몽을 유지하려고 하지. 그게 인생에서 바라는 전부야. 이렇게 만족해하는 인간들은 처음이야. 진심으로 바라는 바를 이룬다는 게 흔한 일은 아니지. 해리와 저쪽 끝에 있는 탁자의 두 친구도 마찬가지야. 해리도 어찌나 삶에 만족하는지 글쎄 마누라가 죽은 지 이십 년이 지났는데도, 밖에 나갈 생각을 안 해. 바깥세상이 더 이상 필요가 없나봐. 여기는 길 건너 시장 사람들이랑 부두 노동자들 상대로 장사하는데 괜찮아. 본인이 맨날 퍼 마시고 다 퍼줘도 손해가 안 나지. 형편이 어려워도 걱정 안 해. 태머니파 시절부터 알고 지내던 친구들이 있거든. 늘상 술을 대주는 양조장도 있고. 저기 두 친구는 직업 묻지 마, 일 안 해. 그냥 평생 손님이야. 이쪽을 바라보고 있는 이는 에드 마셔라고 해리 처남이야. 한때 유랑 곡마단에서 일했었지.

한 친구는 팻 맥글로인이라고 뇌물이면 다 되는 시절에 경찰서에서 부서장을 했었지. 근데 욕심이 지나쳤지. 감사 때 현장에서 걸려서 잘렸어. (조에게 고개를 끄덕인다.) 여기 조도 풍요로운 시절엔 어제의 영광이 있었지. 흑인 도박장을 운영했고, 대단한 멋쟁이였다더군. 전부 다 한 식구나 마찬가지야. 두 바텐더랑 그 기집들, 그리고 삼층에 세 명의 창녀들만 빼고.

패릿   (씁쓸하게) 염병할 것들! 창녀라면 아주 치가 떨려요! (래리가 의혹의 눈길로 바라보자 당황하며 말을 잇는다.) 제 말은, 걔네들은 골치덩어리리라구요. (그가 말하는 동안 윌리 오번이 눈을 뜬다. 술기운이 돌아 그들 쪽으로 몸을 기울면서 조롱하듯 정중히 말한다.)

윌리   래리, 알코올 중독자 명단에서 왜 나를 빼요? 용서받지 못할 실수인데. 특히나 여기서 나만 왕족의 핏줄인데. (패릿에게 - 두서없이) 게다가 하버드 출신이고. 여기 분위기 눈치 챘지? 다 내 소소한 기여 덕분이지. 그래, 관대한 이방인이여 - 난 니가 관대하다고 믿어 - 난 왕족가문에서 태어났지, 불행히도 상속인은 아니었지만, 지금은 고인이 된, 무허가 증권업계의 왕인, 세계적으로 유명한 빌 오번의 아들이야. 아버진 지방검사가 단행한 혁명 때 폐위되어 망명길에 올랐었지. 사실, 솔직히 말하자면 감옥에 가두고 열쇠를 버려버린 거지. 그분의 모험 정신은 철창 속에 갇히고 결국은 돌아가셨지. 다 지난 옛날이야기해서 미안. 너도 다 알고 있지. 세상 사람이라면 다 아는 이야기거든.

패릿 (불편해하며) 안됐군요. 근데, 그런 얘기 들어본 적 없어요.

윌리 (믿을 수 없다는 듯 눈을 껌벅이며) 못 들어봤다고? 난 세상 사람이면 모두— 진짜 하버드에서도 우리 아버지 평판은 자자했지. 비록 지방검사가 그런 짓을 하기 전이긴 하지만. 신입생이었을 때 내 악명도 대단했어. 학교에서는 나한테 엄청 잘해줬어. 시인 롱펠로가 대낮에 브래틀 거리에서 캉캉 춤을 추는 술 취한 흑인 여자애에게 보여주었을 법한 그런 따듯한 환대를 해줬지. 하버드는 우리 아버지의 아이디어야. 야망이 대단한 분이셨지. 독재자이기도 하고. 항상 내게 최선이 무엇인지 알고 계셨고. 나도 최고의 학생이 되었지. 복수심으로 반 애들한테 더러운 수작도 부렸고. (인용한다.) "대학시절이여, 기쁨으로 충만하라! 가장 위대하고 찬란했던 시절이여!" 이건 예일대 애들이 교가를 응원가 식으로 바꾼 거야. 난 법대에서도 잘나갔어. 아버진 집안에 법조인이 있기 바라셨어. 계산적인 분이셨거든. 가족 중에 법에 밝은 사람이 있으면 법망을 피해가는 데 좋을 거라고 생각하신 거지. 근데 나는 아버지의 법망에서 위스키라는 낱술구로 노망쳤지. (갑자기 패릿에게) 참, 위스키라는 말이 나와서 말인데, 왕자님을 대접할 때 사용하는 관례적인 인사말이 있어 "뭘 드시겠습니까?"라고.

패릿 (방어하듯 불쾌하게) 됐어요! 다들 나를 금고로 아는 거 같은데. 제가 돈이 어디서 나서 다 술을 사요?

월리 (회의적으로) 돈이 없다고? 그렇게 궁해 보이지는 않는데. 어디서 삥땅을 뜯었는지 몰라도 두 주머니가 두둑한 것이 꼭 재벌 같은데. 최소한 이 삼불은 말이야. 어디서 났는지는 안 물어 볼게. 로마의 베스페이션 황제가 그랬지, 모든 위스키에선 달콤한 향이 난다고.

패릿 어디서 났냐니, 무슨 말이에요? (래리에게, 웃음을 강요하며) 평생을 사상운동에 바친 사람한테 재벌이라니, 어이가 없네요, 안 그래요, 아저씨? (래리는 불안과 의혹의 눈길로 그를 바라본다. 마치 보고 싶지 않은 것을 피하듯 외면한다.)

월리 (역겹다는 듯) 아, 그런 사람들 중 하나라고. 이젠 믿어, 좋아! 나가서 자폭해봐, 그래야 멋진 청년이지. 휴고는 유일하게 자격증 있는 복음 전도사야. 위험한 테러리스트고! 너를 보는 속도만큼이나 빠르게 맥주잔을 날려버릴 수 있지! (래리에게) 아무짝에도 쓸모없는 얘는 무시하고 기도나 해요. 위대한 세일즈맨 히키가 신성한 부르주아의 돈뭉치를 들고 얼른 오라고. 히키가 못 오면 저승사자라도! 그동안 노래나 하나 할게요. 아름다운 옛날 뉴잉글랜드 민요인데, 하버드 다닐 때 알게 된 거예요. (우렁차게 바리톤으로 노래한다. 노래에서 표시가 있는 곳은 주먹으로 탁자를 두드린다.)

잭, 오, 잭은 젊은 선원이었네.
술이 생각나 선술집에 들렀지

두드리고 두드려도 (똑, 똑, 똑)

인기척이 없었다네.

(탁자에 있는 취한 술꾼들이 꿈틀거린다. 로키는 의자에서 일어나 바에서 내실 입구 쪽으로 나온다. 호프는 안경 너머로 한쪽 눈을 치켜뜬다. 조 모트는 눈을 뜨고 씩 웃는다. 윌리는 노래하다가 취기어린 변덕으로 래리에게 설명한다.) 이 짤막한 노래의 기원은 베일에 가려져 있어요, 래리. 캠브리지 대학 화장실에서 떠도는 소문에 의하면, 에머슨이 무명 목사 시절에 설교를 준비하다가 만든 거래요. 근데 아무래도 그보다 훨씬 전에 조나단 에드워즈가 작사 작곡을 다 한 거 같아요. (노래한다.)

그는 두드리고, 두드렸네, 탕, 탕, 두드렸네.

시체도 깨어날 만큼 큰 소리로

젊은 처녀가 듣고 (똑, 똑, 똑)

창으로 내다볼 때까지.

(취한 술꾼들이 눈을 껌벅이며 투덜거리고 욕을 한다. 로키가 하품을 하며 뒤쪽 오른 쪽 바에서 나타난다.)

호프   (화가 나서 짜증스럽게) 로키! 젠장, 저 미친 새끼 좀 조용히 못시켜? (로키가 윌리에게 간다.)

윌리   이제 이 선한 여성이 선원의 인생에 영향을 미치기 시작하죠. "선한"은 아니고, 그냥 아주, 아주 친절한. (노래한다.)

"오, 나의 선원님, 올라오세요."라고 여인이 외쳤네.
당신과 나는 맘이 맞으리
당신이 지금까지 만난 사람 중 (똑, 똑, 똑)
최고의 미인을 보여드리겠어요.

(말한다.) 봤죠, 래리? 음탕한 기독교 풍 맞죠. 그런데 갈수록 더 심해져요. (노래한다.)

오, 여인의 허리를 끌어안고
그 여인의 맑고 푸른 눈을 바라보았네
그러고 나서 그는— (여기에서 로키가 그의 어깨를 쌔게 흔든다.)

로키 쉬! 여기가 싸구려 술집이에요?

호프 얼른 위층으로 데려가서 지 방에 가둬버려.

로키 (월리의 팔을 끈다.) 이리와요.

월리 (측은하게 두려워하며) 안 돼! 제발, 로키! 저 방에 혼자 있으면 미쳐버릴 거 같아. 귀신이 나와! 난— (호프에게 외친다.) 제발, 해리! 여기 있게 해줘요. 얌전히 있을게요.

호프 (곧 부드러워진다. 화를 내며) 로키, 저 자식에게 뭔 짓을 한 거야? 내가 언제 패라고 했어. 얌전히 있으면 건들지 마. (로키는 역겨운 듯 월리를 놓아주고 바에 있는 자신의 의자로 간다.)

월리 (쉰 목소리로) 고마워요, 해리. 아저씨는 참 좋은 사람이야. (눈을 감고 지친 듯 의자에 앉더니, 다시 꿈틀거리며 몸을 떤다.)

호프   (잠이 덜 깬 맥 글로인과 마셔에게 말을 하며) 항상 저래. 아무도
       믿을 수가 없어. 저 이태리 놈한테 맡겨놓으면 노래하고
       지랄을 떠는 게 아주 그냥 매춘굴 같다니까. 자네들 같은
       술고래들이 나한텐 큰 이득이지, 안 그래? 먹고 자고 취
       하고, 그게 전부니까! 혹시 "저도요"라는 생각일랑 집어
       쳐! 이제 영원히 공짜 술 같은 건 없으니까! (둘 다 모욕이나
       협박에 개의치 않는다. 인내하는 애정으로 취기 어린 웃음을 보이고 서
       로 윙크한다. 해리는 화를 낸다.) 어쭈, 웃어! 윙크까지! 평생을
       나한테 빌붙어먹은 개새끼들! (그러나 그들의 화를 돋우지 못하
       자 그의 화는 투덜거림으로 약화된다. 그 사이, 가운데 탁자에서 루이
       스 대위와 웨트존 장군이 심한 숙취 속에서 겨우 정신을 차린다. 지미
       투마로는 고개를 끄덕이며 눈을 껌벅인다. 루이스는 탁자 너머로 조 모
       트를 응시하고, 조 모트는 윌리의 노래에 여전히 키득거린다. 루이스는
       자신의 눈을 믿을 수 없다는 표정이다.)

루이스 (혼란스런 놀라움에, 크게 혼잣말로) 이런! 내가 지금까지 아프
       리카 원주민이랑 같은 탁자에서 술을 먹은 거야?

조   (씩 웃으며) 대위님. 바람 좀 쐴라고 일어나셨나? 아프리카
       원주민? 누구?

웨트존 (얼버무리며) 아프리카 원주민, 그거 깜둥이들을 말하는 거
       야. (조의 몸은 경식되고 노려본다. 웨트존은 신안 농담을 계속한다.)
       농담이야. 너를 몰라보네. 저 영국 놈 아직 술이 덜 깼나
       봐. 모더 강 전투에서 저 놈을 놓친 게 가장 큰 실수지.
       영국 장교 열두 명을 쏘고도 저 자식을 못 맞히다니. 젠
       장! (키득거리며 루이스의 벌거벗은 어깨를 찰싹 때린다.) 세실, 정

신 차려. 옛날 친구 조도 몰라보나? 조는 아프리카 원주민이 아니야! 조는 백인이야!

루이스 (깨달은 듯─ 뉘우치며) 진심으로 사과하네 조셉. 눈이 침침해서 그래. 자네는 내가 지금까지 아는 사람 중에서 가장 흰 흑인이야. 자네가 내 친구라서 자랑스러워. 언짢게 생각 마, 알았지? (손을 내민다.)

조 (즉시 웃으며 악수한다.) 그럼. 실수로 그런 거 알지. 영국인이 하는 말치곤 괜찮았어. (곧 정색을 하며) 근데 "깜둥이"라는 말은 절대 용서 안 돼. 옛날에 어떤 자식이 나를 "깜둥이"라고 불러서 병원신세를 졌지. 나는 6인 결사대의 대장이었어. 다 흑인들이었는데, 우리는 거친 놈들이었어. 그 중에서도 내가 가장 거칠었고.

웨트존 (우쭐해하는 회상에 자극받아) 난 옛날 트랜스발에 있을 때, 짐을 가득 실은 소달구지를 깃털처럼 가뿐히 들어 올릴 정도로 힘이 장사였지.

루이스 (상냥하게 웃으며) 자네로 말할 것 같으면, 사람처럼 걷는 보어인이지. 다시 한 번 말하지만 자네와 의용군을 체포했을 때, 자네를 풀어준 건 우리 외교정책에서 엄청난 실수였어. 자네를 런던 동물원에 데리고 가서 개코원숭이 우리에 가두었어야 했는데. "진짜 개코원숭이는 파란 엉덩이로 구분하시오"라는 간판과 함께.

웨트존 (씩 웃는다.) 스피온 코제에서 열댓 명이나 되는 영국 장교들의 이마 정중앙을 쏘고도 자네를 못 맞히다니! 내 자신이 용서가 안 돼. (지미 투마로는 부드러운 웃음으로 여기저기를 보며 자애롭게 눈을 깜빡인다.)

지미 (감상적으로) 자, 전쟁을 잊자고. 보어인이랑 영국인, 둘 다 공정하게 싸웠고 더 잘 싸운 쪽이 이기고 악수 했잖아. 우리는 이제 영원히 해가 지지 않는 깃발 아래 통합된 제국의 형제들이야. (눈에 눈물이 고인다. 다소 꾸민 듯 지극히 감상적으로 인용한다.)

"나를 배에 태워 수에즈 동쪽 어딘가로─"

래리 (비웃으며) 자넨 이미 거기 있군, 지미. 여기선 최악이 최선이야. 동쪽이 서쪽이고, 내일이 어제고. 더 이상 뭘 바래?

지미 (고개를 저으며, 모호한 자애심과 은근한 질책으로) 아니, 자넨 나 못 속여. 신랄하고 냉소적인 철학자인척 하지만, 자네 속 마음은 누구보다도 여려.

래리 (평정심을 잃고, 짜증을 내며) 개 같은 소리!

패릿 (래리에게 몸을 기울이며─ 비밀스럽게) 다 정신병자들이죠!

지미 (생각이 난 듯─ 활기차고 진지해 보이려고 애처롭게 노력하며) 내일, 그래. 내일이야 말로 치료의 시간이지. 다 정리하고 다시 일을 시작할 때이지. (까다롭게 소매 매무새를 고친다.) 이 옷 세탁 좀 하고 다려야겠어. 떠돌이처럼 보이면 안 돼지─

조 (한참 생각하고 있다가─ 끼어든다.) 맞아, 백인들은 늘 나보고 백인이랬어. 내가 한창때는 백인들이 흑인 중에서 이 조

모트만을 유일하게 자신들의 도박장에 들어올 수 있게 해
줬지. "넌 괜찮아, 조, 넌 백인이니까."라고 말했지. (키득거
린다.) 주사위 던지기에는 안 끼워줬지만. 내가 주사위 던
지기는 귀신이었거든. "다른 게임이나 상한선은 자네 마
음대로 해, 조"라고 했지. 그때 돈 엄청 잃었지. (키득거린
다. 그러다 은근히 자신을 옹호하는 투로) 그때 서장 알지. 서장
은 나를 백인이나 마찬가지라고 여겼지. 그래서 돈 좀 모
아서 내 도박장도 열 수 있었고. 그쪽 사정에 밝은 놈이
도박장 윗대가리를 찾아가면 된다고 하더군. 그래서 서장
한테 보낼 쪽지를 해리한테 부탁하랬지. 그리고 해리가
그렇게 해주고. 그렇지 해리?

호프   (자신의 생각에 몰두하다가) 응? 그럼. 빌 서장은 내 친구야. 그
당시에 윗대가리들 중에 친구가 많았지. 지금도 내가 맘
만 먹으면 언제든지 가서 만날 수 있지. 그럼, 내가 자네
가 백인이라고 쪽지에 써 줬지. 근데 그게 뭐?

조   (루이스 대위에게 말하지만, 비몽사몽간에 헤매면서 잔뜩 신경을 쓰며
들어도 전혀 이해하지 못한다.) 바짝 쫄아서 서장을 만나러 갔
지. 큰 책상 뒤에 앉아 있는데 등치가 화물차만 했어. 첨
에는 날 거들떠도 안 보고, 한 시간 정도 기다리게 하더
니 천천히 나지막한 목소리로 악의 없이 말하더군. "도박
장을 열고 싶다고, 조?" 그러더니 대답도 하기 전에 벌떡
일어나는데, 그 화물차 같은 등치가 두 배는 커 보이더군.
책상을 주먹으로 치더니 "야, 이 깜둥이 새끼야, 해리 말

이 니가 백인이라던데, 진짜 백인 맞어? 까딱하면 감옥에 쳐 넣는 수가 있어!" 다시 앉더니 조용히 말했어. "좋아, 영업해, 얼른 꺼져!" 그래서 도박장을 열었으니 난 백인인 거나 다름없지. 수년 동안 단속도 안당하고. 빳빳한 신권으로 때 맞춰 잘 찔러줬으니까 당연하지. 그래서 경찰이랑 친구도 되고. (자부심에 키득거리며) 다 옛날 얘기지! 여기 참 자주 왔었는데. 당시 노는 친구들한테는 술 한 잔하기 딱이었어. 고급 위스키가 한 잔에 15센트, 두 잔에 25센트였지. 그땐 50불짜리를 휴지조각처럼 던지면서 "다들 마셔, 잔돈은 됐고." 그랬는데. 안 그래, 해리?

호프   (비꼬며) 그래, 제기랄, 이제는 자네가 50센트만 던져도 기절할거야. 그 얘기 수천 번도 더 했어. 한 번만 더 들으면 진짜 기절할 걸.

조   (키득거리며) 이십 년간 매일 취했는데도 알코올 중독이 안 됐잖아. 걱정 마.

루이스   (갑자기 돌아앉으며 호프에게 활짝 미소 짓는다.) 고마워, 해리, 말 나온 김에 자네 생일도 다가오니 한 잔 해야지. (나머지 사람들이 웃는다.)

호프   (귀에다 손을 딧디 대고 외를 내며) 뭐라고? 안 들려.

루이스   (슬프게) 그래, 안 들리겠지.

호프   들을 필요도 없지, 제기랄! 맨날 한다는 얘기가 술 얘기 뿐인데!

루이스   (슬프게) 맞아. 옛날엔 대화의 폭이 넓었는데. 근데 해가 갈

수록 마음의 짐이 느니까 다른 얘기는 별로 의미가 없는
거 같아.

호프 농담은 됐고! 방세가 얼마나 밀렸지?

루이스 미안하네만, 더하기는 늘 헷갈려. 빼기가 내 전문이지.

호프 (고함치며) 장난해! 대령, 젠장! 상처 자랑 그만 하고 옷 입
어. 여기가 터키탕이야! 영국 군인이란 놈이 저 지랄이니
네덜란드 촌놈 하나 잡는데도 몇 년씩 걸리지!

웨트존 옳소! 혼쭐을 내버려!

호프 너도 입 닥쳐. 장군이라고! 웃기고 있네! 구세군 부대 장
군이겠지. 저 놈도 못 맞춘 주제에 총잡이라고 자랑은! 저
놈도 너를 못 맞히고, 아깝군! 둘 다 저렇게 살아서 나한
테 빌붙고. (위협적으로) 내가 니 놈들 땜에 등골이 휘어. 내
일까지 밀린 방세 다 내, 안 그럼 당장 쫓겨날 줄 알아!

루이스 (진지하게) 이보게, 내가 장교와 신사의 명예를 걸고 약속
하지, 내일 꼭 낼게.

웨트존 맹세해, 내일은 확실해!

맥글로인 (반짝이는 눈빛으로) 자, 해리. 그럼, 어떻게 그보다 더 잘해?

마셔 (맥글로인에게 윙크하며) 그래, 그만하면 됐어. 약속은 약속이
지- 늘 그랬던 것처럼.

해리 (그들에게 돌아서며) 니 두 놈들한테 하는 말이야! 삥이나 뜯
는 경찰에 곡마단 사기꾼 주제에! 좋은 가족이라고, 제기
랄! 도대체 언제부터 저 두 사기꾼이 내 집에서 산거야!
돼지새끼마냥 살만 디룩디룩 쪄가지고! 그리고 사람이 염

치가 있으면 나를 위층 침대에서 편하게 자게 해야지. 노숙자같이 의자에서 자게하고 말이야! 히키가 올 때까지 날 여기 붙잡아두고 술 얻어먹으려고 그러는 거지!

맥글로인 에드하고 내가 자네를 위층으로 옮길라고 얼마나 진땀 뺐는데, 안 그래, 에드?

마셔 그랬지. 그랬는데 자네가 위층은 죽은 베시가 생각나서 죽어도 싫다고 그랬잖아.

호프 (표정이 갑자기 우울해지고 감상적으로 된다. 슬프게) 맞아. 이제 기억나. 방마다 베시의 생전 흔적이 남아있는 것 같아. 벌써 이십 년이나 지났는데 베시가 - (목이 잠기고 눈에 눈물이 가득하다. 감상적인 분위기가 방안에 감돈다.)

래리 (패릿에게 냉소적인 속삭임으로) 어제라는 백일몽은 참 감동적이지 않아? 사람이면 다, 베시가 바가지를 그렇게 긁었다고 하던데.

지미 (꿈을 꾸고 있다가 단호한 결정을 내린 듯한 표정으로 크게 혼잣말을 한다.) 빈둥거리면서 시간낭비는 그만하자고. 이제 정신 차려야지. 내일 아침에 일어나면 제일 먼저 구두 밑창이랑 굽을 갈고 광을 내야지. 전체적으로 단장을 해야겠어. 외모도 좀 깔끔하게 하고 - (생면을 바라보자 목소리가 잦아든다. 래리와 패릿만 그의 말에 집중한다.)

래리 (조금 전처럼, 패릿한테 냉소적인 방백으로) 내일운동도 똑같이 슬프고 아름다운 것이지!

맥글로인 (감상적으로 한숨을 쉬고, 호프를 계산적인 눈빛으로 바라보며) 불쌍한 베시. 요즘 같은 때 베시같은 여자 찾기 힘들어. 베시보다 착한 여자가 어디 있어.

마셔　(비슷한 계산적인 분위기로) 베시가 참 착했지. 베시같은 누이도 없지.

호프　베시를 묻은 뒤로 이십년 동안 이 집에서 한 발짝도 안 나갔어. 용기가 안 나드라구. 베시가 가고 나니까 영 맘이 안 내키더군. 야망도 다 잃었지. 베시가 없으면 굳이 이것저것 애쓸 필요가 없어. 에드, 맥, 자네들 기억하지―내가 시 의원후보에 오른 거. 모든 준비가 다 끝났었지. 베시는 내가 시 의원이 되기를 원했었고, 참 자랑스러워했지. 근데 베시가 죽고 나서 "이보게들, 못하겠네. 그냥 자신이 없어. 다 끝이야."라고 말했지. 나갔었더라면 식은 죽 먹기로 당선됐을 텐데. (다소 도전적으로) 아, 물론 시기하고 잘난 체 하는 놈들이 지들이 질게 뻔하니까 나를 추천했다고 하는 말을 들었어. 근데 그건 새빨간 거짓말이야! 난 우리 선거구 사람들 다 알았었어, 심지어 애들까지도. 베시가 내가 사람들을 만나고 이름 기억하는 걸 도와줬지. 난 쉽게 당선되었을 거야.

맥글로인　그랬겠지. 당연히 그렇고말고.

마셔　두말하면 잔소리지. 모두가 다 알지.

호프　당연하지. 근데 베시가 죽고 나니까 자신이 없어지더라고. 베시가 내 슬픔은 이해하지만 내가 평생 이렇게 처박혀 사는 건 안 좋아할 거야. 그래서 이제 바깥으로 나가

보려고. 선거구도 둘러보고, 옛날 친구들도 만나서 이번 선거에서 좀 도와달라고 해볼려구. 그래, 해볼래. 내일이 내 생일이니까 새 출발하기 딱이지. 예순 살이 그렇게 늙은 나이도 아냐.

맥글로인 (아부하며) 인생의 황금기지, 해리.

마셔 대단해, 하나도 안변하고.

지미 (다시 꿈꾸며 큰 소리로) 세탁소에서 옷을 찾아와야겠어. 셔츠랑 훈장이 아직 있을 거야. 지금 입은 걸 빨면 다 뜯어질 거야. 양말도. 외모에 신경을 써야지. 일 년인가 이 년 전에 길에서 딕 트럼블을 만났는데, "지미, 자네가 사임한 뒤로 홍보부가 예전만 못해. 완전 마비야." 하더군. 그래서 내가 그랬지. "알아. 소문에 듣자하니 윗대가리들이 허둥대면서 내가 다시 왔으면 한다며. 그럼 내가 가기만 하면 한자리 주는 건가, 딕?" 그랬더니 "그럼, 당연하지, 근데 형편이 좀 나아질 때까지 기다렸다가 가서 이전 보다 월급 좀 올려달라고 해봐, 알았지?" 그러기에 "그래, 알았어, 딕, 귀띔해줘서 고마워"라고 말했지. 아마, 이때쯤이면 형편이 좀 나아졌겠지. 내가 할 일은 문전에 있는 내일과 약속을 잡는 거야. 그럼 나 뭔 거나 마산가시야.

호프 (동정을 베풀 듯 지미를 힐끗 쳐다본다. 가라앉은 목소리로) 불쌍한 지미의 백일몽이 또 시작이군. 하여튼 알아줘야 해! (래리는 이 말이 심하다고 느낀다. 그는 빈정거리는 웃음을 짓는다. 그러나 아무도 그에게 관심이 없다.)

루이스　(눈을 크게 뜨고 다시 졸린 듯- 웨트존에게 꿈꾸듯) 파이어트, 이번 사월에 우리 여행 미루게 된 거 미안하게 됐네. 그때쯤이면 그 골칫덩어리 땅 문제가 해결되길 바랬는데, 염병할 변호사 놈들이 제대로 일을 못했어. 내년엔 갈 수 있을 거야. 일해서 뱃삯을 벌어야 하는 한이 있더라도. 원하면 우리 집에서 나랑 같이 있다가 사우스햄튼에서 유니온 캐슬호를 타고 케이프타운으로 가. (감상적으로, 진정으로 동경하며) 파이어트, 사월의 영국이 보고 싶어. 유구한 초원은 멋있지만, 집으로는 아니야- 특히 사월에는.

웨트존　(졸린 듯 그를 향해 눈을 껌뻑인다. 꿈꾸듯) 자네한테 하도 들어서 얼마나 아름다운지 알아. 좋겠지. 하지만 집만 하겠어. 초원이라! 영국을 거기에 갖다놓으면, 마치 시골 농부의 작은 정원처럼 보일 거야. 자유로운 공간, 포도주처럼 부드러운 공기, 취하는데 굳이 술이 필요 없지. 친척들이 아마 놀래 자빠질 거야. 세월이 많이 흘렀으니 날 못 알아보겠지. 내가 마침내 고향에 돌아와서 기뻐할 거야.

조　(꿈꾸듯) 자네들이 떠나기 전에 돈 좀 모아 새로운 도박장을 열거야. 개업하는 날 꼭 와야 해. 백인으로 우대하지. 돈이 없어도, 어떤 게임이든지 내가 다 돈 대줄게. 따면 자네들이 가지고, 잃어도 상관없어. 어때, 이 정도면 최상의 백인 대우이지, 안 그래?

호프　(다시 무시하는 듯한 동정으로) 젠장, 지미가 몽상을 시작하니 줄줄이 따라하네. (그러나 그 세 명은 말을 다 끝내고 눈을 감고

(자거나 졸고 있다.)

래리   (크게 혼잣말로 - 코믹적인 긴장과 열광적인 속삭임으로) 이 정신병원 같은 곳에선 진짜 미쳐버릴 거 같아.

호프   (화가 난 의심스런 표정으로 돌아보며) 뭐? 뭐라고?

래리   (진정시키며) 아냐. 순간 내가 미쳤나봐.

호프   (화를 내며) 미쳐야 제대로 된 거지! 현자양반! 현자, 지랄! 늙은 무정부주의 노동거부자 주제에! 자네랑 휴고라면 아주 신물이 나. 내일까지 방세 다 네, 안 그러면 해리 호프 혁명이 시작될 거야. 자네들 꽁무니에 추방폭탄을 달아 거리로 날려버리겠어. 내가 자네들의 사상운동을 운동시켜 주지. (익살스런 재담에 즐거워하며 낄낄거린다. 곧이어 맥글로인과 마셔가 큰소리로 웃는다.)

마셔   (아부하며) 해리, 개그맨해도 되겠어. (술잔이 탁자위에 있는 줄 알고 손을 뻗는다. 곧 놀라는 연기를 자연스럽게 한다.) 어, 내 술이 어디 갔지? 하, 로키 저 자식이 잽싸게 치워버렸네. 딱 한 모금 먹었는데.

호프   (웃던 얼굴이 굳으며) 아니, 자넨 안 돼! (신랄하게) 자네는 한 잔만 들이켜도 턱 마비와 중풍이 올 거야. 한물 간 곡마단 사기로 날 속일라고? 자네를 코흘리개 적부터 알고 지냈는데, 그때부터 사기꾼 기질이 다분했지!

맥글로인   (씩 웃으며) 그런 심한 말을 하다니, 자네답지 않군. 아침 일찍 빈속에 자네 농담에 웃었더니 갈증이 나고 목이 타!

호프   그래, 맥! 너도 사기꾼이야! 누가 웃어 달랬나? 그냥 베시

이야기하고 있었는데, 자네랑 베시의 건달 같은 오빠라는 인간이 웃는다! 참 나! "착한 베시"하면서 허튼 소리나 해대고! 베시가 자네들이 베시 방에서 카페트에다 담배 재 털어대고 꽁초 버리는 거 알면 절대 나를 용서 안 할 거야. 맥, 베시가 자네를 어떻게 생각했는지 알지. 베시는 "팻 맥글로인은 경찰 얼굴에 먹칠한 최고의 주정뱅이 뇌물꾼이야, 감옥에서 평생 썩어야해"라고 말했었지.

맥글로인 (동요하지 않으며) 그게 아냐. 자네가 나한테 술을 먹이니까 베시가 나한테 화낸 거지. 말은 사납게 해도 마음씨는 착했지. 내가 결백하다는 거 다 알고 있었어.

윌리 (취한 몸을 일으키며, 맥글로인을 손가락으로 가리킨다. 반대 심문인을 흉내 내며─ 차갑게) 맥 글로인 경위님, 잠깐만! 선서하신 건 알고 있죠? 위증엔 어떤 처벌이 따르는지도 알고 계시죠? (아양 떨듯) 잠시만요, 경위님! 당신의 유죄는 명백한 사실 아닌가요? 아, "자네 아버님은 어떠신가?" 이런 말은 하지 마세요. 질문은 제가 합니다. 그 분이 무허가 증권 브로커라는 사실은 이 사건과는 무관합니다. (감상적인 즐거움으로 바꾸며) 배심원 여러분, 본 법정은 지방검사가 하버드에서 배운 19금 노래를 부르는 동안 잠시 휴정하겠습니다. 이 노래는 신학대학장이 방탕하던 1776년 7월의 어느 날 밤, 터키탕에서 술 깨는 동안 작곡한 곡입니다. (노래한다.)

"오, 나의 선원님, 올라오세요." 여인이 외쳤네.

당신과 나는 맘이 맞으리.

당신이 지금까지 만난 사람 중 (탁자를 똑, 똑, 똑 두드린다.)
최고의 미인을 보여드리겠어요.

(그때 호프가 비난에 찬 눈초리로 자신을 바라보고 있는 것을 느끼면서, 로키가 바에서 나타나는 것을 본다. 의자에 다시 주저앉아 불쌍하게 호소한다.) 제발, 해리, 얌전히 있을게요! 로키한테 나 위층으로 데려가라고 하지 마요! 혼자 있으면 미쳐버릴 것 같아요! (맥글로인에게) 미안해요 맥, 기분 나빠 하지 마세요. 그냥 농담한 거예요. (로키는 호프의 눈빛이 누그러든 것을 보고 바 쪽으로 돌아간다.)

맥글로인 (너그럽게) 그럼, 실컷 해. 이젠 아무렇지도 않아. (잠시 후− 진지하게) 하지만 곧 재심을 신청할거야. 나한테 불리한 진짜 증거는 없다는 거 사람들은 다 알아. 윗대가리대신 내가 뒤집어쓴 거야. 곧 내 무죄가 밝혀질 거고 복직도 될 거야. (생각에 잠겨) 옛날 경찰 시절로 돌아가고 싶어. 친구들 말이 요새 재미가 짭짤하데, 목말라 죽겠는데 이렇게 해리 술만 기다리고 있으면 어떻게 부자가 되나. (책망하는 눈초리로 호프를 바라본다.)

윌리 당연히 복직되실 거예요. 사건을 맡아줄 똑똑한 젊은 변호사만 선임하면 돼요. 저도 이제 마음 바로 잡고 조만간 술 끊을 거예요. 변호사 개업은 못했지만, 법대 다닐 때 최우수 학생이었어요. 아저씨 사건을 발판으로 첫 출발해야죠. (침울하게) 지방검사한테 사건 재심 압력을 안 넣는다고 걱정하지는 마세요. 경찰이 아버지 서류를 없애기 전에 훑어봤는데, 사람들도 거의 기억나고, 제가 입증을 못한다고ㅡ (구슬리며) 저한테 사건 맡길 거죠, 그렇죠?

맥글로인 (진정시키듯) 당연히 그래야지. 그럼 자네 명성도 얻을 거고.
(마셔는 호프에게 눈짓을 하며 고개를 내젓는다. 호프는 같은 동작으로 대답하며 마치 "불쌍한 마약중독자들, 또 시작이네!"하고 말하는 듯하다.)

래리 (패릿보다는 자신에게 큰소리로ㅡ 아이가 없어) 염병할! 저 헛소리를 수천 번도 더 듣지 않았어? 왜 이렇게 날 못살게 굴어? 우울해지네. 히키가 얼른 왔으면 좋겠어.

마셔 (계산적인 걱정 투로ㅡ 호프에게 속삭이며) 불쌍한 윌리가 술이 절실하군. 우리가 합세하면 곁에 친구가 있다는 걸 느끼고 기운이 날 거야.

호프 또 곡마단 사기야! (쏘아붙이며) 여동생이나 들먹이면서! 베시가 자네에 대해 뭐라고 했는지 알아. "도대체 주정뱅이에다 좀도둑인 쓸모없는 오빠를 뭐 볼 게 있다고 그러는지 모르겠어요. 나라면 엉덩이를 걷어차 도랑에다 처박아 버릴 텐데"라고 했었어. 가끔씩 엉덩이라는 말은 안 쓰긴 했지만.

마셔 (활짝 웃으며) 베시가 좀 다혈질이긴 해도, 본심은 착했지. (회상하며 키득거린다.) 예전에 나한테 술집에 가서 십 불짜리 바꿔오라고 시켰던 거 기억나?

호프 (어쩔 수 없다는 듯 웃으며) 그럼, 기억하고말고! 알고 나서 난리도 아녔지. (생각에 잠겨 키득거린다.)

마셔   나한테 십 불짜리 내밀 때 진짜 놀랐지. 베시가 교회 가
      느라 바빠서 정신이 없었나봐. 그러려고 그런 건 아니었
      는데, 근데 습관이란 게 참 무섭지. 내가 일이 없는 것도
      아니었고, 서커스 시즌도 곧 다가오고 했는데. 손 놀리는
      연습이 좀 필요했어. 처음으로 표 사러 오는 촌뜨기한테
      잔돈을 제대로 거슬러 준다면 내 체면이 말이 아니지. (키
      득거린다.) 그래서 그랬지. "미안해, 베시, 전부 십 센트짜리
      로 받아왔어. 자, 손 내밀어 봐, 세어줄게. 나중에 덜 받아
      왔다고 걷어차지 말고." (점점 빨리 돈을 센다.) 십, 이십, 삼
      십, 사십, 오십, 육십, 칠십, 팔십, 구십, 일불. 십, 이십, 삼
      십, 사십, 오십, 육십 ㅡ 나랑 같이 세고 있지 베시, 그치?
      ㅡ 팔십, 구십, 이불. 십, 이십 ㅡ 베시, 신발 참 예쁘다 ㅡ
      사십, 오십, 칠십, 팔십, 구십, 삼불. 십, 이십, 삼십 ㅡ 베
      시, 오늘 밤 교회에서 무슨 행사 있어? ㅡ 오십, 육십, 칠
      십, 구십, 사불. 십, 이십, 삼십, 오십, 칠십, 팔십, 구십 ㅡ
      베시, 새 모자 참 멋지다, 너한테 진짜 잘 어울려 ㅡ 육불.
      (키득거린다.) 이런 식으로. 지금은 연습이 부족해서 형편없
      는데, 그 당시에는 조폐공사 감독도 속일 정도였어.

호프   (씩 웃으며) 이불 오십 센트를 사기 친 거지, 그렇지?

마셔   그래. 그만하면 훌륭한 거지. 술도 안 취하고 계산도 할
      줄 아는 사람 상대한 거 치고는. 근데 곧 계산이 틀렸다
      는 걸 눈치 챘지. 직접 세어 봤나봐. 하여튼 여동생이라
      는 것이 오빠를 못 믿는다니까. (부드럽게 한숨짓는다.) 베시

가 보고 싶군.

호프   (화가 나) 지 여동생 돈 삥땅친 걸 자랑하다니! 젠장, 전쟁
        통에 자네가 있으면 필히 시체들의 주머니를 자물쇠로 잠
        가놔야 해.

마셔   (약간 상처받아) 좀 심하군, 해리. 그래도 사기 치기 전에 항
        상 기회를 줘. 시체는 상대 안한다고. (회상에 젖어 우울해 한
        다.) 표 파는 얘기 하니 옛날 생각이 나네. 지상 최대의 쇼
        와 지상 최고의 인생! 천막 아래로 모여드는 수많은 관중
        들! 꼭 그들과 다시 악수하고 싶어!

호프   (신랄하게) 그 사람들은 총 들고 다녀. 보자마자 자네를 쏴
        버릴 걸. 자네 손이 안 뻗친 곳이 없잖아. 육시랄, 훈련받
        은 물개한테는 물고기를 빚지고, 알고 지내는 코끼리한테
        는 땅콩을 빚졌잖아. (이 상상이 즐거워 키득거리며 웃는다.)

마셔   (이것을 무시하고- 꿈꾸듯) 조만간 단장을 만나서 옛날 내 자
        리를 부탁해봐야겠어. 잔돈 다루는 솜씨야 아직 녹슬지
        않았고, 내 입담도 여전하잖아. 다음부터는 내 몫을 제대
        로 받아낼 거야. (은근히 불만을 표시하며) 이런 술집에서 자
        네들 돌보고 뒤치다꺼리하며 시간 보내봐야 무슨 소용이
        있겠어, 수고해도 해장술도 못 얻어먹는 판에.

호프   (단호하게) 안 돼. (마셔는 한숨을 쉬고 포기한 채 두 눈을 감는다. 래
        리와 패릿을 제외한 다른 사람들은 다시 졸기 시작한다. 호프는 투덜거
        린다.) 지옥이든 서커스단이든 어디든 가버려. 싹 꺼져버
        려. 아주 지긋지긋해! (걱정스럽게) 에드, 히키한테 뭔 일 있

나? 빨리 왔으면 좋겠는데. 항상 이야기보따리를 들고 오잖아. 자네들은 나한테 근심만 주는데. 히키랑 한바탕 웃고 싶어. (기억하면서 키득거린다.) 맨날 지 마누라랑 아이스맨 개그하는 거 기억나지? 지나가던 개도 웃을 거야! (로키가 바에서 등장한다. 마셔의 의자 뒤에 서서 뒷벽에 연결된 봉을 따라 검은 커튼을 젖힌다.)

로키   사장님, 문 열 시간이에요. (뒷벽의 스위치를 누르자 불이 꺼진다. 내실은 길가 쪽으로 난 우측 창문으로 들어오는 잿빛 햇살로 인해 더 침침하고 더러워 보인다. 빛은 뒷마당 쪽으로 난 창문을 간신히 통과한다. 로키는 호프 쪽으로 몸을 돌리고─ 퉁명스럽게) 사장님, 윗층으로 올라가시지 그러세요? 히키는 아침 이 시간에는 절대 안 오잖아요.

호프   (놀라며 귀 기울인다.) 누가 오고 있어.

로키   (귀 기울인다.) 아, 저건 제 돼지새끼 두 마리예요. 이 시간 대쯤 나타나요. (바의 좌측 문 쪽으로 다시 간다.)

호프   (실망하여 심술궂게) 갈보년들 조용히 시켜. 침대로 안 가고 여기서 한숨 잘 테니까 히히덕거리면서 시끄럽게 하지 말고. (의자에 자리를 잡으며 투덜거린다.) 이 해리 호프가 갈보년들한테 방을 세 주리라고는 꿈에도 생각 못했네. 베시가 어떻게 생각할까? 내 방은 절대 안 돼. 걔네들이야 딴 애들처럼 착하긴 하지. 지들도 먹고 살아야 하니까. 방세도 내야하고, 그거야─ (한쪽 눈을 치켜뜨고 안경 너머로 마셔를 보고 웃는다.) 에드, 베시가 무덤에서 아주 그냥 길이길이 날 뛸 거야. (키득거린다. 그러나 마셔는 두 눈을 감은 채, 졸면서 대답을 하지 않는다. 호프도 두 눈을 감는다. 호프는 뒤쪽에 있는 바 출입문을 열고 오른쪽을 바라보고 현관에 서 있다. 한 여자의 웃음소리가 들린다.)

로키 (경고하듯) **안 돼! 쉿!** (그들에게 따라오라고 손짓하며 들어온다. 바 뒤로 가서 위스키병과 술잔, 의자들을 가져온다. 마지와 펄은 그를 따라오며 주변을 둘러본다. 래리와 패릿을 제외하고는 모두 잠들어 있거나 졸고 있다. 패릿은 두 눈을 감고 있다. 이십대 초반의 두 여자는 거리의 여자들이며 평소처럼 야한 옷차림이다. 펄은 검은색 머리와 눈동자를 가진 이탈리아 여성이다. 마지는 갈색머리와 적갈색 눈동자를 가진 혼혈로 뉴욕 빈민가 출신이다. 둘 다 통통하고 덕지덕지 바른 화장 속에서도 예쁜 얼굴은 드러난다. 각자 젊은이들의 신선함을 가지고 있으나 자신들이 하는 일 때문인지 힘들고 지친 기색이 드러난다. 둘 다 감상적이고, 어리석고, 잘 웃고, 게으르고 선하고, 인생에 그런대로 만족하고 있다. 그들은 로키를 어머니 같은 다정한 두 누나가 동생을 못살게 굴고 놀리는 것처럼 대한다. 로키는 자신의 감독 하에 돈벌이를 하도록 애완동물을 훈련시킨 주인처럼 그들을 대한다. 그는 자랑스러운 소유주로서 그들에게 애정을 느끼고, 그의 훈련은 다소 견딜 만하다.)

마지 (주변을 둘러보며) 이런, 펄, 여기 완전 시체실이야. (래리와 눈이 마주치자 애정 어린 미소를 짓는다.) **안녕하세요, 현자 아저씨, 아직 안 죽었네요?**

래리 (씩 웃으며) **응, 아직은. 하지만 죽기만을 목이 빠지게 기다리고 있지.** (패릿이 눈을 뜨고 두 여자를 바라본다. 그러나 그들이 그를 바라보자마자 다시 두 눈을 감고 고개를 돌린다.)

마지 (펄과 함께 앞쪽에 있는 오른쪽 탁자로 간다. 로키가 뒤따라온다.) **저 새로운 남자는 누구예요? 래리 아저씨, 친구예요?** (자동적으로 패릿에게 유혹적인 미소를 지으며 직업적인 멘트를 날린다.) **재**

미 좀 보실래요?

펄 쟤도 완전 뻗었네. 젠장!

호프 (한쪽 눈을 뜨고 안경 너머로 그들을 보며 졸린 중에 화를 낸다.) 야, 갈보들 입 다물어. (다시 눈을 감는다.)

로키 (그들을 잘 타이르며) 때려눕히기 전에 앉아라. (마지와 펄은 탁자의 왼쪽과 뒤쪽에, 로키는 오른쪽에 앉는다. 여자들이 술을 따른다. 로키는 시선을 호프에게 고정한 채 낮은 목소리로 무뚝뚝하면서 사무적인 태도로 시작한다.) 그래, 일은 어땠어?

마지 꽤 괜찮았어. 그치, 펄?

펄 그럼. 꽤 괜찮은 두 놈을 낚았지.

마지 6번가에서. 시골 촌뜨기들이였어.

펄 둘 다 술이 떡이 됐던데.

마지 땡 잡았다고 생각하고 호텔로 데려갔지. 술이 떡이 됐으니 우리를 안 괴롭힐 거고, 여기 있는 것과는 차원이 다른 푹신한 침대에서 잘 수 있을 거라고 기대했지.

펄 근데 완전 꽝이었어. 우리를 귀찮게 하지는 않는데, 잠을 안자는 거 있지. 세상에, 그렇게 수다스런 남자들은 첨이라니까.

마지 냉나빌을 끓넘서 싱지 어써고 아느네. 우리는 아예 관심도 없어. "진보당원이야말로 제대로 된 남자들이지"라고 한 놈이 말하니까, 다른 놈이 "웃기지마! 난 공화당원이야!"라고 하면서 막 웃더라고.

펄 그러다가 한판 붙는다고 난리치고, 그 다음에 화해했다가, 울고 나서 "학창시절"을 불러대고. 옆에서 축음기는 돌아가지. 이 난리통 속에 잠을 잘 수가 있어야지!

마지 마침 호텔주인이 올라와서 나가라고 하더라고.

펄 그래서 걔네들한테 모퉁이에서 기다리겠다고 말하고

마지 우리는 이리로 와버렸지.

로키 (강요하는 투로) 그래, 알았어. 돈은 어디 있어.

펄 (마지에게 윙크하며 - 장난스럽게) 철저해, 그치?

마지 우리 귀여운 사업가! 그렇지!

로키 얼른 내놔! (둘 다 스커트를 들어 올리고 스타킹에서 돈을 꺼낸다. 로키는 이 동작을 유심히 본다.)

펄 (즐거워하며) 우리 보고 있는 것 좀 봐봐, 마지.

마지 (즐거워하며) 우리가 돈을 빼돌릴까봐 겁나나 보지.

펄 채갈려고 있는 거 봐봐, 누가 보면 지가 번 돈인 줄 알겠네. (로키에게 작은 돈다발을 건넨다.) 여기 있다, 이 날강도야.

마지 (자신의 돈을 건네며) 이거 먹고 숨이나 콱 막혀라. (로키는 재빨리 돈을 세고 주머니에 넣는다.)

로키 (다정하게) 바보 같은 예쁜이들 땜에 못살아. 나 아니면 그 돈 가지고 뭐할 건데? 어떤 뚱쟁이한테 다 뺏길라고.

펄 (장난스럽게) 치, 그게 무슨 차이-? (서둘러) 아니, 꼭 그런 뜻은 아니고, 로키.

로키 (눈빛이 거칠어지며 - 천천히) 차이가 많지, 무슨 말인지 알아?

펄 기분 나쁘게 듣지 마. 치, 농담도 못 받아줘?

마지 맞아, 로키. 펄이 농담한 거야. (달래며) 넌 안정적인 직업

이 있잖아. 그래서 우리가 널 좋아하는 거고. 넌 바텐더
니까 우리한테 빌붙어 먹지 않잖아.

로키 (다시 다정하게) 그래, 난 바텐더야. 다들 그렇게 알고 있어.
내가 니네들한테도 잘해주잖아, 그치? 니네들이 조금씩
빼돌리고 있는 거 다 알아, 근데 그냥 넘어 가는 거야. 니
네들은 참 괜찮은 애들이야. 나한텐 니네들밖에 없는 거,
알지?

펄 우리한테도 니가 최고야. 그치, 마지?

마지 당연하지. (로키가 만족스럽게 활짝 웃고 바로 술잔을 가지러 간다.
마지가 속삭인다.) 이 등신아, 쟤한테 그런 농담하면 안 된다
는 거 몰라? 맞아도 싸지!

펄 (동조하며) 쟤 한 번 성질나면 너도 팰 걸. 성질이 지랄 같
잖아.

마지 어쨌든, 우리는 포주 같은 건 필요 없어. 직업 창녀도 아
니고. 우리가 그 정도까지는 아니지.

펄 당연하지, 우린 그냥 날라리지.

로키 (바 카운터 뒤에서 컵을 헹구며) 코라가 세 시쯤 돌아와서 척을
깨워서 끌고 갔어. 같이 찹수이를 먹는다나. (역겨워하며)
억지로 먹는 꼴을 생각해봐!

마지 (역겨워하며) 분명히 둘이 결혼해서 시골에 정착해서 사는
옛날 백일몽 이야기나 하며 빈둥거리고 있겠지. 척이 술
은 끊어도 그 백일몽은 절대 못 끊지. 맨날 그 소리잖아.

펄 맞아. 그 등치에 못생겨가지고 미련하게 웃는 꼴 좀 봐봐,

코라는 초딩처럼 키득거리겠지. 어떤 놈이 애는 굴뚝으로 낳는 게 아니라나!

마지 그리고 코라는 우리보다 훨씬 먼저 매춘을 시작했잖아. 그리고 둘이 좀 싸워대니, 코라가 그러는데 척이 또 술독에 빠질까봐 겁나서 결혼을 못 하겠대. 코라가 술주정뱅이를 겁내하다니!

펄 또 그 뺑쟁이가 다시는 술집에 안 가겠다고 다짐하면, 코라는 또 믿는 척 하구. 이제 말하는 것도 입 아프다. 정신병원에 전화해서 둘 다 데려가라고 해야 해.

로키 (탁자로 돌아온다. 역겨워하며) 맞아, 여기 사람들 중에 걔네들 백일몽이 제일 어이없어. 아무도 못 말린다니까. 척이 술을 끊을 때 마다 맨날 그 얘기잖아. 도대체 이해가 안 돼. 결혼은 도대체 왜 하려는 거야? 농장 얘기가 제일 어이없어. 둘 다 여기서 자라서 코니아일랜드 말고는 농장 근처도 안 가본 것들이. 기차 소리가 안 들리면 귀 먹은 줄 알거야. 귀뚜라미 소리 들으면 알코올 중독자들처럼 손을 떨 걸. 예전에 뉴저지의 사촌 집에서 자는데 귀뚜라미 소리 때문에 한숨도 못 잤어. 완전 노이로제 걸렸다니까. (더욱 역겨워하며) 척같이 훌륭한 바텐더가 감자나 캔다는 게 상상이나 가? 창녀가 젖소를 모는 거는 또 어떻고! 참나! 아주 멋진 한 폭의 그림이다!

마지 (나무라며) 코라를 그런 식으로 부르지 마. 걔 착한 애야. 날라리이긴 해도―

로키   (사려 깊게) 그래, 날라리. 내 말이 그 말이야.

펄   (키득거리며) 그래도 젖소 얘기는 맞아, 마지. 코라는 소뿔
       이 어디에 달렸는지도 모를 거야. 오면 물어봐야지. (복도
       에서 문 여는 소리가 들리고 남녀가 다투는 소리가 들린다.)

로키   물어볼 기회 왔네. 두 얼간이들 저기 있다. (코라와 척이 복
       도에서 안을 들여다보고 들어온다. 코라는 마른체형의 탈색한 금발이
       고, 펄과 마지보다 한두 살 정도 더 많다. 그녀의 둥근 얼굴은 마지나
       펄 보다는 더 지쳐 보이지만 인형 같은 예쁜 면은 있다. 척은 거칠고
       굵은 목, 어깨가 각진 이탈리아계 미국인으로 통통하고 귀여운, 가무잡
       잡한 얼굴을 가졌다. 척은 고무줄이 달린 밀짚모자를 쓰고, 화려한 정
       장에 넥타이, 셔츠, 그리고 노란색 신발을 신고 있다. 눈빛은 맑고 황소
       처럼 건장하고 강해 보인다.)

코라   (명랑하게) 안녕, 얘들아. (주변을 둘러본다.) 비 오는 일요일 밤
       의 시체실이네. (래리에게 손짓한다. 다정하게) 안녕하세요. 현
       자 아저씨. 아직 안 죽었네요?

래리   (씩 웃으며) 응 아직. 이렇게 앉아서 죽는 날을 기다리는
       거 정말 지긋지긋해.

코라   절대 안 죽을 걸요! 사람을 시켜서 도끼로 죽여 달라고
       해야지.

호프   (졸린 인싹 눈을 시커뜨고 코라에게― 싸승이 나서) 아 저기 창녀
       들, 입 닥쳐! 여기 매춘굴 아니야!

코라   (놀리듯) 세상에, 해리 아저씨! 말하는 것 좀 봐!

호프   (두 눈을 감는다. 만족스러운 웃음을 지으며 혼잣말로) 제기랄, 베시
       가 무덤에서 난리를 칠거야! (코라가 마지와 펄 사이에 앉는다.

척은 호프의 탁자에 있는 빈 의자를 가져와 코라 옆에 앉는다. 래리의 탁자에서 패릿이 분노한 눈빛으로 여자들을 바라본다.)

패릿   여기가 창녀들이나 들락거리는 데라는 걸 알았더라면 안 왔을 텐데.

래리   (그를 바라보며) 숙녀들을 깔보는군.

패릿   (적대적으로) 이 세상 기집애들은 다 싫어요. 다 똑같아요! (죄의식을 느끼며) 제가 날라리들 때문에 엄마랑 싸웠던 거 아시잖아요, 제 심정 이해하시죠? (적대적인 냉소를 보이며) 하지만 그게 아저씨랑 무슨 상관이에요? 아저씨는 이미 인생 다 쫑내고 특별 관중석에 앉아 있는데.

래리   (날카롭게) 니가 그걸 기억하니 다행이다. 니 일엔 눈곱만큼도 관심 없어. (두 눈을 감고 잠을 자려고 한다. 패릿이 냉소적으로 그를 바라본다. 그리고 나서 시선을 다른 곳으로 돌리고 그의 표정은 공포에 질린다.)

코라   래리 아저씨 옆에 있는 쟤는 누구야?

로키   구두쇠. 재수 없는 놈.

펄   코라야, 말해봐. 소뿔은 어디에 달렸지?

코라   (당황하며) 그 얘기 다신 꺼내지마. 농장 얘기라면 지긋지긋 해.

로키   왜 우리한테 지랄이야!

코라   (이 말을 무시하며) 그것 땜에 이 철없는 놈팽이랑 여태 싸우고 있어. 척은 뉴저지가 좋다고 하고, 나는 코니아일랜드랑 가까우니까 롱아일랜드가 좋다고 하고. 그래서 내가 그랬지. 니가 술을 완전히 끊었는지 내가 어떻게 알아? 술에 절어 사는 게 우리 방식이니까 니가 술을 얼마나 마시든 상관은 안 하는데 술고래랑 결혼할 생각은 없어.

척 나는 술 완전히 끊었다고 말했지. 그랬더니 코라는 내가 자기 면전에다 대고 날라리라고 하고 나서 한 달 있다가 결혼하재. 그래서 내가 그랬지. 왜 그래야해? 내가 뭐 처녀랑 결혼하냐? 니가 그 짓거리 그만두고 아이스맨이나 딴 놈들하고 바람만 안 피면 내가 왜 불평하겠어? (그녀를 와락 끌어안는다.) 그게 내 솔직한 맘이야, 애기야. (코라에게 뽀뽀한다.)

코라 (척에게 뽀뽀하며) 어휴, 이 놈팽이!

로키 (깊은 역겨움에 고개를 가로 저으며) 그만 좀 할래? 내가 한 잔 살게. 뭔들 못하겠니. (일어난다.)

코라 아냐, 이거는 내가 살게. 오늘 운 좋은 일이 있었어. 그래서 축하하려고 척을 이리로 끌고 온 거야. 선원이었는데 내가 주머니 좀 털었지. (키득거린다.) 들어봐, 완전 코미디였어. 내가 그동안 술고래들을 수없이 만나봤는데 이놈은 그 중에 최고였어. 브루클린 해군 조선소에서 주는 술은 헤리네 술만큼 인긴 쓰레기인끼 뫼. 내 손님들이 니가는데 그때 이놈이 가로등을 뽑아 올리려고 하는 걸 본거야. 그래서 경찰이 오기 전에 얼른 가서 그랬지. "안녕, 미남 오빠, 놀다 갈래요?" 그랬더니 술이 완전 떡이 되어가지고 또 예의를 갖춘답시고 나한테 인사를 하려고 하는 거 있지. 생각해봐, 내가 안 넘어지게 받쳐줬으니 망정이지, 안 그랬으면 꼬꾸라져가지고 땅에다 코를 박았을 걸. 그랬더니 그 놈이 뭐란 줄 아니? "아가씨" 그러더니 "자연사 박물관으로 가는 가장 빠른 길 좀 알려 주시겠습니까?" 이러는 거야. (모두 웃는다.) 상상이나 가니! 새벽 두시에 말이야. 그게 어디 있는지 내가 어떻게 아니. 그래서 "그럼요. 알려드릴게요." 하구선 어두운 골목으로 데리고 가서 벽에 세워놓고 몸을 뒤졌지. (키득거린다.) 그랬더니 진짜 거짓말 아니고, 그 병신 같은 놈이 히죽거리면서 "간지러워" 이러는 거야. 난 그냥 돈 좀 있나 하고 주머니를 뒤지고 있었는데. 거의 죽을 뻔 했어. 그러고 나서 등짝을 돌리고 밀치면서 말했지. "쭉 가세요. 가다보면 오른쪽에 큰 흰색 건물이 있어요. 금방 찾을 거예요." 아마 아직도 노스 강에서 헤엄치고 있을 걸. (모두 웃는다.)

척 그런 놈한테 돈을 준 미국 정부가 나쁜 놈이지.

코라 (사업적인 분위기로) 십이 달러 빼왔어. 자, 로키, 술 좀 가져와 바. (로키가 바로 돌아간다. 코라는 실내를 둘러본다.) 참, 좀 전에 척이 말한 아이스맨 얘기가 나와서 말인데, 히키는 어디 있어?

로키 우리도 궁금하던 참이야.

코라 지금쯤이면 여기 와 있어야 하는데. 척이랑 같이 봤거든.

로키 (술은 잊고 흥분한 채 바로 돌아온다.) 히키를 봤어? (호프를 흔든다.) 사장님, 일어나 봐요! 코라가 히키를 봤대요. (호프는 순간적으로 잠에서 깨어나고, 휴고와 패릿을 제외한 모두가 신비한 무선 통신이 감도는 것처럼 희망을 품으며 일어난다.)

호프 코라, 어디에서 봤어?

코라 요 앞 모퉁이에서요. 거기 서 있던데요. 우리가 "어서 오세요. 사람들이 아주 목이 빠져라 기다리고 있어요"라고 하고나서 농담 삼아, "아이스맨은요? 아저씨 집에서 어떻게 지내고 있어요?" 그랬더니 웃으면서 "잘 지내. 사람들한테 곧 간다고 전해. 그들을 구원하고 평화를 가져다 줄 최상의 방안을 이제 막 찾았어"라고 하던데요.

호프 (키득거린다.) 새로운 사기를 구상했군! 구세군 복장으로 나타나는 거 아냐! 로키, 나가서 찾아와. 가서 여기서 우리가 구원을 기다리고 있다고 해! (로키가 씩 웃으며 나간다.)

코라 그죠. 그냥 농담하는 거겠죠. 근데, 좀 이상하기도 했어요. 뭔가 달라진 거 같았어요.

척 당연하지, 맨 정신이었잖아. 그게 달라진 거야. 우리는 맨날 취한 거만 봤잖아

코라 알아! 내가 바보야?

호프 (확신하며) 지금까지 본 계집 중에 제일 멍청하지! (의아해하며) 맨 정신이었다고? 이상하네. 오는 길에 항상 한 잔 걸치고 오는데. 곧 또 마시겠지. 열두 시에 내 생일 파티를 시작하면 또 얼큰히 취할 거야. (흥분과 기대로 키득거린다. 모두에게 연설하며) 잘 들어! 히키가 우리한테 새로운 사기를 치려고 한데. 우리 다 속아주는 척 하다가 다시 속여주자

고, 알았지? (모두 웃으며 "그럼, 해리," "좋지," "바로 그거야," "갚아줘야지" 등등 말한다. 모두의 얼굴은 기대에 차서 상기되어 있다. 로키가 바의 끝 문으로 히키와 함께 들어온다. 빌로 히키를 감싸고 있나.)

로키   (애정 어린 웃음으로) **여기 망나니 대령이요!** (모두 일어나서 "어서 와, 히키"와 같은 애정 어린 찬사로 그를 맞이한다. 휴고도 혼수상태에서 일어나 고개를 들고, 두꺼운 안경 너머로 껌벅거리며 환영의 표시로 키득거린다.)

히키   (명랑하게) **다들 잘 있었나!** (잠시 서서, 모두를 애정 어린 시선으로 둘러본다. 오십 세 정도로 보통 키보다 약간 작으며 땅딸막한 체격이다. 얼굴은 둥글고 매끈하며 청년 티가 난다. 옅은 푸른 색 눈과 납작한 코, 조그만 입은 굳게 닫혀 있다. 대머리이며 관자놀이 부근 뒤쪽으로 약간의 모발이 남아있다. 얼굴 표정은 세일즈맨의 자신만만한 붙임성과 충심어린 우호에서 나오는 매력적인 웃음을 짓고 있다. 눈은 다른 사람을 웃기면서도 자신에 대한 농담도 즐기는 익살스러움이 담겨져 있다. 사람을 만나면 곧 호감을 표현하는 다정하고 관대한 성품이다. 또한 자신의 사업 분야에서 진정한 능력을 갖고 있다는 인상을 풍긴다. 효율적이며 사업적으로 접근하는 방법이 태도에 배어있고, 눈에는 상대방을 한 번에 파악할 수 있는 예리함이 있다. 말씨에는 세일즈맨의 예의, 유창함, 설득력이 있다. 소도시와 작은 마을에서 성공한 옷차림이다. 현란하지는 않지만 깔끔한 것은 분명하다. 곧 출연 자세를 하고 가슴에 손을 얹은 채 고개를 뒤로 젖히고 가성의 테너로 노래한다.) **"좋은 친구들과 함께하면 언제나 좋은 날씨이지!"** (코믹한 베이스로 바꾸며 다른 톤으로 부른다.) **"한 잔술을 더 마신다고 무슨 해가 있으리!"** (사람들을 웃게 하는 그의 광대 짓에 모두가 폭소를 터트린다. 로키에게 근엄한 태도로 손짓한다.) **로키, 뭐해. 어서 쥐약을 가져와야지!** (로키가 씩 웃으며 술을 가지러 바 뒤로 가는 사이 사람들이 박수갈채를 보낸다. 히키는 앞으로 나와 호프와 악수를 한다. 진정한 애정으로) 주지사, 잘 지냈나?

호프 (열정적으로) 젠장, 히키, 이 망나니, 만나서 반갑네!

(히키는 마셔, 맥글로인과 악수를 한다. 마지와 펄과 악수하려고 몸을 오른쪽으로 기울인다. 가운데 탁자로 가서 루이스, 조 모트, 웨트존 그리고 지미와 악수를 한다. 윌리, 래리, 휴고에게는 손을 흔든다. 그는 진정한 애정으로 일일이 이름을 부르며 인사를 한다. 대답은 "자넨 어때?" "별일 없고?" "잘 지내지?" "만사형통이지?" 등으로 한다. 로키는 래리의 탁자에서 시작해 한 탁자에 술 한 병씩, 그리고 위스키 잔과 탄산수를 놓는다. 호프가 말한다.) 히키, 앉아. 어서 앉게나. (히키는 호프와 지미 투마로의 두 탁자 사이에 있는 둘째 줄 탁자 앞쪽에 앉아 앞을 바라본다. 호프는 기뻐서 흥분한 채 이어서 말한다.) 저 씩 웃는 못생긴 얼굴은 여전하구만. (조롱하듯 코라에게 고개를 끄덕이며) 저 맹꽁이가 자네가 변했다던데, 하나도 안 변했네. 자네 얘기 좀 해봐. 그동안 어떻게 지냈어? 백만장자처럼 보이는군.

로키 (히키의 탁자로 와서 위스키 한 병과 잔 그리고 탄산수를 놓은 다음, 히키에게 열쇠를 건넨다.) 여기 열쇠요, 예전이랑 같은 방이에요.

히키 (열쇠를 주머니에 넣으며) 고맙네. 좀 있다가 올라가서 한숨 자야겠어. 요새 잠을 통 못 잤더니 피곤해 죽겠어. 한두 시간 푹 자고 나면 좀 나아지겠지.

호프 (로키가 그의 탁자에 술을 놓을 때) 자네가 잠 걱정하는 소리 처음 듣네. 전에는 자러간단 얘기 안하더니. (그가 술잔을 치켜들자, 패릿을 제외한 모두가 따른다.) 몇 잔 들이키면 잠이 싹

달아날 거야. 자, 히키, 건배! (모두가 평소의 익살스러운 축배에 참여한다.)

히키　(진심으로) 다들 마셔! (모두가 마신다. 그러나 히키는 탄산수만 마신다.)

호프　젠장, 뭐야, 탄산수를 먼저 마시네. 새로운 쇼인가?

히키　아니, 로키한테 말하는 걸 깜빡했네. 미안하네만, 나 술 끊었어. 완전히. (모두가 믿을 수 없다는 듯 어리둥절해 하며 그를 바라본다.)

호프　무슨 개 같은ㅡ (다른 사람들에게 윙크하며, 농담조로) 좋아. 구세군에라도 가입했구먼, 안 그래? 기독교 여성 금주위원회 회장으로 뽑히기라도 한 거야? 로키, 저기 술병 치워. 죄악의 구렁텅이로 유혹하면 안 되지. (모두가 키득거린다.)

히키　(진지하게) 아니, 진심이야, 해리. 안 믿기겠지만ㅡ (잠시 멈추었다가 다시 시작한다.) 코라 말이 맞아. 나 변했어. 술 말이야. 난 더 이상 술이 필요 없어. (모두 이 말이 장난이기를 바라며 바라본다. 하지만 감명 받기도 실망하기도 하면서 그의 변화를 감지하고 왠지 모를 불편함을 느낀다.)

호프　(억지로 농담을 하려하며) 그래, 계속 놀려 봐! 코라 말이 우리를 구원하러 왔다며! 그래 계속해봐. 후련하게 털어나 봐. 예배를 시작해! 원하면 염병할 찬송가를 불러도 좋고. 우리는 성가대를 하지 뭐. "취하지 않은 자는 이 안식처에 올 수 없나니." 괜찮은데. (억지로 낄낄거린다.)

히키　(씩 웃으며) 이런, 주지사! 설마 내가 여기 금주 상품을 팔러 왔다고 생각하는 건 아니지? 날 그렇게도 모르나! 내가 술을 끊었다고 금주 운동을 하겠다는 게 아냐. 젠장, 내가 그렇게 배은망덕한 놈이 아니라고. 참 즐거운 시간들이었어. 즐거운 건 예나 지금이나 마찬가지야. 술에 취해서 기분이 좋아지고 마음이 편안해진다면, 술을 안 마실 이유가 없잖아? 다 이해해. 그쪽은 내가 전문이잖아. 이미 다 통달했고. 내가 술을 끊은 진짜 이유는— 글쎄, 마침내 나를 더 비참하게 만드는 가짜 백일몽을 벗어 던지고 내 자신을 똑바로 마주할 용기가 생겼어. 주위의 행복을 위해 내가 할 일을 하는 용기 말이야. 그러고 나서 마음이 평온해지고 더 이상 술이 필요 없게 된 거야. 이게 다야. (그는 잠시 멈춘다. 그들은 불편한 기색으로 그를 바라보며 자신을 보호하려 든다. 히키가 주위를 둘러보며 애정 어린 웃음을 지으며— 사과 조로) 괜히 내 얘기로 분위기 깨지 말고 다시 시작하자고. 로키, 술 가져와. (주머니에서 두툼한 돈 뭉치를 꺼내 십 불짜리를 뺀다. 모두의 얼굴이 밝아진다.) 이 돈만큼 술 가져와. 모자라면 말하고.

로키   그 돈이면 하마도 마시고 뻗겠는걸요. 자, 잔들 채우세요. (모두 술을 따른다.)

휴고   그 말을 들으니 이제야 자네답군. 그 금주 얘긴— 연기 그만하고 술이나 마셔.

히키   연기 아냐. 그렇다고 오해하진 말구. 술을 안 마신다고 해서 파티까지 빠지겠다는 말은 아니네. 자네 생일 파티에 빠질 거면 내가 여기 왜 왔겠나. 자넨 항상 내 좋은 친구고, 내 가장 좋은 친구네. 여길 떠난 뒤로 줄곧 자네 생각을 해왔어. 여기로 걸어오는 내내―

호프 걸어? 걸어왔다고?

히키 그랬네. 아스토리아 황무지에서부터 여기까지. 아무렇지도 않았어. 여기 도착하기 전에 대답을 찾은 거 같애. 약간 피곤하고 졸리긴 하지만 그거 말고는 기분이 아주 좋아. (농담하며) 주지사, 자네에겐 고무적인 얘기야― 선거구 둘러보는 거 겁낼 필요가 없다는 의미야. (나머지 사람들에게 윙크한다. 호프는 잠시 불쾌하여 굳어진다. 히키가 계속 말한다.) 뚱보치고는 먼 길을 걷는데 그렇게 힘들지 않았어. 공원에 앉아 잠시 생각을 했지. 이블린한테 떠난다고 말하러 침실로 간 게 열두 시쯤이었으니까 여섯 시간이네. 아니, 그보다 덜 걸렸군. 코라랑 척을 만났을 때가 자네들을 생각하면서 잠시 모퉁이에 서 있을 때였어. 물론 코라한테 했던 자네들을 구원한다는 얘기는 농담이고. (진지하게) 아니, 진담이야. 술 얘기 말고. 내 말은 자네들을 백일몽에서 구원하겠다는 뜻이야. 내가 경험해 보니까 알겠어. 백일몽은 우리가 진정한 안식을 찾는 것을 방해하고, 삶을 망치고 독이 돼. 내가 지금 느끼는 이 해방감과 만족감을 봐봐. 마치 새사람이 된 기분이야. 자네들도 용기만 있으면 치료는 간단해. 정직이라는 약이 최고의 처방이야. 내 말은 스스로에 대한 정직 말이야. 그러니 스스로에 대해 거짓말하고 내일이라는 말로 자신을 속이는 짓은 이제 그만

뒤. (사람들에게 열변을 토했으나 혼자 큰소리로 떠든 것처럼 정면을 바라보고 있다. 그들의 불안과 분노에 찬 눈길이 그에게 고정된다. 그의 태도는 다시 사과조로 바뀐다.) 젠장, 꼭 착하게 살라는 설교 같구만. 그 부분은 잊어버려. 집안 내력인가 봐. 아버지가 자작나무 회초리로 내 엉덩이에 구원을 내리곤 하셨지. 전에 말한 것처럼 인디애나 주 시골 목사셨지. 농부들의 가장 좋은 부지들을 팔아치울 정도로 말주변이 좋았으니, 그걸 내가 물려받은 셈이야. (세일즈맨의 입심으로) 이봐, 가짜 금괴나 팔려는 놈 취급 하지 말고. 소매에 아무것도 안 숨겼어. 가령, 자네들 중에 말이야, 주지사, 가령 자네가 선거구 도는 거—

호프   (방어적으로 날카롭게) 그게 뭐?

히키   (애정 어린 웃음으로) 자네도 알잖아.

호프   (도전적으로) 젠장, 둘러볼 거야!

히키   그래, 이번에는 그래야지. 내가 도울 거니까. 진정한 마음의 평화가 뭔지 알려면 꼭 해야 할 일이지. (지미 투마로를 바라본다.) 지미, 자네도 마찬가지야. 얼른 복직해야지. 내일이라는 말은 그만하고. (지미가 위엄 있게 보이기 위해 측은할 정도로 애를 쓰되 근이지지   간청하듯) 아니, 말 하기 마, 지미. 내일이라는 분야는 내가 통달했어.

지미   무슨 말이야. 내가 바보같이 미룬 거는 인정하지만 이제 결심했어. 정리가 되는 대로—

히키   좋아. 그 정신상태! 내가 돕겠네. 자네가 그동안 나에게 잘해줬으니 내가 얼마나 은혜를 아는 놈인지 증명해 주지. 모두 끝나면 자신에 대해 더 이상 책망할 필요가 없어. 내게 고마워할 걸세. (다른 사람들을 둘러본다.) 여기 있는 여러분 모두, 여기 숙녀들도, 어찌됐거나 한 배를 탄 거나 마찬가지입니다.

래리   (냉소적으로 듣고 있다가 코믹한 열광적인 속삭임으로) 이런, 정곡을 찔렀군! 여긴 백일몽의 궁전이야!

히키   (웃으며 애정 어린 농담을 한다.) 오! 특별관중석의 바보철학자께서 입을 여시는군! 자네는 특별 예외라고 생각하나? 자네에겐 인생이 더 이상 큰 의미가 없지, 안 그런가? 서커스단에서 물러나 애타게 죽음이라는 긴 잠을 기다리고 있지 않은가! (키득거린다.) 자네 생각도 많이 했네, 이 늙은 부랑자. 자네도 정직한 인간으로 만들어 주지!

래리   (뜨끔하여) 도대체 뭔 말이야?

히키   자네같이 현명한 인간이 모른다는 게 말이 되나? 자신에게 물어보게. 자네도 답을 알 거야.

패릿   (호기심과 비웃음이 섞인 만족스러운 표정으로 래리의 얼굴을 바라보고 있다.) 아저씨의 실체를 다 아시네요. (히키를 향하여) 맞아요. 이 늙은 사기꾼의 정체를 다 까발려 버려요. 몰래 빠져나갈 권리는 없으니까.

히키   (처음에는 놀라서, 그 다음엔 당혹스러운 흥미로) 오, 이방인이 있군. 있는지 몰랐네.

패릿   (당황하여 시선을 다른 곳으로 돌린다.) 저는 패릿이에요. 래리 아저씨하고는 옛날부터 알고 지냈어요. (다시 히키에게 시선을 돌리자 그가 여전히 자신을 평가하고 있음을 알아차린다. 방어적으로) 뭘 그렇게 보세요?

히키 (계속해서 바라보며 - 어리둥절해 하며) 아냐, 기분 나빠하지 말게. 누군지 생각을 하느라고. 우리가 전에 만난 적이 있지 않은가?

패릿 (확신하며) 아뇨. 동부는 처음이에요.

히키 그러겠지. 자네가 아닐 거야. 내가 노는 판에서는 절대 얼굴과 이름을 잊어서는 안 되거든. 근데 요상하게도 자네한테 낯익은 면이 있어. 어찌 됐든 같은 통속이지.

패릿 (다시 불편해하며) 무슨 말씀하시는 거예요? 돌았군요.

히키 (냉담하게) 날 속일생각일랑 하지마라, 꼬맹아. 난 유능한 세일즈맨이야. 나 같은 주정뱅이를 회사에서 왜 받아주는 줄 알아. 바로 사람을 꿰뚫어볼 줄 아는 내 능력 때문이야. (다시 얼굴을 찌푸리며 당혹스러워 하며) 그런데 전혀 - (갑자기 밝게 호의를 보이며) 아냐. 분명한 건 자네가 지금 문제가 있다는 것이고 래리의 친구를 돕기 위해서라면 뭐든지 하겠다는 거야.

래리 자네 일이나 신경 쓰게. 저 친구는 자네나 나에게도 아무 의미 없어. (히키는 예리하게 탐색하는 눈길로 그를 바라본다. 래리는 시선을 피하면서 비웃는 투로 말한다.) 자네 때문에 다들 긴장하고 있잖아. 우리를 어떻게 구원할 건지 그 얘기나 더 해보게.

히키   (온화하게 그러나 다소 상처를 받은 듯) 이런, 고깝게 듣지 말게,
래리. 나한테 왜 그러나. 우린 항상 좋은 친구였잖은가,
안 그런가? 나는 항상 자네를 엄청 좋아했었어.

래리   (다소 부끄러운 얼굴로) 나도 자네를 좋아했네. 히키, 잊어버려.

히키   (밝아지며) 좋아! 바로 그 정신이지! (자신들의 술을 잊고 있는 다
른 사람들을 둘러보며) 다들 왜 그래? 뭐야, 장례식같이 분위
기가 왜 이래? 자, 와서 마시라고! 분위기 좀 띄워봐! (다들
마신다.) 한 잔 더. 축하파티잖아. 내 말이 너무 심각했다면
잊어버려. 분위기 망치는 인간은 되기 싫어. 내가 또 딴
얘기한다 싶으면, 언제든지 꺼지라고 말해! (점차 졸리자 하
품을 하고 그의 말소리는 알아듣기 어려워진다.) 자네들에게 뭘 믿
으라고 강요하려는 건 아니야. 그냥 내가 경험해봐서 알
아. 거짓 백일몽이 자네들한테 무슨 짓을 할 수 있는 지
그리고 그 백일몽으로부터 벗어나면 얼마나 마음이 편해
지고 스스로 만족스러운 삶을 살게 되는지. (다시 하품한다.)
이런, 갑자기 졸음이 쏟아지네. 너무 오래 걸어서 그런가
봐. 위층으로 올라가야겠어. 이렇게 뻗다니 마치 속임수
같잖아. (일어나려다가 다시 주저앉는다. 졸음을 쫓기 위해 눈을 껌
뻑인다.) 지금까지 진정한 평온이 무엇인지 몰랐어. 정말
엄청난 느낌이야. 뭐랄까, 자네들이 아파서 죽을 것처럼
고통스러운데 의사가 팔에 주사 한 방 놔주면 모든 고통
이 사라지면서 스르르 잠이 드는 것과 같다고나 할까. (두
눈을 감는다.) 마침내 자신을 해방시킬 수 있어. 바다 맨 밑

바닥까지 자신을 가라앉혀봐. 평온 속의 휴식이야. 더 갈 필요가 없어. 자네들을 들들볶을 빌어먹을 희망이나 꿈도 더 이상 없지. 자네들도 경험해보면 내 말이 무슨 말인지 — (잠시 멈춘다. 웅얼거린다.) 미안하네. 잠깐 눈 좀 붙여야겠어. 모두들 마셔. 내 앞으로 달고— (완전한 탈진으로 인한 잠이 그를 압도한다. 턱이 가슴으로 처진다. 모두들 당혹스러운 불안한 기색으로 매료된 듯 그를 바라본다.)

호프 (불쾌한 말투로) 아주 멋진 묘기군, 우리를 두고 잠이 들다니! (무리들에게 흥분하여) 다들 왜 그래? 왜 안 마셔? 맨날 술 타령하더니 술잔을 코앞에 두고 등신같이 뭐해! (그들은 술잔을 들이키고 한 잔씩 더 따른다. 호프는 히키를 바라본다.) 젠장, 도대체 알 수가 없네. 아직도 우리를 놀리는 것 같애. 옛날에 지 할머니를 그렇게 놀려댔었는데. 지미, 자네는 어떻게 생각하나?

지미 (확신하지 못하며) 새로운 장난인 게 분명해. 달라진 거 같긴 하지만. 내일이면 다시 원래 모습으로 돌아오겠지— (급히) 내 말은, 잠에서 깨면.

래리 (찡그리며 히키를 바라본다. 다른 사람을 향하기보다는 스스로를 향해 큰 소리로) 히키가 단순히 농담하는 거라고 생각한다면 큰 오산이야.

패릿 (낮은 목소리로 은밀하게) 나는 저 아저씨가 싫어요. 오지랖하고는. 멀리하는 게 좋겠어요. (래리는 수상쩍은 미소를 보이며 급히 다른 곳을 바라본다.)

지미 (편견 없이 이성적인 태도를 취하려하며) 하지만, 해리. 히키의

헛소리에 뼈가 있다고 생각해. 나도 이제 복직을 할 때가
됐지. 굳이 히키가 상기시켜 주지 않아도.

호프   (솔직한 태도로) 그래, 나도 선거구를 돌아봐야겠어. 하지만
히키는 필요 없어. 내일 내 생일에 맞춰 다 준비해뒀어.

래리   (냉소적으로) 하! (코믹하게 열정적으로 속삭이며) 이런, 히키가
마침내 평화 두 개 팔았네! 근데 그게 진품인지 독약인지
먼저 알아봐야지.

호프   (마음이 동요되어―화를 내며) 이 노동 거부 건달아, 웬 참견이
야? 독약이라니, 무슨 개소리야? 히키가 니 속마음을 꿰
뚫어― (즉시 이 악담에 부끄러움을 느끼고 사과조로 말한다.) 래리,
자네는 항상 죽는 얘기만 해 대잖아. 그게 거슬려. 자, 다
들 마셔. (모두 마신다. 호프의 시선은 다시 히키에게 고정된다.) 술
은 입에도 안 대고 잠만 쳐 자네! 백일몽 이야기만 지껄
이고! 젠장, 모르겠어. (다시 화가 나 불평을 터트린다.) 옛날의
히키가 아냐! 내 생일파티를 망치려고 온 거야! 차라리
오지를 말지!

마셔   (히키의 말에 거의 영향을 받지 않던 그는 제일 먼저 정신을 차리며 숙
취에 마신 술의 효과를 느낀다. 쾌활하게) 조금만 기다리면 원래
대로 돌아오겠지. 그동안 치명적인 금주사례를 여럿 봐
왔지만, 모두 완치가 되어서 옛날처럼 마셔댔지. 저 불쌍
한 놈이 과로로 잠깐 돌았나봐. (깊이 생각하며) 일이란 항상
조심해야 해. 예전에 어떤 위대한 의사가 그랬는데, 일이
란 과학이 증명한 치명적인 습관이래. 그 의사는 길모퉁

이에서 횃불을 켜놓고 시술했지. 방울뱀 기름을 엉덩이에 바르면 삼일 만에 심장마비가 낫는다고 외쳐댔지. 어느 날 나한테 그러더군. "에드, 자넨 천성적으로 허약 체질이야. 매일 저녁 아침 먹기 전에 독한 위스키를 한 병 마시고 할 수 있는 한 절대로 일을 안 하면, 오래 살 거야. 남자들이 한창때 죽는 건 바로 술을 안 마시는 것과 일 때문이지." (말하는 동안 다른 사람들은 그를 향해 활짝 웃는다. 웃기를 바라던 그들은, 그가 말을 끝내자 웃음보를 터트린다. 패릿마저 웃는다. 히키는 시체처럼 잠을 자고, 휴고는 탁자에 머리를 얹고 늘 그러는 것처럼 혼수상태에 빠져 있다가 고개를 들고 두꺼운 안경 너머로 쳐다보더니 멍청하게 키득거린다.)

휴고   (눈을 껌벅이며 주위를 둘러본다. 웃음이 멈추자 마치 아이들을 장난스럽게 놀리는 것처럼 키득거리며 구슬리는 듯한 방식으로 말한다.) 웃어! 부르주아 원숭이들아! 바보처럼 웃어, 멍청한 인간들아! (말투가 갑자기 가두 연설자의 비난조로 바뀌며, 주먹으로 탁자를 내리친다.) 나도 웃을 거야! 하지만 마지막에. 자네들을 비웃을 거야. (자신이 좋아하는 인용문을 낭독한다.) "오, 바빌론! 날은 더워지고! 그대 수양버들 아래 시원함이여!" (모두 일제히 조롱조로 야유한다. 그들이 일상적으로 보이는 반응이기에 휴고는 전혀 개의치 않고 너그럽게 키득거린다. 히키는 계속 잔다. 사람들은 이제 그에 대한 불안감을 잊고 그를 무시한다.)

루이스   (거나하게 취해서) 에드, 우리의 프랑스 혁명가 로베스피에르가 단두대에서 목 잘렸던 얘기를 털어놨으니, 자네 의사 친구 얘기나 더 해봐. 지금까지 들어본 것 중에 제일 분별 있는 의사 같군. 그를 당장 여기 주치의로 모셔야겠어.

(모두 웃으면서 동의한다.)

마셔 (그의 말에 흥분하지만, 슬프게 고개를 젓는다.) 늦었어! 이미 창조주 곁으로 갔어. 역시 과로 때문이야. 자신의 충고를 안 따른 거지. 죽어라고 일만하고 뱀 기름을 너무 많이 팔았어. 부름을 받았을 때가 겨우 여든 살이었거든. 가장 슬픈 건 자신의 운명을 알고 있었던 거야. 지난번에 둘이 술이 완전히 고주망태가 되었을 때 그러더군. "에드, 이 게임은 곧 나를 망칠 거야. 지금 자네 앞에 있는 건 쇠약한 인간, 의학의 순교자지. 아직 신경이 남았다면 난 신경 쇠약에 걸릴 거야. 안 믿겠지만 작년 어느 날 밤에 환자가 너무 밀어닥쳐서 취할 시간마저 없었어. 내 시스템이 마비되고 뇌졸중이 온 거야. 그때 난 의사로서 이게 죽음의 시작이라는 걸 직감했지." 불쌍한 늙은 의사! 이 말을 하면서 울기 시작하더니 "에드, 내 임무를 완수할 때까진 죽기 싫어. 내 기적적인 치료 덕에 이 영광스런 나라가 묘지로 꽉 차는 날을 살아생전에 꼭 보고 싶어."라고 하더라구. (한바탕 폭소가 일어난다. 그는 잠잠해지길 기다렸다가 슬프게 말을 잇는다.) 그 의사가 보고 싶군. 전형적인 신사였지. 지금도 지옥의 어느 길모퉁이에서 호구들한테 심한 화상에는 뱀 기름이 최고라고 떠들고 있을 걸. (또 한 번의 폭소가 터진다. 이번은 히키의 지친 잠 속으로 침투한다. 잠에서 깨려고 머리를 약간 쳐들고 간신히 눈을 반쯤 뜨며 의자에서 꿈틀거린다. 졸린 상태에서 다정스럽게 격려의 웃음을 띠며 말한다. 갑자기 웃음이 멎고 그들은 놀라서 그를 바라본다.)

히키 바로 그 정신 – 난 분위기를 깨고 싶지 않아 – 그저 내가 바라는 건 자네들의 행복이지 – (다시 깊은 잠에 빠진다. 모두 그를 바라본다. 그들의 얼굴에는 당혹감과 분노, 불안감이 나타난다.)

막이 내린다.

2막

내실. 내실과 바 사이에 있는 검정색 커튼은 장면의 우측 벽이 된다. 같은 날 자정에 가깝다.

내실에는 파티 준비가 되어 있다. 무대 앞 중앙에 네 개의 둥근 탁자를 붙여 만든 긴 테이블이 있고 그 뒤로 의자들이 들쑥날쑥 놓여 있다. 테이블 양끝에도 의자가 있다. 즉흥적으로 만든 이 연회에서 근처 식당에서 빌려온 낡은 식탁보가 덮여 있고 그 위에는 술잔과 접시, 포크, 나이프, 스푼이 세트로 열일곱 개의 의자 앞에 놓여 있다. 위스키 병은 사람들이 의자에 앉은 채 손이 닿을 수 있도록 군데군데 놓여 있다. 들여온 낡은 수형 피아노와 의자가 왼쪽 앞에, 벽 쪽으로 붙어 있다. 오른쪽 앞 탁자에는 의자가 없다. 내실에 있던 다른 탁자와 의자를 치워 뒤쪽은 춤출 공간으로 비어 있다. 바닥은 톱밥을 뿌려 쓸어내고 닦아 말끔하다. 벽도 닦아낸 흔적이 보이지만, 오히려 군데군데 덕지덕지한 태만 돋보인다. 전등 받침쇠는 빨간 리본을 늘어뜨려 장식했다. 오른쪽 앞에 따로 있는 탁자 중앙에는 초가 여섯 개 꽂힌 생일 케이크가 있다. 케이크 옆에는 리본 장식이 달린 상자가 여러 개 있다. 그 중 두 개는 넥타이 상자, 두 개는 담배 상자, 다섯 번째 상자에는 손수건 여섯 개가 들어 있고 여섯 번째는 보석상의 정사각형 시계 상자이다.

막이 오르자 코라, 척, 휴고, 래리, 마지, 펄 그리고 로키가 보인다. 척과 로키 그리고 세 여자는 파티를 위한 옷차림이다. 코라는 바에서 가져온 큰 유리잔에 꽃을 꽂아 피아노 위에 둔다. 척은 연회석 왼쪽 끝 의자에 앉아 있다. 코라를 바라볼 수 있도록 의자를 돌려놓고 있다. 탁자 뒤의 가로로 놓은 의자들 중간쯤에 래리가 정면을 보고 앉아 위스키 잔을 앞에 놓고 있다. 그는 찌푸린 얼굴로 정면을 응시하며 산란한 명상에 잠겨있다. 그의 좌측에는 휴고가 평소의 자세로 곯아떨어져 있다. 팔은 탁자위에, 머리는 팔 위에, 머리 옆에는 가득 찬 위스키 잔이 있다. 마지와 펄은 오른쪽 앞에 따로 있는 탁자 옆에서 케이크와 선물을 정리하고 있고 로키는 그들 옆에 서 있다. 척과 로키를 제외한 다른 사람들은 술을 많이 마시긴 했어도, 휴고를 제외하고 아무도 취한 것 같지는 않다. 그들은 축제 기분에서 활기차게 행동하려 하나 억지로 꾸민 듯한 태도이고 그 이면에는 신경과민증에 가까운 초조와 집착이 있다.

코라　　(꽃꽂이 한 것을 보기 위해 피아노에서 물러나며) 어때?

척　(퉁명하게) 내가 꽃에 대해 뭘 알아?

코라　예쁜지 안 예쁜지도 모르냐, 이 멍청아.

척　(달래며) 그래. 니가 좋으면 나도 좋아. (코라는 꽃을 매만지기 위해 꽃이 있는 곳으로 간다.)

마지　(감탄하며 케이크를 바라보며) 와, 케이크 멋지네! 십 년씩 초가 여섯 개구나.

펄　로키, 촛불은 언제 켜?

로키　(퉁명하게) 저 미친 히키한테 물어봐. 자칭 준비위원장이잖아. 사장이 내려오기 직전에 켠대. 한 번에 꺼야 운이 좋다나. 처음에 초를 육십 개 준비한다기에 내가 그랬지. 노인네 심호흡하다 숨 넘어 가겠다고.

마지　(도전적으로) 그나저나, 케이크가 참 멋있다, 안 그래?

로키　(열의 없이) 그래, 그렇긴 해. 근데 사장이 저 케이크 갖고 뭘 어쩔 건데? 한 조각 먹고 켁켁 거릴 텐데.

펄　멍청하긴! 안 그래, 마지?

마지　말해 뭐하니, 입만 아프지.

로키　(톡 쏘며) 너희들 말조심해. 안 그러면—

펄　(반항적으로) 안 그러면 머?

마지　그래! 안 그러면 머? (마지와 펄은 로키에게 도기를 내민다.)

로키　도대체 니들 왜 그래? 이제 곧 열두 시고 사장 생일 파티가 시작될 거야. 소란피우고 싶지 않아.

펄　(부끄러워하며) 그래, 우리도, 로키 (잠시 다툼이 진정된다.)

코라　(어깨 너머로 척에게— 신랄하게) 꽃이 예쁜 줄 모르는 남자는 진짜 얼간이야.

척 그래? 만약 내가 얼간이면 너는− (그러다가 달래는 투로) 싸우나 죽은 귀신이 붙었니? (온화하게 웃는다.) 네쁜이, 뭐가 맘에 안 들어? 내 말은 저 꽃은 그냥 히키가 꾸미는 쇼야. 언제부터 해리 생일에 꽃이 있었어. 해리가 꽃가지고 뭘 어쩔 건데? 제라늄과 콜리플라워도 구분 못하는데.

로키 그래 척, 내 말이. 내가 저 기집애들한테 케이크 얘기한 거랑 같은 거잖아. 케이크도 히키 생각이지. (언짢아하며) 자다 일어난 뒤로, 마치 자기 생일인 것처럼 지 맘대로 다해.

마지 근데, 돈은 히키가 다 댄 거지, 그렇지?

로키 난 생일준비 같은 건 관심 없어. 짜증나는 건 여기 있는 사람들을 다 자기 맘대로 조종하려는 거지. 여기저기 끼어들어서 사람들한테 이래라 저래라 하잖아. 솔직하게도 아니고, 빙 에둘러서 말이야.

펄 맞아. 나하고 마지한테도 그랬어.

마지 맞아. 외판원주제에.

로키 귀에 딱지가 앉을 정도로 헛소리를 해대잖아. 스스로를 속이지 말고 자신에게 정직해라, 진정한 니가 되려면 용기를 가져가라는 둥. 그래서 열이 받아서 그랬지. 여기 있는 인간들한테 딱이라고. 이 인간들 헛소리에 넌더리가 나니까 정신 좀 차리게 해주라고. 그리고 난 백일몽 같은 건 안 꾸니까, 나한테는 해당사항 없다고 했지. (펄과 마지는 비웃는 듯한 눈빛을 서로 교환한다. 로키는 이것을 감지하고 째려본다.) 왜 웃어?

펄 (얼굴이 굳어지며 – 경멸조로) 아냐

마지 아냐

로키 당연히 그래야지. 온전하게 지내려면 히키 말 듣지 마. (화를 내며) 저 미친 자식이 없으면 좋겠어! 마트에서 아예 안 돌아오면 좋겠어. 여기저기 들쑤시고 다니면서 사람들을 다 병신 만든다니까. 해리와 지미 투마로는 이미 지쳐 나가 떨어졌고, 나머지 사람들은 히키 말 안 들으려고 자기 방에 숨어 있잖아. 다들 지금 술 가지고 얼마나 조심하고 있는지 몰라. 혹시라도 취해서 자기들 속내 드러낼까봐. 다들 상 줘도 되겠어.

코라 맞아. 나하고 척한테도 그런 낌새를 풍기고 다녔어. 나랑 척이 진짜로 결혼할 마음도 없고, 척이 술을 끊을 기미도 마음도 없는데.

척 그렇게 말하진 않았어. 만약 그랬다면 내가 한 방 먹였겠지. 내가 그랬지. "나는 완전히 술 끊을 거고, 코라도 그걸 알고 있어."

코라 나도 그랬지. "그럼, 나도 알고 있어. 그리고 척은 내가 옛날에 날라리였다는 말도 내 앞에서 절대 안할 거야. 만약 우리가 서로 속이는 거라고 생각한다면, 보여주겠어!"

척 우리는 히키에게 보여줄 거야!

코라 우리는 준비 다 됐어. 우리는 뉴저지에서 농장도 갖고 결혼도 할 거야. 거긴 결혼증명서가 없어도 되거든. 우리는 내일 결혼할 거야. 그치, 자기야?

척 당연하지, 우리 아기.

로키 (역겨워하며) 세상에, 척, 그 미친 히키가 너를 꼬신다고−

코라 (화를 내며 로키를 향해) 아무도 나랑 척을 꼬실 수 없어! 히키가 맞아. 만약 이 놈팽이가 나랑 결혼할 생각이라면, 해야지. 만약 그 말이 허풍이 아니라면.

로키 (무시하며) 척, 왜 그렇게 멍청하냐.

코라 야, 너는 빠져! 농장의 귀뚜라미 소리 때문에 우리가 미친단 얘기도 하지 마. 너와 귀뚜라미들! 그것들이 무슨 코끼리라도 되냐!

마지 (로키를 옹호하려고− 비웃으며) 저 계집애 무시해버려, 로키. 쟤가 "내일"이라고 하는 거 들었지? 맨날 저 소리야.

코라 (마지를 노려보며) 그래서?

펄 (마지에게 동조하며− 비웃으며) 코라가 신부가 된대! 완전 특종감이다. 니가 같이 잔 남자들 한 줄로 세우면 아마 그 줄이 텍사스까지 갈 걸.

코라 (위협적으로 그녀에게 다가가며) 너 같은 뚱보 창녀가 나한테 그렇게 말하면 안 돼지! 내가 날라리여도 너 같은 싸구려 늙은 창녀는 아니니까!

펄 (분개하며) 누가 창녀인지 보여주겠어! (서로에게 달려들려고 하자 척과 로키가 각자 뒤에서 붙잡는다.)

척 (코라를 강제로 의자에 앉히며) 자기야, 진정하고 앉아.

로키   (펄에게 똑같이 하며) 진정해라, 펄.

마지   (코라를 노려보며) 펄 말리지마. 저런 애는 손 좀 봐줘야 해. 펄이 안하면, 내가 하겠어!

로키   닥쳐! (역겨워하며) 계집애들이란! 사장 생일파티 망치고 싶어?

펄   (약간 창피해하며, 퉁명하게) 누가 망치고 싶대? 하지만 나를−

로키   (짜증스럽게) 아, 그만해! 너는 뭐, 처녀냐? (로키를 바라보는 펄과 마지의 얼굴표정이 굳어지고 험악해진다.)

펄   그 말은 너도 나를 창녀로 생각한다는 거지?

마지   맞아, 나도?

로키   작작해라!

펄   마지와 내가 히키가 하라는 대로 솔직하게 창녀라는 것을 인정하면 넌 기분이 좋겠구나.

로키   그게 뭐 어때서? 그럼 사실 아니야?

코라   (펄과 마지에게 동조하며− 분개하며) 펄과 마지가 너한테 얼마나 잘해 줬는데 고따위로 말해! (펄에게) 펄, 아까 그런 건 진심 아니야. 화나서 그런 거야.

펄   (고맙게 사과를 받아주며) 그래, 나도 화나서 그런 거야. 악감성은 없어.

로키   (안도하며) 그래. 이제 다 해결된 거지, 그치?

펄   (로키를 향해− 모질고 독하게) 좋아, 로키. 우리는 창녀야. 그럼 너는 뭐가 되는 건지 알지, 그렇지?

로키   (화내며) 까불지 마라!

마지	뭐긴, 비열한 좀생이 포주지!
로키	이게 진짜! (마지의 뺨을 때린다.)
펄	추잡한 좀생이 포주 맞잖아!
로키	(펄의 뺨도 때린다.) 이것들이! (그러나 펄과 마지는 험악하고 조소하는 눈빛으로 그를 바라본다.)
마지	이게 바로 본인이 그렇다는 증거지.
펄	맞아! 히키 말 듣고 개심해서 백일몽을 버렸나봐!
로키	(화를 내면서 동시에 그들의 반항에 당황해 한다.) 얻어터지기 싫으면 얌전히 있어라.
척	(화를 내며) 그만해. 해리 생일파티에 니 식구들을 팬다고.
로키	(척을 향해) 누구 식구? 지금 누구한테 말하는 거야? 난 절대 쟤네들 안 패! 날 뭐로 보는 거야? 난 그냥 부인이 너무 말이 많을 때 남편이 살짝 한때 때리는 정도로만 하는 거야. 사장 생일파티를 망치면 안 돼지.
마지	(승리의 눈빛으로 − 비웃으며) 좋아, 펄이 참으면 나도 파티가 끝날 때까지 참아주지.
펄	(비웃으며) 좋아, 그러지 뭐. 이건 완전히 해리를 위해서지 널 위해서가 아냐, 이 비열한 이태리 놈아!
로키	(뜨끔하여) 야, 잘 들어! 괜한 오해하지 마− (그러나 래리가 빈정거리는 웃음을 터트리자 중단된다. 모두 놀란 듯이 펄쩍 뛰고 적의에 찬 눈초리로 그를 쳐다본다. 로키는 그에게 화풀이 한다.) 다 죽어가는 노인네가 누굴 보고 웃어?
코라	(조롱하며) 자신이겠지! 히키한테 모든 걸 들켰으니까!

래리 (그들을 무시하고 휴고에게 돌려 그의 어깨를 흔든다. 코믹한 광적인 속삭임으로) 일어나, 동지! 여기 사방에서 혁명이 시작되고 있는데 자네는 자느라고 놓치고 있어. 꿈속에서 기도는 위대한 허무주의자인 히키한테 해야지, 바쿠닌의 유령이 아냐! 세상을 날려버릴 운동을 시작했어!

휴고 (두툼한 안경을 통해 그를 보며 눈을 깜빡인다. 쉰 목소리로 비난하며) 야, 래리! 변절자! 배신자! 총살시켜 버릴 거야! (키득거린다.) 바보 같은 짓 그만 해! 술이나 사! (앞에 놓인 술을 보고 단숨에 들이킨다. 목이 쉰 베이스로 까르마뇰을 부르며 술잔으로 탁자를 두드린다.) 까르마뇰을 추세! 그 노래를 기리세! 그 노래를 기리세! 까르마뇰을 추세! 그 노래와 대포를 기리세!

로키 조용히 해요!

휴고 (무시하며 ─ 래리에게 경멸에 찬 낮은 어조로) 저 부르주아 돼지 새끼, 히키! 좋은 놈 인척 웃고 농담하면서 감히 나한테 지 생각을 은근슬쩍 내비쳐. 그 놈이 무슨 생각하는지 다 알아. 나는 끝장났고 이제는 너무 늦었다는 거지. 그래서 어차피 와봐야 내 날도 아닐 거니까, 나는 그 날이 오지 않기를 바란다고 생각하지. 그 자식 속내 내가 다 알아! 기깃밀이 디 니쁘다는 거지. 내가─ (쎌리는 듯한 표싱으로 갑자기 멈춘다. 마치 은연중에 실수로 말할까봐 두려워하며 ─ 다시 복수심으로) 첫 번째 가로등에 제일 먼저 목을 매달아 버릴 거야! (갑자기 분위기를 바꾸고 로키와 다른 사람들의 주위를 살핀다. 다시 낄낄거리며) 원숭이들, 뭐가 그리 심각해? 다 농담이야,

안 그래? 우린 그저 취하고, 미친 듯이 웃고, 그러고 나서 죽고, 그러면 백일몽은 사라지지! (심한 조롱조의 경멸감이 그의 목소리에 스며든다.) 멍청한 인간들아 기운을 내! "오, 바빌론, 날은 더워지고!" 프롤레타리아들이여, 곧 시원한 그늘 아래서 무료 야유회가 있을 테니. 우리는 수양버들 아래서 핫도그를 먹고 공짜 맥주를 마시리! 돼지처럼! 아름다운 돼지새끼들처럼! (자신의 말에 당황하고 놀란 듯 갑자기 멈춘다. 경멸에 차서 투덜거린다.) 빌어먹을 거짓말쟁이 히키. 내가 이렇게 빈정거리는 건 바로 그 자식 때문이야. 잠이나 자야겠어. (팔을 포개고 그 위에 머리를 놓고 눈을 감는다. 래리는 그를 동정의 시선으로 바라보고 자신의 술을 마신다.)

코라 (불안해하며) 히키가 안 건드린 사람이 없나봐, 그치? 휴고조차도 넘어간 거 같아.

래리 장난이 아니라고 내가 아침에 경고했지.

마지 (조롱하며) 늙은 현자 양반!

펄 맞아, 히키가 말한 것처럼, 아직도 자기만 예외인척 해. 래리는 백일몽이 없지. 그럼!

래리 (갑자기 화를 내며) 난—! (갑자기 위하는 듯 온화해진 태도는 이 상황을 모면하기 위한 과장된 행동임을 느낄 수 있다.) 좋아, 그렇게 해서 기분이 나아진다면 나한테 화풀이 해. 인형 같은 너희들 머리카락 한 올 한 올이 다 사랑스러운데, 내가 니들을 위해 뭔들 못 하겠니!

펄 (냉담하게) 무슨 케케묵은 아일랜드 헛소리예요? 우리가 크지는 않지만 아저씨 인형은 아니라고요! (갑자기 기분이 누그러지면서 미소 짓는다.) 하지만 우리가 예쁘다는 건 인정해요. 그치, 마지?

마지 (미소 지으며) 당연하지. 하지만 늙은 색마가 돈이 있다한들 예쁜 인형을 갖고 뭘 하겠어? (놀리듯 웃고 래리의 어깨를 다정하게 토닥인다.) 아저씬 헛소리해도 괜찮아요!

펄 당연하지. 아저씨는 우리들 중에서 최고예요. 다들 신경이 곤두서서 그래요. 저 형편없는 세일즈맨은─ 왜 저렇게 변한 거야? 저렇게 변한 사람은 처음이야. 래리, 잘난 체 하는데, 아저씨 생각에 히키가 갑자기 왜 그런 거 같아요?

래리 몰라. 말하는 거 보니까 그렇게 된지 꽤 오래된 것 같은데. 해리 생일날 발표할 뭔가 대단한 게 있는 거 같애. (그러고 나서 짜증스럽게) 젠장 할! 알고 싶지 않아. 자기 일이나 알아서 하라고 하지. 나는 내 일이나 신경 쓸 테니.

척 맞아, 내 말이 그 말이지.

코라 참, 아저씨 그 젊은 친구는 어디로 사라졌어요?

래리 어디 있는지 관심 없어. 아예 꺼져 버렸으면 좋겠다. (그러고 나서 모두가 그의 분노에 놀라는 것을 눈치 채고 급히 덧붙인다.) 정말 생기신 놈이야.

로키 (혼자 생각하다가 끼어든다.) 히키에게 무슨 일이 있었든지 관심 없어. 하지만 계속해서 나대고 다니면 어떻게 될지는 알고 있지. 내가 그랬어요. "히키, 여기 있는 다른 사람들처럼 그동안 좋은 사람이었으니까 내가 지금 엄청 봐주고 있는 거예요. 하지만 아저씨뿐만 아니라 대통령 할아버지가 와도 봐줄 수 없는 게 있어요. 이 말을 명심하세요. 안 그러면 병원 신세지게 될 지도 몰라요. 아니면 몰래 바람 피우고 있는 부인과 아이스맨이랑 같이."

코라 로키, 그 아이스맨 농담은 하지 마. 본인이 그러는 건 괜찮은데- 히키가 이번에는 옛날에 했던 아이스맨 농담은 안 하는 거 같던데. (흥분하며) 부인이 바람피우는 걸 현장에서 덮쳤을까? 아이스맨 말고, 다른 남자랑 말이야.

로키 무슨 헛소리야. 안 취했으니까 그런 농담도 안하고 부인 사진도 안 보여주지. 만약 현장을 덮쳤었다면 취했겠지, 안 그래? 부인을 복날 개 패듯 패고 다른 놈들처럼 술이 떡이 될 때까지 퍼 마셨겠지. (여자들은 이 논리에 납득하고 고개를 끄덕인다.)

척 그래! 로키 말이 맞아. 취해서 완전 고주망태가 되었겠지. (그가 말하는 동안 흑인 조가 복도에서 들어온다. 그에게는 눈에 띄는 변화가 있다. 걸음걸이는 우악스럽고 호전적인 허세가 있고, 선량한 얼굴에는 불쾌한 의혹의 빛이 가득하다.)

조 (로키에게- 반항적으로) 저녁 내내 입구에서 오늘은 일 있어서 가게 문 닫는다고 말했어. 해리한테 문지기 필요하면 돈 주고 하나 쓰라고 해.

로키 (험악해지며) 네? 사장이 아저씨한테 얼마나 잘해줬는데.

조 (부끄러워하며) 그렇긴 하지. 진심은 아냐. 어쨌든, 됐어. 슈바르츠 경관한테 말했어. 오늘은 파티가 있어서 문을 닫는다고. 사람들이 가게에 못 오게 해줄 거야. (다시 공격적으로) 큰 잔으로 한 잔 줘!

척 누가 못 먹게 해요? 히키 앞으로 달아 놓고 맘대로 먹을 수 있잖아요.

조 (탁자에 있는 술잔과 술병에 손을 갖다 댈 때 히키 이름이 언급된다. 거부할 듯 손을 거둬들이더니 다시 도전하는 태세로 움켜쥐며 가득 따른다.) 좋아, 내가 그 놈 술을 얻어먹었지만, 미친 헛소리를 들어주었으니 그 대가로 일 년은 더 얻어먹어도 돼. 그 자식 턱에 장애나 생겼으면 좋겠어. (술을 마시고 한 잔 더 따른다.) 그 놈 술을 얻어먹긴 해도 그 놈이랑 같이는 안 마셔. 그럼, 더 이상은 절대 아냐!

로키 웃기시네. 히키가 무슨 문제예요? 히키가 뭘 어쨌는데요?

조 (뾰로통하며) 참견 마. 나도 니 일에 참견 안하잖아, 안 그래? (심하게) 그래, 너는 히키가 아무 문제없다고 생각하지? 백인이니까, 그렇지? (공격적으로) 니네 백인들, 잘 들어! 내가 흑인이 아닌 척 하거나, 혹은 내가 흑인인 것을 수치스러워 한다는 생각은 하지 마, 알겠어? 안 그러면 니들과 나 사이에 곤란한 일이 생길 수가 있어. (술잔을 들고 무리로부터 멀리, 왼쪽으로 걸어가서 피아노 의자에 털썩 주저앉는다.)

마기 (낮게 하는 무소리로) 뻔뻔한 거 좀 봐! 우리가 잘 해 주니까 완전 기고만장해졌네! 저렇게 하면 지가 흑인이 아닌 줄 아나봐.

척 왜 시비야. 저 깜둥이가 죽을라고! (조를 향해 위협적으로 걸어간다. 조는 죄책감을 느끼며 그를 바라본다.)

조	(부끄러운 얼굴로 큰 소리로 말한다.) 이봐, 미안하네. 진심은 아니었어. 자네들은 나한테 좋은 친구들이었잖아. 내가 병신이네. 히키의 이상한 말 때문에 머릿속이 복잡해져서 그랬어. (그들의 표정에서 그에 대한 분노가 사라진다.)
코라	괜찮아요, 조. 다들 심각하게 안 받아들였어요. (그리고 나서 나머지 사람들에게 웃음을 유발하려) 젠장, 히키의 손이 안 단 곳이 없나봐, 조까지 말이야. (잠시 후— 당황스러운 듯 덧붙인다.) 웃긴 건, 히키한테 뭐라고 못한다는 거야. 여기서 이래라 저래라 간섭하면서 설교하는 것만 **빼면** 옛날의 히키 그대로 거든. 너희들이 히키를 좋아하는 건 맞잖아. 히키가 사람을 꿰뚫어본다는 건 인정해야만— (급히 덧붙인다.) 내 말은, 여기 몇 명은.
마지	(조롱하는 눈빛으로 로키를 보며) 맞아, 확실히 한 사람은! 그렇지, 펄?
펄	분명히!
로키	닥쳐!
래리	(생각에 잠겨 앞을 응시하고 있다. 다른 사람보다는 자기 자신에게 말하듯 큰 소리로) 그 자식한테 무슨 일이 생겼든 나랑 뭔 상관이야. 내 느낌으론 속으로는 분명 우리한테 할 말이 있는데 두려워하고 있어. 꼭 패릿 녀석 같이. 그 놈을 알아보는 것 같던데 무슨 일인지 모르겠어. 만약 뭔가를 두려워하고 있다면, 술을 끊은 게 말이 돼. 다시 말하지만 꼭 그 놈같이. 취해서 뭔가를 말하게 될까봐 두려운— (말하는

동안 히키가 뒤쪽에서 문으로 들어온다. 그는 1막의 모습 그대로이다. 달라진 점이 있다면, 지금은 파티에 가는 소년처럼 흥분과 기대로 환한 얼굴이다. 팔에 짐을 잔뜩 안고 있다.)

히키   (폴로 경기장의 관중들의 소리를 흉내 낸다. 점점 소리를 높여가며) 자! 자! 자! (모두 놀라 일어선다. 씩 웃으며 앞으로 온다.) **내가 시간을 딱 맞춰서 왔군. 누가 이거 좀 도와줘.** (마지와 펄은 그에게서 물건을 받아 탁자위에 놓는다. 그가 나타나니 다른 사람들의 태도는 코라가 표현한 대로이다. 모두 그를 용서하고 좋아한다.)

마지   히키, 놀랬잖아요. 왜 그렇게 몰래 들어와요.

히키   몰래라니? 택시기사랑 현관으로 이 선물 들여다 놓느라고 송장도 벌떡 일어날 정도로 떠들썩했는데 무슨. 현자님의 지혜의 말씀을 듣고 있으면 아무 소리도 못 듣잖아. (래리를 향해 씩 웃는다.) 잠깐 들어보니까, 래리, 자네는 셜록 홈즈는 못되는 거 같은데. 나에 대해 완전히 잘못 알고 있어. 이제는 두려운 게 하나도 없어─ 내 자신조차도. 자네는 묘지기나 하늘나라 호객꾼 역할이나 계속하는 게 더 나아─ 거기서 벗어날 수 있다면. (키득거리며 래리의 등을 다정하게 살짝 친다. 래리는 화난 표정으로 히키를 바라본다.)

코라   (키득거린다.) 묘지기! 딱 맞네. 앞으로 그렇게 불러야겠네.

히키   (미심쩍어하는 표정으로 래리를 바라보며) 나에 대해 궁금한 게 많지? 하지만 그건 자네에게 도움이 안 돼. 자네 자신에 대해 생각해봐. 내 평온을 자네에게 어떻게 주나. 자신의 평온은 자신이 찾아야해. 내가 할 수 있는 건 오로지 자네와 다른 사람들에게 평온을 찾도록 도와주는 거야. (그

(는 설득하려는 진심으로 이 말을 한다. 그가 잠시 멈추자, 잠시 후 그들은 매료된 듯 분개한 불안함으로 그를 바라본다.)

로키 (마법을 깨며) 아예 교회를 차리세요!

히키 (진정시키며) 알았네! 알았어! 언짢게들 생각하지 말게. 좀 전에 했던 말이 꼭 어설픈 설교 같구먼. 잊고 파티준비나 하자고. (모두들 안정되어 보인다.)

척 그게 다 음식이에요? 이미 있는 것도 한 부대는 충분히 먹을 텐데.

히키 (다시 소년처럼 흥분하며) 많을수록 좋지! 오늘 밤이 가장 성대한 생일파티가 될 거야. 현관에 깜짝 놀랄 선물이 있어. 자네랑 로키가 가서 좀 가져와. 옮기느라 팔이 **빠지는** 줄 알았어. (척과 로키는 그의 흥분을 감지하고, 기대에 부풀어 씩 웃으며 나간다. 세 여자는 짜릿한 호기심에 히키 주변으로 모여든다.)

펄 아, 궁금해 죽겠네! 히키, 뭐예요?

히키 기다려봐. 누구보다 특별히 너희 셋을 위해 준비한 거야. 우리 창녀 아가씨들이 이것을 가장 좋아할 거라 생각했지. (그가 때리기라도 한 듯 그들은 얼굴을 찡그린다. 그러나 그들이 화를 내기도 전에 그가 다정하게 말을 계속한다.) 돈이 얼마가 들더라도 니들은 충분히 그럴만한 가치가 있다고 생각했어. 내가 힘들고 어려울 때 나에게 잘해줬으니 세상에 니들처럼 좋은 애들은 없다고 생각했어. 니들을 위해서는 아까운 게 없어. (진심으로) 다 진심이야. (그리고 나서 그들의 표정을 처음으로 본 것처럼) 왜 그래? 표정이 안 좋아 보이는데.

뭐가ㅡ? (그러고 나서 키득거린다.) 아, 알겠다. 내 마음 알잖아. 니들 기분 나쁘게 하려고 그러는 거 아니라는 거 알잖아. 바보같이 왜 그래.

마지 (긴장된 숨을 내쉬며) 좋아요. 그냥 넘어가죠.

히키 (척과 히키가 커다란 바구니를 들고 들어오자 환영하며) 봐! 여기 왔다. 열어봐. (그들은 자루를 벗긴다. 바구니는 일 쿼트짜리 샴페인 병으로 가득 차 있다.)

펄 (아이처럼 흥분하며) 샴페인이네! 히키, 난봉꾼만 아니면! (모든 악의는 다 잊고 그를 껴안는다. 다른 여자들도 같은 행동을 한다.)

마지 난 샴페인에 취해본 적이 없어. 오늘 흠뻑 취해보자, 펄.

펄 당연하지! 우리 둘 다! (모두 축제 분위기에 사로잡힌다. 조 모트조차 일어나 샴페인을 보며 흐뭇해하고, 휴고는 고개를 들어 쳐다보며 눈을 껌뻑인다.)

조 히키, 완전 최상품으로 가져왔네. (으스대며) 내 도박장을 열면, 저걸 사발로 마실 거야! (그는 뜨끔하여 말을 멈추고 히키를 도전적인 시선으로 바라본다.) 내가 한 밑천 잡으면 꼭 다시 그렇게 마실 거야! 그리고 그건 백일몽 아냐! (앉았던 자리에 다시 앉으며 등은 그들 쪽을 향한다.)

로키 히키, 뭐에다 마셔요? 여기는 와인 잔 없는데

히키 (열정적으로) 방금 조가 말했잖아! 큰 유리컵! 해리 생일에 딱이야. (로키와 척은 와인 바구니를 바로 옮긴다. 세 여자들은 돌아와 흥분해서 자신들끼리, 가끔은 바에 있는 척과 로키에게 수다를 떨면서 바 입구에 서 있다.)

휴고 (실없이 키득거리며) 수양버들 아래서 샴페인을 마신다!

히키 (그를 향해 씩 웃는다.) 그렇지, 바로 그 정신이지— 빌어먹을 노예들은 식초나 마시라고 그래! (휴고는 그를 보고 깜짝 놀라 어리둥절해 하고 시선을 피한다.)

휴고 (중얼거린다.) 새빨간 거짓말쟁이! (그는 다시 머리를 팔에 놓고 눈을 감는다. 그러나 그의 습관적인 기절은 이번에는 회피의 성격을 띤다.)

래리 (휴고에게 동정의 시선을 보낸다. 화가 나서 낮은 목소리로) 휴고는 건들지 마! 자신의 신념 때문에 감옥에서 십년이나 썩었어! 그 놈의 꿈 때문에! 자넨 예의나 동정심도 없나?

히키 (어리둥절해 하며) 어이, 이게 뭐야? 자네는 특별 관중석에 있는 줄 알았는데. (그리고 나서 진지한 태도로 래리 옆자리에 앉아 그의 어깨 위에 손을 놓는다.) 잘 들어 래리. 자네는 나를 아주 오해하고 있어. 젠장, 자네는 나를 더 잘 알 거 아냐. 난 언제나 세상에서 가장 인성이 좋은 놈이었어. 물론 나도 동정하지. 그러나 이제 빛을 보았어—이제는 옛날에 자네나 내가 가졌던 그런 동정이 아냐. 자기기만이나 도피를 부추기는 연민으론 죄책감만 커지고 더 깊은 수렁에 빠져. 헛된 꿈 때문에 이전보다 더 자책만 하게 되고 결국 스스로를 형편없는 역겨운 놈이라고 여기게 돼. 예전에는 그런 연민으로 가득했지. 근데 다 잘못된 거야. (세일즈맨의 설득력으로) 이젠 아냐. 이제 내가 느끼는 동정심은 가엾은 인간이 현재 자기 모습에 만족하고, 자신과의 싸움을 끝내고, 여생을 편안하게 지낼 마지막 해답을 찾은 다음에 오는 거야. 자네 속마음을 들여다보는 내 방식에 화가 나겠지만, 자네를 탓하지는 않아. 가짜 수염을 뗀 자신을 대면하는 게 지금 당장은 쓴 약 같다는 거 나도 경험해 봐서 알아. 하지만 낫고 나면 잊게 돼. 관중석 바보 철학자의 헛소리나 죽음을 기다린다는 말들이 모두 백일몽이라고 부끄럼 없이 인정하는 스스로를 발견하게 되면 나중에 나한테 고마워할 걸. 아마 스스로한테 이렇게 말하게 될 거야. 난 삶이 두렵지만 죽는 게 더 두려운 그냥 늙은이일 뿐이야. 그래서 술에 계속 취해서 어떻게든 인생을 버텨보려고 하지, 그게 뭐? 그리고 나면 진정한 평온이 뭔지 알게 돼. 그냥 상관을 안 하게 돼. 나보다 더할 걸!

래리   (매료된 의구심으로 그의 눈을 들여다보다가) 젠장! 미쳤군! (버럭 화를 내며) 자넨 거짓말쟁이야!

히키   (상처 받아서) 이봐, 도와주려는 옛 친구에게 심하군! 그렇게 죽고 싶으면 바깥 비상계단에서 뛰어내리면 되잖아, 안 그래? 자네가 정말로 관중석에 있다면, 모든 사람을 동정하지는 않을 텐데. 진실은 처음엔 가혹해. 내 경우도 그랬지. 내 말은 판단을 미루고 기회를 가져보라는 거야. 내 장담하지 — 이봐, 래리, 나 병신 아니야. 내가 일부러 여기 있는 사람들 비위나 건드리고 옛날 친구들한테 미움받을 짓을 한다고 생각하나? 행복에 대한 확신도 없이? (래리는 매료된 채 그를 바라보고 있다. 히키는 씩 웃는다.) 내가 미쳤다고 해도 그렇게 말하면 안 돼지. 나 멀쩡하다고. 그 어느 때보다 더 잘 사람을 가늠하고 그 속을 들여다볼 수 있어. 패릿처럼 초면이래도 말이야. 래리, 걔는 지금 절망적인 상황이야. 제대로만 동정하면 그 아이를 도울 수 있어.

래리 (불안해하며) 무슨 소리야? (무관심한척 하며) 걔한텐, 날 가만히 두라는 말밖에 안했어. 나하고 그 자식하고는 아무 상관없어.

히키 (고개를 저으며) 아마 그 애 생각은 다를 걸. 자네가 도와 줄 때까지 계속 쫓아다닐 거야. 스스로 벌을 받아야 자신을 용서할 수 있으니까. 걔는 모든 용기를 잃었어. 혼자서는 못 해내. 그 애가 의지할 곳은 자네뿐이야.

래리 제발, 자네 일이나 신경 쓰게! (억지로 경멸하며) 걔에 대해 아는 것도 많네! 얘기도 많이 안 해봤을 텐데!

히키 맞아. 하지만 충분히 알 수 있어. 나도 속앓이를 많이 했거든. 다른 사람한테서도 그걸 느낄 수 있어. (얼굴을 찡그리며) 아마도 어쩌면 그래서 그 애가 낯설지 않고 동질감을 느꼈는지도 몰라. (머리를 젓는다.) 아니, 그 이상이야. 알 수는 없지만. 그 아이에 대해 말 좀 해봐. 예를 들어, 결혼은 안했지, 그렇지?

래리 응.

히키 여자를 사귀어본 적이 없어? 매춘부 말고. 진정한 사랑 같은 거 말이야.

래리 (계산적인 안도된 시선으로 그를 바라보며 - 이 대화로 그를 유도하며) 어쩌면 자네 말이 맞을 지도 몰라. 놀랄 일도 아니지.

히키   (미심쩍은 듯 씩 웃는다.) 내가 틀렸다고 생각하니 즐거운가
      보군. 왜냐하면 그 아이가 했던 대의명분과 관련된 일은
      내가 절대 의심안할 테니까. 하지만 옛날의 명분이 자네
      에게 더 이상 아무 의미가 없다는 말은 본인에게 하는 또
      다른 거짓말이야. (래리는 부인하려는 듯 웃음을 터트리려 하지만
      히키는 계속한다.) 하지만 자네는 패릿에 대해 완전히 잘못
      알고 있어. 그 아이가 손을 뗀 건 그거 때문이 아냐. 다른
      이유야. 바로 여자. 난 그 증상을 알아.

래리   (조롱하며) 자네 말은 다 정답이란 소리지! 헛소리 마! 걔의
      문제는 바로 사상운동의 독실한 신봉자로 자랐고, 이젠
      그 믿음을 잃었다는 거야. 충격이야 컸겠지만, 어리니까
      금방 또 다른 좋은 꿈을 찾겠지. (빈정거리며 덧붙인다.) 아니
      면 나쁜 꿈이든가.

히키   알았어. 그 얘기는 그쯤에서 끝내지. 그 아이는 나와 아
      무 상관은 없지만 내가 자네 정신 차리게 하는데 도움은
      되겠지. 난 걔를 좋아하지도 않고, 그 애와 나 사이에 어
      떤 동질감이 있다는 것도 싫어. 하지만 자네가 그 아이와
      최종 담판을 지으면, 내가 옳다는 걸 알게 될 거야.

래리   담판이라니! 내가 왜 남의 일에—

히키   옛날 관중석을 고집하겠다고? 자네가 가장 설득하기 힘들
      다는 거 알고 있었어. 래리, 자네는 해리, 지미 투마로랑
      함께 내가 가장 도와주고 싶은 친구야. (그는 래리의 어깨에
      팔을 두르고 그를 다정하게 껴안는다.) 이 인간아, 내가 항상 자

네를 얼마나 좋아했는지 아나! (일어나더니 분주한 파티준비에 흥분하며 - 시계를 힐끔 본다.) 자, 자, 열두 시까지 얼마 안 남 았어. 다들 서둘러. (그는 케이크가 있는 탁자를 본다.) 케이크는 됐고. 좋아. 내 선물, 너희들, 여자들, 척, 로키의 선물까 지. 좋아. 해리가 분명 너희들의 정성에 감동할거야. (여자 들에게 간다.) 펄과 마지는 가서 음식이 바로 나올 수 있도 록 준비해줘. 당연히 축배를 먼저 해야겠지. 그러려면 와 인이 낫겠지. 그러니까 준비 좀 해봐. 난 위층에 올라가 서 사람들을 끌고 내려올게. 해리는 마지막으로 데려올 테니까 우리가 오는 소리가 들리면 케이크에 촛불을 켜고 코라는 해리가 제일 좋아하는 노래를 연주해. 자 모두들 서둘러. 멋지게 해야지. (그는 바삐 현관으로 간다. 마지와 펄은 바로 사라진다. 코라는 피아노로 가고, 조는 뽀로통해서 코라에게 의자 를 내어준다.)

코라   연습 좀 해봐야겠다. 건반 만진 지가 언젠지 기억도 안나. (페달을 가볍게 누르며 음을 더듬거리며 찾으면서 "천국으로 가는 길목 의 햇살"을 연습한다.) 조, 이게 맞아요? 음을 다 까먹었어요. (몇 음을 더 찾아낸다.) 조, 콧노래로 해봐요 내가 따라하게. (조가 처음에 콧노래로 나중에는 낮은 목소리로 노래를 부르며 음을 고 쳐준다. 처음의 뽀로통하던 감정은 다 잊고 이전의 모습으로 돌아온다.)

래리   (갑자기 웃음을 터트리며 - 장난스런 톤으로) 이런, 바빌론 벨사 살 왕의 두 번째 향연이군. 히키가 벽에다 글을 쓰기만 하면 되네.

코라   아, 묘지기 씨, 조용히 좀 해요! 맨날 불평이야! (윌리가 현관에서 온다. 그의 모습은 처량하고 얼굴은 창백하고 불면과 불안으로 얼굴은 핏기가 없고 눈빛은 불안해 보인다. 술에서 깬 상태이다. 코라가 어깨너머로 농담하면서 그를 반긴다.) 윌리 왕자님! (친절하게) 어, 아파 보이는데. 술 한 잔 해요.

윌리 (긴장하며) 아니, 지금은 아냐. 술 줄이는 중이야. (래리의 오른쪽에 힘없이 앉는다.)

코라 (놀라서) 어머. 진짜야!

윌리 (래리에게 몸을 기울이며 비밀스럽게─ 낮은 떨리는 목소리로) 저 방에 있는 건 정말 끔찍해요. 제가 무슨 상상을 했는지 알아요? (몸서리친다.) 미치는 줄 알았어요. (측은하게 우쭐거리며) 하지만 이젠 이겨내야죠. 내일 아침까지 술 끊을 거예요. 일단 먼저 옷을 찾아오고. 히키가 돈을 빌려주겠대요. 항상 말해왔듯─ 검사 사무실에 갈 거예요. 아버지의 좋은 친구였으니까. 그 당시 유일한 보좌관이었어요. 그 분이 뇌물 건에 관련됐을 때도 저희 아버지는 끝까지 안 불었죠. 그러니까 저한테 그 부분에 대해 빚진 셈이죠. 그분도 제가 법대에서 이름을 날렸다는 거 다 알아요. (스스로 확신하듯) 난 잘할 수 있을 거예요, 이제 영원히 술도 끊을 거고. (감동하며) 히키에게 정말 큰 빚을 졌어. 내가 얼마나 어리석은지 깨닫게 해줬어. 현실을 직면하는 게 즐겁지는 않지만─ (심한 불쾌감으로) 꼭 대놓고 그렇게 말한 건 아니지만. 우리가 느끼도록─ 넌지시─ 젠장, 내가 평생 여기서 취해 있을 줄 알아요? (경멸하며) 히키에게 보여주겠어!

래리	(동정심을 냉소적인 톤으로 감추며) 내가 충고 한 마디 할까, 히키가 한 말을 잊을 때까지 코앞에 있는 술병을 들고 마셔.
윌리	(순간적으로 유혹을 느끼며 탐욕스럽게 술병을 바라본다. 불쾌하게) 참 좋은 충고네요! 친군 줄 알았더니! (상처받은 눈빛으로 래리를 바라보면서 일어나 탁자 좌측 끝 뒤쪽에 놓인 의자로 간다. 턱을 가슴에 대고 낙담한 채 앉아서 고통 속에서 떨고 있다.)
조	(코라에게) 아니, 이렇게. (손가락으로 박자를 맞추며 낮은 목소리로 노래한다.) "그녀는 천국으로 가는 길목의 햇살." (코라는 연주한다.) 그게 더 낫네. 다시 해봐. (코라는 노래를 따라 다시 연주하기 시작한다. 돈 패릿이 현관에서 들어온다. 겁에 질린 표정이다. 누군가를 피해 도망 다니는 것처럼 살며시 들어온다. 래리를 보고 안도의 표정을 지으며 그의 오른쪽 의자로 가서 살짝 앉는다. 래리는 못 본 척 하지만 본능적으로 혐오감으로 몸을 움츠린다. 패릿은 그에게 몸을 기울이며 낮고 비밀스런 목소리로 환심을 사려는 듯 말한다.)
패릿	아, 아저씨가 여기 계셔서 다행이에요. 히키 아저씨가 제 방문을 두드려서 아저씨인 줄 알고 문을 열었는데, 갑자기 들어와서 아래층으로 내려가라고 하잖아요. 왜 그러는지 모르겠지만. 저는 생일파티와 아무 관련도 없고, 여기 있는 사람들도 잘 모르고, 또 별로 섞이고 싶지도 않은데. 순전히 아저씨 찾으려고 온 거예요.
래리	(긴장하며) 내가 경고했지―
패릿	(마치 못들은 척 계속한다.) 히키 아저씨더러 자기 일이나 신경 쓰라고 하세요. 그 사람 정말 싫어요. 마치 나에 대해 뭘 알고 있는 것처럼 굴어요. 막 내 어깨를 토닥이면서 동정

한다는 듯이 "그게 어떤 건지 내가 다 알아, 하지만 자신을 속일 순 없어. 밑바닥 인생들이 모인 이곳에서조차도. 진실을 대면하고 니 자신의 평화와 행복을 위해 해야 할 일을 해야지"라고 말해요. 대체 이게 무슨 말이에요?

래리   내가 어떻게 알아?

패릿   그리곤 씩 웃더니 "신경 쓰지 마. 래리는 자신을 알게 될 거야. 너는 결국 그의 도움을 받을 수 있을 거야. 죽든지 살든지 결정해야겠지만, 숨이 붙어 있는 한 절대 죽을 생각은 안할 거야."라고 했어요. 그리곤 마치 아저씨를 놀리는 것처럼 웃었어요. (잠시 멈춘다. 래리는 의자에서 몸이 굳어지면서 앞을 바라본다. 패릿은 갑자기 빈정거리는 목소리로 묻는다.) 아저씨, 어떻게 생각하세요?

래리   할 말 없어. 히키 말을 듣는 니가 히키보다 더 멍청하다는 것 빼고는.

패릿   (빈정거리며) 그래요? 아저씨 얘기 부분은 맞는 것 같은데요. 아저씨 속마음을 다 꽤 뚫고 있잖아요. (래리의 얼굴이 굳어지지만 말이 없다. 패릿은 뉘우치고 애원하는 투로 바뀐다.) 진심 아니에요. 근데 아저씨가 계속 저를 못 마땅하게 여기니까, 저도 좀 짜증이 나요. 제가 아저씨랑 친해지고 싶어 하는 거 아시잖아요. 이 세상에 친구라곤 없는데. 저는 아저씨가— (날카롭게) 그게 아저씨한테 해가 되는 건 아니잖아요. 엄마를 봐서라도. 엄마는 아저씨를 진심으로 사랑했어요. 아저씨도 그랬잖아요. 안 그래요?

래리　　(긴장하며) 과거는 들추지 마.

패릿　　제가 어릴 때라 두 분 관계를 모를 거라 생각하죠? 그랬
　　　　었죠. 하지만 그 후로는 엄마가 만난 남자 다 기억해요.
　　　　엄마는 아니라고 하지만. 자유로운 무정부주의자 여성이
　　　　자유로운 행위를 부끄러워하다니 말도 안 되는 연기죠.

래리　　주둥이 닥쳐!

패릿　　(자책하면서도 이상야릇한 만족스러움으로) 네, 이젠 그렇게 말하
　　　　면 안 되는 거 알아요. 엄마가 더 이상 자유의 몸이 아닌
　　　　걸 자꾸 잊어버려요. (잠시 후) 엄마가 아저씨를 가장 좋아
　　　　했던 거 아세요? 엄마는 사상운동을 그만두는 사람은 누
　　　　구든지 죽은 사람 취급했지만, 아저씨는 항상 잊지 못했
　　　　어요. 엄마는 늘 아저씨를 감싸고돌았고 전 그 일로 늘
　　　　어머니 신경을 건드렸죠. 제가 "래리 아저씨는 현명해서
　　　　사상운동을 미친 백일몽으로 여기는 것 같아요."라고 말
　　　　하곤 했죠. 그럼 엄마는 술이 아저씨를 망쳤다고 했어요.
　　　　엄만 아저씨가 술을 끊고 내일이면 다시 돌아올 거라고
　　　　말하며 자신을 속였죠. 엄마는 "그건 래리가 평생 지켜온
　　　　신념이라 자신이 죽기 전까진 절대 버리진 않을 거야."라
　　　　고 말하곤 했죠. (조롱하듯 웃는다.) 어때요? 맞나요? (래리는
　　　　말이 없다. 패릿은 집요하게 계속한다.) 엄마의 진심은 자신에게
　　　　돌아오라는 거였겠죠. 엄만 항상 자신과 사상운동을 하나
　　　　로 여겼지만, 아저씨를 사랑한 건 확실해요. 다른 사람들
　　　　과 마찬가지로, 엄만 정숙한 여성이 아녔죠. 그래서 아저

씨가 떠난 거고요, 그쵸? 아저씨랑 엄마가 마지막으로 다투던 날 기억해요. 다 듣고 있었어요. 비록 우리 엄마이긴 하지만 전 아저씨 편이였죠. 그만큼 아저씰 많이 좋아했어요. 아버지같이 제게 잘 해주셨잖아요. 다 기억나요. 어머닌 잘난 자유 여성인척 허세를 부리며 아저씨를 부르주아의 도덕과 질투의 노예라고 하면서 아저씬 사랑하는 여자를 사유 재산의 일부처럼 여긴다고 하셨죠. 그래서 아저씨가 화가 나서 엄마에게 "난 창녀하고 살고 싶지 않아, 만약 그게 당신이 의미하는 바라면"이라고 말한 것도 기억나요.

래리   (갑자기 외친다.) 거짓말! 그렇게 안 불렀어!

패릿   (래리의 말을 무시하고 계속한다.) 제 생각에 그래서 엄마가 여전히 아저씨를 존경하는 거 같아요. 엄마를 떠난 게 아저씨였으니까. 아저씨가 유일하게 엄마를 이긴 거죠. 엄만 항상 먼저 싫증을 냈어요. 별로 좋아하지도 않았고요. 자신이 자유인이라는 걸 증명하기 위해 항상 애인이 있어야 했죠. (말을 멈춘 뒤− 격한 혐오감으로) 그것 때문에 집은 완전 개판이고. 그 당시 아저씨 심정이 이해됐어요. 여기가 집인지 매춘굴인지 구분이 안 될 정도였으니까− 아니 그보다 더 심한, 왜냐면 엄만 그걸 생계수단으로 하는 게 아니었으니까−

래리   이 개자식! 니 엄마야! 창피하지도 않아?

패릿   (분개하여) 네! 엄만 가족 간의 존중 따윈 재산 소유 같은 부르주아 개소리라고 가르쳤어요. 왜 창피해야하죠?

래리   (일어나려고 하며) 됐다!

패릿   (그의 팔을 붙잡고— 애원하며) 제발! 가지 마세요! 다신 엄마 얘기 안 꺼낼게요. 약속해요. (래리는 다시 의자에 앉는다.) 제 상황 좀 이해해달라고 그런 거예요. 여기는 장소가 좀—그렇게 부탁드렸는데, 왜 제 방으로 안 올라오셨어요? 계속 기다리고 있었는데. 거기선 아무 얘기나 할 수 있잖아요.

래리   할 얘기 없어!

패릿   하지만 저는 해야만 해요. 아니면 히키 아저씨한테 말 할 거예요. 저를 가만히 놔두질 않아요. 어쨌든, 아는 것 같아요. 나름대로 이해하겠죠. 하지만 그 아저씨 뻔뻔함이 싫어요. 같이 엮이기도 싫고, 솔직히 두려워요. 웃음이나 농담 뒤에 가려진 뭔가가 있어요.

래리   (움찔한다.) 너도 느꼈어?

패릿   (애원하듯) 이대로는 안 돼요. 뭘 해야 할 지 결정을 내려야만 해요. 아저씨한테 말씀드려야 해요.

래리   (다시 벌떡 일어난다.) 안 들을 거야.

패릿   (다시 팔을 잡는다.) 알았어요. 말 안할게요. 가지 마세요. (래리는 의자에 앉는다. 패릿은 그의 얼굴을 살피고 모욕적인 경멸감을 나타낸다.) 절 놀리세요? 아저씨가 짐작하신 줄—

래리   짐작한 거 없어!

패릿   이제라도 하세요! 사실 히키 아저씨가 자꾸 다그치니 이제 알겠어요. 저는 처음부터 아저씨가 알아주기를 바랬어요. 그래서 아저씨를 찾아온 거구요. (진솔하게 보이기 위해 급히 말하지만 오히려 더욱 인위적으로 보인다.) 이유를 아셨으면 해요. 미국 역사를 공부하면서 워싱턴과 제퍼슨, 잭슨과 링컨을 존경하게 됐어요. 애국심을 느끼고 이 나라를 사랑하게 되었죠. 모두가 평등하고 기회를 가질 수 있는 이곳이 세상에서 최고의 정부라고 느꼈어요. 바쿠닌, 크로포트킨 같은 많은 러시아인들이 사상운동의 기본 이념을 세웠지만 그 대상은 유럽이라고 생각했죠. 하지만 민주국가에서 이미 자유를 누리고 있는 우리에게 그런 이념들은 필요 없죠. 수입된 백일몽 때문에 이 나라가 파멸되는 건 원하지 않아요. 결론은 전 옛날 미국 개척자의 후손이란 말이죠. 제가 우리 정부를 전복하려는 괴짜나 미치광이 그리고 자유여성들의 계략을 돕는 반역자가 된 거죠. 전 그게 내 나라에 대한 의무라고 생각―

래리 (역겨운 듯― 그를 향해) 거짓말 집어치워! 니 거짓말에 내가 속아 넘어갈 거 같아? (외면하며) 니가 뭘 했든 나하곤 상관없어! 니가 한 짓은 다 니 책임이야! 알고 싶지 않아, 앞으로도!

패릿 (래리의 말을 못 들은 척 하며― 머뭇거리며) 그래도 엄마가 잡힐 거라고는 전혀 생각 못했어요. 그건 믿어주세요. 아시잖아요. 제가 절대―

래리 (수척해진 얼굴로 깊은 숨을 들이쉬고 눈을 감으며― 마치 무언가를 자신의 머릿속에 주입시키려는 듯) 내가 아는 건 삶이 지겹다는 거야! 난 끝났어! 다 잊고 술에 빠져 사는 삶이 좋아. 명예든 불명예든 아니면 신념이든 배신이든 나하고 아무 상관없어. 그것들은 단지 어리석음의 반대일 뿐이지. 인생에서 왕이자 지배자는 바로 어리석음이야. 그리고 결국 그것들은 같은 무덤 속에서 흙먼지가 될 뿐이야. 그 모든 게 나한텐 똑같이 무의미한 농담일 뿐이지. 왜냐면 그것들이 죽음의 두개골에서 나에게 미소 짓거든. 말해봐야 입만 아파. 나 니네 엄마 잊은 지 한참 됐어.

패릿   (분개하며 빈정거린다.) 늙은 바보 철학자시군요? (경멸적으로 침을 뱉는다.) 늙은 위선자 같으니!

래리   (심란해져 나약하게 간청한다.) 제발, 살날이 얼마 안 남았는데, 남은 시간동안 평온하게 살다 가게 해줘!

패릿   불쌍한 노인네 타령은 그만하세요! 공짜 술이 있는 한 절대 안 죽을 거잖아요!

래리   (뜨끔하여— 화를 내며) 나를 다시 삶 속으로 끌어들이려고 하는데, 경고한다! 내 기억에 정의와 처벌이라는— (급히 말을 멈춘다. 그리고 탈진으로 인한 진정한 무관심으로) 나는 늙고 지쳤어. 니 멋대로 해! 너도 히키처럼 미쳤고, 거짓말쟁이야. 니 말은 콩으로 메주를 쑨다고 해도 안 믿어.

패릿   (위협하며) 어련하시겠어요! 히키 아저씨가 끝장내 버릴 때까지 기다리세요! (펄과 마지가 바에서 들어온다. 그들을 보고 패릿은 즉시 누그러지며 의식적으로 방어적이 된다. 그들에게 언짢은 표정을 지으며 재빨리 외면한다.)

마지　(조롱하듯 그를 바라본다.) **어이, 안녕, 노랭이 씨. 파티에 안 와요? 펄, 너무 숫기 없지 않아?**

펄　**응. 특히 돈에 대해서.** (패릿은 살짝 탁자 왼쪽 끝의 의자로 가서 앉으며 그들의 말을 못 들은 척한다. 갑자기 현관에서 화난 목소리, 욕설이 들리고 몸싸움이 벌어진다. 펄이 소리친다.) **로키! 현관에서 싸움 났어!** (로키와 척이 바의 커튼 뒤에서 나와 현관으로 달려간다. "뭐예요?"하는 로키의 화난 놀란 목소리가 들린 뒤 싸움이 끝난다. 로키는 루이스 대위의 팔을 잡고, 그 뒤를 따라 척도 비슷한 자세로 웨트존 장군을 붙들고 들어온다. 둘 다 술은 마셨지만, 말짱한 편이다. 그들의 얼굴은 화가 나 무뚝뚝하고 옷은 다툼으로 인해 흐트러져 있다.)

로키　(루이스를 앞으로 데리고 오며 — 놀라고, 재미있고 짜증도 나서) **어떻게 된 거야? 둘이 서로 욕지거리 하는 건 많이 들었지만 둘이 이렇게—** (분개하여) **해리의 생일파티 날 첫 대결이라! 누가 먼저 시작했죠?**

루이스　(애써 아무렇지 않은 듯) **아냐. 그냥 우리끼리 일이야. 히키 자식이 나를 빗대어서 말하는데, 저 버릇없는 보어 놈이 건방지게 맞장구를 치잖아.**

웨트존　**웃기지 마! 히키가 나한테 농담을 하는데, 저 영국 놈이 옳다는 거야, 진짜라고!**

로키　**두 분 다 앉아요. 그런 얘기 집어치고.** (그와 척은 탁자 좌측 끝쪽에 있는 두 의자에 둘을 앉힌다. 뽀로통한 애들처럼, 둘은 정면을 향하고 있는 의자에서 되도록 서로 멀리 떨어지려고 등을 돌리고 있다.)

마지　(웃는다.) **저 사람들 좀 봐! 애들 같아! 둘이 뽀뽀하고 화해해요!**

| 로키 | 곧 사장님 생일파티 시작해요. 투덜이는 사절이에요. |

| 루이스 | (뻣뻣하게) 좋아. 행사를 존중한다는 의미에서, 사과하네, 장군─ 자네도 그런다면. |

| 웨트존 | (심술이 나서) 사과하네. 대위─ 친구 해리의 얼굴을 봐서. |

| 로키 | 젠장! 기껏 한다는 게─! (마셔와 맥글로인이 함께 현관에서 들어온다. 둘 다 술은 마셨지만 취하지는 않았다.) |

| 펄 | 여기 식충이들 등장이요. (그들은 머리를 맞대고 앞으로 나온다. 토론에 열중한 나머지 주위 사람들을 의식하지 못한다.) |

| 맥글로인 | 에드, 이번은 심각해. 히키 자식이 해리를 완전히 꽉 잡고 있다니까. (그가 말할 때, 마지, 펄, 로키와 척은 귀를 곤두세우고 주위로 모여든다. 피아노 앞의 코라는 페달을 부드럽게 밟고 후렴 부분을 흥얼거리며 계속해서 연습한다. 조는 계속해서 실수를 고쳐준다. 탁자에는 래리, 패릿, 윌리, 웨트존, 그리고 루이스가 꼼짝 않고 앉아 앞을 바라보고 있다. 휴고는 늘 해오던 자세로 잠들어 있는 것처럼 보인다.) 내일 해리를 산책하라고 시키면 우리한테 좋을 거 하나 없어. |

| 마셔 | 맞아. 선거구를 돌다가 옛날에 알던 사람이라도 만나봐. (화를 내며) 그러면 반가운 척 악수하면서 충고랍시고 나불거리겠지. 우리를 지지하다니 참 병신이네라고 하면서. |

| 맥글로인 | 처갓집가면 베시 생각에 울먹이겠지. 자네도 알지. 그 년이랑 그 가족들이 날 어떻게 여겼는지. |

| 마셔 | (일상적인 유머로─ 나무라듯) 중위, 베스는 내 여동생이야. 그 년이라니. 베시는 망할 년이었지! 우리 친척들은 자네 이 |

야기를 할 만큼 한가한 사람들이 아냐. 해리한테 내가 주
정뱅이 사기꾼이어서 싱싱교도소에 나를 쳐 넣어야 한다
는 얘기하느라 정신없을 거야.

맥글로인 (낙담하여) 해리가 베시 친척들 손에 놀아나게 되면, 마치
베시가 살아 있는 것처럼 우리가 힘들어질 거야.

마셔 (낙담하여) 맞아, 해리는 항상 쉽게 흔들렸어. 이젠 늙어가
니 처가 식구들에겐 완전 식은 죽 먹기겠지. (애써 확신하려
들며) 젠장, 멍청하게 우리가 왜 걱정해. 지난 이십 년간
생일 때마다 매번 산책하겠다는 말을 들어왔잖아.

맥글로인 (미심쩍어하며) 그땐 히키가 바람을 안 넣었잖아. 그땐 반대
로 해리한테 여기에 술이 이렇게 많은데 뭐 하러 밖에 나
가냐고 했어.

마셔 (애써 무관심한 척 하며) 결론은, 난 해리가 나가든 안 나가든
상관 안 해. 내일 아침에 떠날 거야. 맥, 미안하네.

맥글로인 (불쾌하게) 천만해. 난 안가는 줄 아나? 내가 자네한테 미안
했어.

마셔 그래, 결심했어. 히키가 술을 끊고 우리에게 귀찮게 간섭
하긴 하지만, 그 말 속엔 진실이 있어. 자네랑 술 마시며
노는 게 즐겁기는 해. 하지만 계속해서 마시다보면 결국
은 술이 자네를 해치게 될 거야. 이제 끊을 때가 왔어.
(애써 열정적으로) 게다가 옛날의 걱정 없던 곡마단 생활에
대한 갈망이 내 핏속에서 끓어오르는 것을 느껴. 내일 단
장을 만나볼 거야. 시즌이 시작돼서 늦은 감이 있지만 기

꺼이 날 받아줄 거야. 옛날 동료들도 나를 보면 무척 반가워할 거야

맥글로인 아마도— 만약 그 사람들이 밧줄을 준비해놨다면!

마셔 (그를 향해— 화를 내며) 이봐. 이제 그 따위 농담은 넌더리나!

맥글로인 그래? 내 복직 건으로 자네가 놀리는 건 더 신물 나. 자네가 뭐라 하든, 여기서 싸구려 술로 위장을 망가트리며 일생을 보낼 순 없어. 점차로 술을 줄이고 있으니 아침이면 국화처럼 신선해질 거야. 청장을 만나서 긴밀히 얘기해봐야겠어. (애써 열정적으로) 요즘 오가는 돈뭉치가 많아서 살맛난데. 곧 빨간 자동차를 타고 돌아다니는 날이—

마셔 (조롱하며— 상상 속의 중국인을 손짓으로 부르며) 여기, 아편 하나! 램프에 새 땅콩기름을 넣고 중위님께 아편 하나 더 채워 드려! 오늘밤은 약발이 잘 받네!

맥글로인 (상처받아— 위협적으로 주먹을 뒤로 뺀다.) 한번만 더 지껄여봐 그냥—

마셔 (두 주먹을 올리며) 그래? 시작해— (척과 로키가 둘 사이에 뛰어든다.)

로키 이봐요! 미쳤어요? 해리 생일파티 날! (둘 다 자책하는 표정이다.) 얌전히 앉아 있어요.

마셔 (툴툴거리며) 좋아. 저 자식한테 나 건들지 말라고 해. (로키가 그를 탁자 오른쪽 끝 뒤쪽 의자에 앉히자 가만히 따른다.)

맥글로인 (툴툴거리며) 저 자식한테 똑같이 전해. (척이 그를 마셔의 왼쪽 의자에 앉히자 가만히 있다. 이때 히키가 현관에서 들어온다. 흥분하여 야단스럽게 군다.)

히키 다 준비됐지? 좋아! (시계를 본다.) 삼십 초 뒤에 해리가 지미와 함께 내려올 거야. 농담이나 하면서 방에 쳐 박혀 있겠다는 걸 끌고 내려오느라 아주 애먹었어. (키득거린다.) 해리는 이제 자기 생일을 기억하고 싶지도 않데! (계단에서 나는 소리를 듣는다.) 온다! (재촉하며) 촛불 켜! 코라는 연주 준비하고! 모두 일어서! 척과 로키는 와인 준비하고! (마지와 펄이 케이크의 초에 불을 붙인다. 코라는 피아노 건반 위에 손을 얹고 어깨 너머로 지켜본다. 로키와 척은 바로 간다. 탁자에 있던 모든 사람들은 기계적으로 일어선다. 마지막으로 휴고가 벌떡 일어서지만 겨우 균형을 잡는다. 해리 호프와 지미 투마로가 현관으로 향하는 문 바깥에 나타난다. 히키는 자신의 손목시계를 보다가 고개를 든다.) 열두 시 땡! (응원 단장처럼) 자 모두 "생일 축하합니다." 시작! (모두 기력 없이 그를 따라 "생일 축하합니다"라고 부른다. 히키가 코라에게 신호를 보내자 코라는 연주를 하며 위스키에 절은 소프라노로 "그녀는 천국으로 가는 길목의 햇살"을 부른다. 호프와 지미는 현관에 서 있다. 둘 다 술을 많이 마셨다. 그로 인해 호프는 예민하고 신경이 곤두선 상태이며 호전적인 자세를 취하고 있다. 이 행동은 평소 그가 화를 내고 투덜거리기를 즐기고 다른 사람들도 대수롭지 않게 여기는 것과는 다르다. 그는 시비를 걸 태세다. 반면 지미는 완전히 취해서 의도했던 효과를 얻지 못하고 있다. 그는 신사의 자세를 취하려고 애처로울 만큼 애를 쓰지만, 겁을 먹고 자신의 내부로 움츠러든다. 히키는 호프의 손을 잡고 펌프질 하듯 위아래로 흔든다. 호프는 잠시 동안 이 악수를 의식하지 못한다. 곧 화를 내며 손을 뿌리친다.)

호프 왠 호들갑이야. 히키, 내가 등신 같나? 이 음흉한 장돌뱅이 사기꾼, 자네 속셈 다 알아! (점점 화가 나 다른 사람들에게)

야, 이 망나니들아, 악 쓰고 난리법석을 떨어 뭘 어쩌자는 거야? 영업 금지당하고 허가증 뺏기길 바래? (코라에게 소리 지른다. 코라는 노래 부르는 것은 멈추었지만 실수를 계속하며 기계적으로 연주를 계속하고 있다.) 야, 미련퉁이 날라리, 그만 쳐대. 음 잡는 법부터 배워라!

코라 (멈춘다. 깊이 상처받았다.) 해리! 어쩜 그렇게− (두 눈에 눈물이 가득 고인다.)

호프 (다른 여자들을 노려보며) 그리고 너희 두 창녀, 왜 그렇게 고래고래 소리를 질러대? 여기가 싸구려 매춘굴이냐? 하긴, 거기가 니들한테 딱이지!

펄 (비참하게) 아, 해리− (울기 시작한다.)

마지 해리, 어쩜 그렇게 말할 수 있어요. 마치 진짜처럼. (팔로 펄의 어깨를 감싼다. 자신도 울기 직전이다.) 펄, 울지 마. 진심 아냐.

히키 (나무라며) 이봐, 해리. 왜 다른 사람한테 화풀이야? 잘 해낼 수 있을 거라고 내가 약속했잖아. 그러니 걱정하지 마. (그는 격려하듯 호프의 등을 토닥인다. 호프는 증오의 눈길로 그를 쏘아붙인다.) 왜 자네 생일을 축하하는 친구들한테 소리 질러. 그럼 안 돼지.

호프 (죄책감에 이제는 부끄러워한다. 애써 자연스러운 어조로 말하려 하지만 설득력은 약하다.) 누가 자네처럼 멍청한 줄 알아? 농담인 거 다 알아. 내가 얼마가 고마워하는지도 알고, 안 그래, 친구들? ("당연하지, 해리," "맞아," "물론이지" 등의 무기력한 목소리들이 들린다. 그가 앞으로 와서 두 여자들에게 갈 때 지미와 히키가 그 뒤를 따른다. 그는 서툴게 여자들을 토닥거린다.) 내가 너희 좋아

하는 거 알지? 농담이었어. (그들은 즉시 그를 용서하고 애정에

찬 미소를 짓는다.)

마지 당연히 알죠.

펄 그럼요.

히키 (씩 웃으며) 그럼, 해리는 여기서 최고의 재담꾼이지. 이십

년간 자신을 속인 걸 봐! (호프가 화난 시선을 보내자 그는 장난

스럽게 팔꿈치로 그의 옆구리를 찌른다.) 내 말이 맞아. 곧 알게

될 거야. 내일 아침이면, 아니, 이런, 이제 오늘 아침이네!

지미 (멍하게 불안해하며) 오늘 아침?

히키 그래. 마침내 오늘이야, 지미. (등을 토닥인다.) 겁먹지 마!

도와준다고 약속했잖아.

지미 (자신의 두려움을 화난 취한 자의 기품 뒤에 감추려하며) 이해를 못

하겠군. 내 문제는 내가 해결해!

히키 (진심으로) 그게 바로 내가 자네한테 바라던 바 아녔나? 끝

으로 한 번 더 말하자면 자신의 문제를 해결하는 것. (귀에

대고 은밀한 경고조로 말한다.) 지미, 술을 조심해. 이제부터는

너무 많이 마시면 안 돼. 이미 한도 초과야. 너무 취해서

못 움직이겠다는 말은 하지 마ー 이번엔 안 돼. (지미는 자

책하는 고뇌의 표정을 지으며 외면하고 마서의 우측 의자에 털썩 주저

앉는다.)

호프 (마지에게ー여전히 죄책감에) 마지, 농담인거 알잖아. 저 장돌

뱅이가 내 신경을 건드린 거야.

마지 알아요. (보호하듯 호프를 팔로 안고, 그를 돌려 케이크와 선물이 있

는 탁자를 보게 한다.) 이리 와 봐요. 케이크 좀 보세요. 굉장하죠?

호프   (명랑하려고 애쓰며) 멋진데. 정말 오랜만이야 베시가— 초가 여섯 개네. 각 십 년씩. 그렇지? 고생 많이 했네.

펄   히키 작품이에요.

호프   (애쓰며) 그래, 생각이 깊은 친구야. 좋은 의도로 그런 거겠지. (시선이 케이크에 고정되었다가 화가 나 굳어진다.) 빌어먹을 케이크. (몸을 돌리려고 하자 펄이 팔을 붙잡는다.)

펄   잠깐만요. 우리가 선물 준비했어요. 그리고 히키가 시계를 준비했는데 거기에다 이름이랑 날짜 새겨놨어요.

호프   시계는 무슨! 히키나 차라고 해! (이번에는 돌아선다.)

펄   이런, 우리 선물은 쳐다도 안 봤어.

마지   (씁쓸하게) 다 엉망이야. 파티가 맥이 빠지네, 이러다 돌겠어. 코라야 뭐하고 있어? 연주 안 해? 놀린다고 지금 연주 안하는 거야?

호프   (자신을 추스르며—애써 다정하게) 그래, 코라야, 니 연주 괜찮았어. (코라는 별로 안 내켜하며 연주를 시작한다. 호프는 갑자기 눈물을 흘릴 듯 감상적이 된다.) 베시의 애창곡이야. 항상 그 노랠 불렀지. 그 노랠 들으니 베시가 생각이 나는군. 내 소망은— (목이 잠긴다.)

히키   (그를 향해 씩 웃으며—유쾌하게) 그래. 자네의 절절한 사랑 얘기 다 들었지.

호프   (놀란 의구심의 눈빛으로 그를 바라본다.) 그렇지. 다들 알지. (위협적으로) 만약 아니라고 하면—

히키   (달래며) 이봐, 난 아무 말도 안했어. 자네만이 진실을 알잖아. (호프는 혼란스런 눈길로 그를 바라보고 코라는 연주를 계속한다. 지미 투마로가 긴 공백을 깨트리고 감상적인 꿈속에서 자기 연민의 감성에 젖어 말한다.)

지미   마조리의 애창곡은 "로크 로몬트"였지. 마조리는 아름다웠지. 연주도 잘하고 목소리도 아름다웠어. (애잔하게) 해리, 베시가 죽은 건, 차라리 운이 좋은 거야. 죽음의 손에 의해 사랑하는 여인을 잃는 것보다 더 서글픈 건—

히키   이봐, 지미. 그만해. 자네가 케이프타운에서 돌아왔을 때 아내와 참모 장교를 한 침대에서 발견했다는 얘기 우리 다 들었어. 자네는 그 일 때문에 술을 시작했고, 그로 인해 자네 인생을 망쳤다고 믿고 싶은 거지.

지미   (말을 더듬는다.) 나— 나는 해리한테 말하고 있어. 내 인생에서 제발 좀— (애처롭게 반항적으로) 내 인생 안 망가졌어!

히키   (무시하며— 놀리듯 씩 웃으며) 솔직히 말하자면, 주정뱅이를 증오하는 아내가 지겨웠던 거잖아. 좋은 핑계거리가 생겨서 맘이 편했겠지. (지미는 고통스럽게 그를 쳐다본다. 히키는 진정한 연민으로 그의 등을 토닥인다.) 그게 어떤 건지 알아. 난—
   (갑자기 말을 멈추고 자기 확신을 잃고 당황해 하는 것처럼 보인다.)

래리   (보복하는 쾌감에서 이때를 포착하여) 하! 그게 자네한테 생긴 일이군? 자네의 아이스맨 농담이 씨가 됐나? (놀리듯 씩 웃는다.) 옛말에, 자신이 한 말은 결국 자신에게 돌아오니 조심하라고 했지.

히키   (정신을 차리고- 래리를 향해 놀리듯 씩 웃는다.) 그래? 그럼 자네
       는 시도 때도 없이 죽음을 들먹거리니 조심해야겠군. (래
       리는 놀라 잠시 미신에 겁을 먹은 것처럼 보인다. 갑자기 히키는 명랑
       하고 소란스런 사회자 역으로 돌아간다.) 다들 뭐해? 어서 파티를
       시작하자고! (바 쪽에 소리친다.) 척! 로키! 깜짝 놀랄만한 거
       가져와. 주지사, 여기 상석에 앉게. (탁자 우측 끝에 있는 의자
       에 해리를 앉힌다. 마지와 펄에게) 너희도 와서 앉아. (그들은 지미
       의 오른쪽에 나란히 앉는다. 히키는 분주히 탁자 좌측 끝으로 간다.)
       난 여기 끝에 앉을게. (그는 앉는다. 왼쪽에는 코라가 있고, 그녀
       옆에는 조가 있다. 로키와 척이 바에서 나온다. 각자 큰 쟁반에 샴페인
       이 담긴 큰 컵을 파티 참석자들에게 내민다.)

로키   (애써 활기차게) 진짜 샴페인이에요! 기운들 내요! 장례식 왔
       어요? 샴페인에 이 집 싸구려 위스키를 섞으면 완전히 맛
       이 가죠. 그래도 불만이에요? (그와 척은 술잔을 다 나누어 주고
       자신들 몫으로 남겨둔 두 잔을 들고 탁자 중앙의 빈 의자에 앉는다. 그
       때 히키가 술잔을 들고 일어선다.)

히키   (죽음 같은 적막이 흐르는 중에 주의를 집중시키기 위해 탁자를 두드린
       다.) 신사숙녀 여러분, 질서를 지켜요, 질서를. (그때 손에 든
       유리잔에 비친 래리의 눈을 본다.) 래리, 이번엔 자네랑 같이 마
       실 거야. 술이 두려워 끊은 게 아니라는 걸 증명해 보이
       지. 자네 생각대로 내 비밀이 드러나겠지. (래리는 창피해한
       다. 히키가 키득거리고 계속한다.) 단순한 진리지. 난 더 이상
       술이나 그 어떤 것도 필요하지 않아. 그저 사람들과 어울

리고 옛 친구 해리에게 경의를 표하기 위해 축배를 들고 싶어. (그의 시선은 다시 의식을 잃고 머리를 접시에 묻고 있는 휴고에게 고정된다. 휴고의 왼쪽에 있는 척에게) 척, 저 폭탄 투수 깨워. 파티에 송장이 웬 말이야.

척   (휴고를 흔든다.) 휴고, 정신 차려요! 샴페인이에요! (휴고는 눈을 껌벅이며 둘러보더니 바보처럼 히죽거린다.)

휴고   우리는 수양버들 아래서 생일 케이크를 먹고 샴페인을 마시리! (자신의 술잔을 들고 단숨에 들이킨다. 곧 얼굴을 찌푸리며 술잔을 내려놓는다. 마치 집사를 꾸짖듯, 거만하게 경멸조로) 술이 왜 이 모양이야. 시원해야지.

히키   (쾌활하게) 휴고는 항상 마음은 고상해. 주여 우리를 불쌍히 여기사, 어디서 내려야 할지 가르쳐 주소서. 자넨 수양버들 아래서 우리의 피를 마시지. (키득거린다. 휴고는 히키를 향해 눈을 껌벅거리며 의자에서 몸을 움츠린다. 이제 히키는 호프가 있는 탁자 쪽을 바라본다. 건배를 시작하고 계속하면서 점점 감동하고 더욱 진지해진다.) 신사숙녀 여러분, 건배합시다. 어려울 때 친구가 되어준 해리 호프를 위하여! 세상에서 가장 멋있고 너그럽고 인정 많은 주지사를 위하여! 해리의 행운과 장수 그리고 행복을 위하여! 자, 모두들! 해리를 위하여! 업 샷! (그들 모두 그의 진지함에 안도한다. 모두 잔을 들고 "해리의 건강을 위하여" "해리에게 행운이 있기를 !"이라고 외치고 와인을 반쯤 마신다. 히키가 먼저 한다.)

호프   (깊이 감동받아― 잠긴 목소리로) 다들 고마워. 히키, 망나니 같은 놈, 고맙네. 진심인 거 알아.

히키 (감동받아) 물론 진심이지. 오늘이 자네 인생에서, 그리고 여기 있는 모든 사람들의 인생에서 가장 위대한 날이 되길 바란다는 말 진심이야. 모두들 백일몽에서 벗어나 진정으로 평온하고 만족스러운 새 인생을 시작하는 거야. 새로운 삶을 위해 건배! (그는 남은 술을 마신다. 그러나 이번에는 혼자이다. 순식간에 모든 사람들의 태도는 불안과 의혹 속에서 방어 태세로 바뀐다.)

로키 (툴툴거리며) 헛소리 잠시 집어치우시죠?

히키 (앉으면서─ 온화하게) 로키, 자네 말이 맞아. 내가 말이 너무 많았어. 해리가 해야지. 해리, 시작해! (술잔으로 탁자를 두드린다.) 연설! 연설! (그들은 일시적인 열정을 다시 포착하기 위해 술잔으로 탁자를 두드리며 "연설"이라고 외치지만, 그 안에는 공허함이 있다. 호프는 억지로 미소를 지으며 마지못해 일어난다. 그의 행동에는 가라앉았던 언짢았던 감정들이 나타나기 시작한다.)

호프 (기운 없이) 젠장, 나 연설 못해. 다시 한 번 말하지만, 내 생일을 기억해줘서 고맙다는 말뿐이야. (불쾌감을 드러내며) 내가 육십이 되었다고 더 어리숙해질 거라고 생각하지 마. 히키 말처럼 새 날이 될 거야. 이제 위스키에 물도 안 타고 다른 술집들처럼 돈을 벌 거야. 빚진 사람들 빚 갚아. 내가 무슨 자선사업가야! 여기가 창녀촌도 아니고! 감방 갈 무정부주의 부랑자를 위한 양로원도 아니고! 이젠 호구 노릇에 넌더리나! (그들은 놀라고 당황하여 상처받은 눈길로 그를 바라본다. 자신이 내뱉는 말마다 자신을 증오하면서 멈출 수 없는 듯 분노한 절망감으로 계속한다.) 내 흥 볼 생각도 마! 내 뒤에서 비웃으며 무슨 생각하는지 다 알아! 내 뒤에서 이런 말 수군대는 거 다 알아. 저 늙은 거짓말쟁이, 백일몽이나 꾸는 사기꾼, 우리는 수년 동안 선거구를 둘러보겠다는 헛소리를 들어왔잖아. 아마 절대 못할걸! 겁쟁이에 배짱도 없잖아, 두려워서─ (거의 증오에 찬 눈빛으로 그들을 둘러본다.) 하지만 보여주겠어! (히키를 노려본다.) 자네에게도 보여주겠어, 프라이팬이나 파는 장돌뱅이 망나니 너한테도!

히키 (진심으로 격려하며) 바로 그거지, 해리! 당연히 그래야지. 그게 바로 내가 자네에게 바라던 바인데. (해리는 무기력한 두려움으로 그를 노려본다. 곧 눈길을 떨어뜨리고 탁자 주변을 본다. 즉시 그는 비참하게도 후회한다.)

호프 (구슬리는 목소리로) 다들 용서하게. 냉정을 잃었네. 몸이 안 좋아서 감정이 뒤틀렸던 거야. 여기는 자네들을 오월의 꽃처럼 반기는 곳이잖아. (그들은 기꺼이 용서하는 눈빛으로 그를 바라본다. 로키가 가장 먼저 말을 한다.)

로키 아, 그럼요, 사장님. 사장님은 언제나 우리들 중에서 최고잖아요.

히키 (다시 일어선다. 수치스러운 고백을 하려는 사람처럼, 단순하고 설득력 있는 진지함으로 연설한다.) 여보게늘! 내 연설이 시껍셌지만, 바로 이 자리가 자네들을 기분 나쁘게 했던 행동들에 대해 조금이나마 설명하고 사과해야 할 자리인 거 같네. 내가 자네들에게 어떻게 비쳤는지 알아. 사적인 일에 간섭하고, 서로 잔소리하게 바람이나 집어넣으면서 주제넘게

나섰지. 내 잘못한 거 다 알아. 진심으로 미안하네. 하지만 그래야만 했어. 믿어봐! 옛날의 히키 다 알잖아. 내가 언제 괜히 말썽 부린 적 있나. 하지만 이번만은─ 다 자네들을 위해서야! 자네들이 날 도와야만 해. 나 혼자선 할 수가 없다는 걸 알게 되었어. 시간이 그리 많지 않아. 여기 왔을 때 자네들과 오래 머물 수 없다는 걸 알았지. 나 여행가기로 되어 있어. 서둘러서 온갖 방법을 다 동원해야해. (농담조로 으스대며) 물론 시간이 많다면 자네들한테 내 구원을 팔면서 재밌게 보내겠지. 옛날에 내가 어떤 아줌마한테 세탁용 보일러는 두 개는 있어야 제대로 살림을 갖추는 거라고 했던 것처럼. 자네들에게도 그렇게 할 수 있지. 난 자네들의 겉과 속을 다 알아. 전에도 아무리 취했어도 사람 속은 다 들여다 볼 수 있었어. 나 자신만 빼고. 이제 마침내 내 자신도 들여다볼 수 있게 되었네. (잠시 멈춘다. 그들은 불쾌감과 불안 속에서 매료되어 그를 바라본다. 그의 태도는 더욱 진지해진다.) 요점은 이거지. 맹세컨대, 결국에는 자네들에게 도움이 될 거라는 절대적인 확신이 없었다면 지금까지 그렇게 안 했을 거야. 자네들은 지금 빌어먹을 죄책감 때문에 스스로에게 괜찮다고 거짓말하고, 후회로 고통스러워하면서 내일이라는 조잡한 백일몽 뒤에 숨으려고 하잖아. 이것들을 다 없애기만 하면 돼. 자네들은 더 이상 어제나 내일을 걱정하지 않고 진정한 오늘을 살게 될 꺼야. 지금의 자신의 모습에 대해 더 이상 신경 쓰지 않을 걸세. 여보게들, 내가 알지도 못하면서 이런 말을 어떻게 하겠어. 이 평온이 진짜야! 사실이라고! 내가 알아! 왜냐면 내가 얻었거든! 여기서! 지금! 바로 자네들 앞에서! 나 달라진 거 안 보여! 내가 전에 어땠는지 기억하지! 술 한 병 다 마시고 농담하며 "사랑스런 애들린"을 부를 때도 난 죄책감에 시달리는 망나니였어. 하지만 지금은 보다시피 아무것에도 전혀 신경 안 쓰잖아. 내 약속하지. 오늘 하루가 다 갈 때까지 자네들 모두 나랑 똑같은 감정을 느끼도록 만들 거야. (말을 멈춘다. 그들은 매료되어 그를 바라본다. 그는 씩 웃으며 덧붙인다.) 현재로선, 이게 내가 하고 싶은 말이야. 자, 파티를 계속하자구. (앉으려한다.)

래리   (날카롭게) 잠깐. (집요하게 - 조소하며) 어떻게 해서 그렇게 대단한 평온을 찾게 되었는지 그 방법 좀 알려줘 봐. 백일몽이나 꾸는 불쌍한 죄인들이 개심해서 구원을 받는데 도움 좀 되게. (점점 고의적으로 자극하여 놀리는 투로) 내가 아이스맨 얘기 물었을 때 부정하지 않던데. 내일을 꿈꾸는 사악한 습관에 대한 계시는 언제부터야? 자네 집사람이 자네라면 치를 떤다는 걸 안 이후인가? (말하는 동안 사람들의 표정은 복수의 기회를 찾은 것처럼 밝아진다. 그가 말을 끝내자 일제히 야유가 시작되고, 가끔씩 악의적인 웃음이 있다.)

호프   래리, 제대로 짚었어! 이번엔 집사람 사진을 안 보여줬어!

마셔   없으니까! 아이스맨이 뺏어갔잖아!

마지   저 꼴 좀 봐! 누가 여자 탓을 해?

펄	아이스맨한테 홀딱 빠질 정도로 궁했나봐.
코라	꼴에 나한테 척이랑 결혼하라고 충고하다니!
척	맞아! 결혼생활을 어지간히도 잘 하셨으니까!
지미	그래도 우리 집사람은 신사 장교인 남자를 선택하기라도 했지.
루이스	히키, 자네 좀 봐봐. 사슴처럼 뿔이 났네.
웨트존	저런, 그보다 더 커. 물소 뿔 같애.
윌리	(젊은 선원 곡에 맞춰 노래한다.)

"어서 오세요," 그녀가 외쳤네, "나의 아이스맨님

그대와 난 맘이 맞으리—" (모두 비아냥거리며 노래한다. 가사에 지시된 부분에서는 주먹이나 술잔으로 탁자를 두드린다.)

"그대에게 보여드리리

(탕, 탕, 탕)

최고의 미인을!" (조롱하는 비열한 웃음이 터져 나온다. 그러나 히키는 이런 조롱에 조금도 개의치 않는다. 그는 자신을 놀리는 조롱을 함께하며 웃는다.)

히키	날 가지고 놀아도 파티가 활기가 있으니 보기 좋아. 옛날에도 내가 아이스맨 농담으로 분위기를 띄웠잖아. 그러니 맘껏 웃어. (잠시 멈춘다. 그들은 이제 웃지 않는다. 그들은 당혹스러운 불안으로 그를 다시 바라본다. 그는 신중하게 말을 계속한다.) 자네들이 이블린 얘기를 꺼내니 어쩔 수 없이 말해야겠군. 적절한 때가 아닌 것 같아서 파티가 끝날 때까지 기다리려고 했지. 하지만 자네들이 이블린에 대해 오해하고 있으니, 이쯤에서 그 오해를 막아야겠어. (다시 말을 멈춘다. 방

안에는 긴장된 정적이 감돈다. 고개를 살짝 숙이고 조용히 말한다.) 우리 집사람은 죽었네. (모두들 놀라서 숨을 죽인다. 래리만 제외하고 모두 충격과 수치스러움으로 히키의 시선을 피한다. 래리만 그를 바라보며 계속한다.)

래리   (미신에 몸을 움찔하며 크게 혼잣말로) **어쩐지, 저 인간한테서 죽음의 기운이 느껴지더라니.** (그러고 나서 갑자기 다른 사람들보다 더 수치심을 느끼고 말을 더듬는다.) **미안하네, 히키! 이 방정맞은 혀를 확 잘라버리겠네!** (이 말을 듣고 사람들은 수치심에서 "미안하네, 히키." "용서하게, 히키." "우릴 용서하게, 히키." 등 중얼거린다.)

히키   (주위를 둘러보며― 인자하게 진정시키는 어조로) **이봐, 그렇다고 생일파티에 찬물을 끼얹지는 마. 자네들 아직도 날 오해하고 있어. 슬플 이유가 전혀 없어.** (모두 놀라 그를 응시한다. 진지하고 설득력 있게 계속한다.) **난 기뻐해야 해. 왜냐하면 집사람이 평온히 잠들었으니까. 마침내 나로부터 벗어났잖아. 굳이 말할 필요는 없지만― 모두 내가 어땠는지 알잖아. 나 같은 주정뱅이에 사기꾼 놈과 결혼해서 어떻게 살았는지 다 알잖아. 빠져나갈 길이 없었지. 날 사랑했거든. 이제 소원대로 평온 속에 있어. 이런데 슬플 이유가 뭐가 있어? 우리 집사람은 내가 슬퍼하는 것도 원치 않을 거야. 살면서 늘 원했던 건 내 행복이었거든.** (말을 멈추고 순수하고 부드러운 솔직한 눈길로 주변을 둘러본다. 그들은 당혹감과 불신의 혼란 속에서 그를 바라본다.)

막이 내린다.

S C E N E • *T H R E E*

3막

해리 호프의 술집, 1막과 2막에서 내실이었던 부분을 포함한다. 오른쪽 벽에는 두 개의 커다란 창문이, 그 사이에는 거리로 난 회전문이 있다. 바는 뒤편에 있다. 뒤에는 파리를 막기 위해 하얀색 방충망을 쓰고 있는 거울과 마개 달린 싸구려 위스키가 놓인 선반 그리고 병 제품 진열장이 있다. 바 외편에는 현관으로 향하는 출입구가 있다. 술집의 왼쪽 정면 탁자에는 의자가 네 개 있다. 오른쪽 정면에는 작은 무료 점심 가판대가 왼쪽을 향해 있다. 가판대와 창문 사이에는 점심시간에 직원이 수프를 나눠주기 위한 공간이 있다. 바 뒤편의 거울 너머에는 리차드 크로커와 빅 팀 설리반의 액자가 있고, 그 옆에 복싱 팬츠 차림의

존 L. 설리반과 젠틀맨 짐 코벳의 석판화 액자가 있다.

내실 왼쪽에는 공간을 나누는 커튼이 쳐져 있고, 2막에서의 연회 탁자들은 1막의 형태로 다시 빽빽하게 정렬되어 있다. 이 중 첫 번째에서, 바의 탁자 왼편에 있는 탁자에 의자 다섯 개가 있고, 이 탁자의 왼쪽 뒤에 있는 탁자에도 의자가 다섯 개가 있다. 세 번째 탁자는 뒷벽 쪽에 있으며 의자가 다섯 개 있다. 마지막으로 가장 왼쪽 정면에 의자가 네 개 있는 탁자는 일부만 무대에 있다.

호프 생일날 아침, 무더운 여름이다. 거리에는 햇빛이 비추나 창문으로는 들어오지 않아서 내실 쪽 조명은 희미하다.

조 모트는 톱밥 상자를 겨드랑이 아래 끼우고 톱밥을 바닥에 뿌리고 다닌다. 뾰로통한 태도에 침울한 표정이다. 그는 다른 사람들을 무시한다. 장면이 진행되면, 그는 톱밥 뿌리기를 마치고 점심 가판대로 들어가 빵을 자른다. 로키는 바 안쪽에서 바 카운터를 닦고 잔을 씻고 있다. 그는 작업복을 입고 소매를 걷고 있다. 그는 졸리고 짜증나면서도 무언가를 걱정하는 것 같이 보인다. 래리는 정면에 있는 바의 탁자 앞쪽 의자에 앉아 정면과 가운데 사이를 바라보고 있다. 그 앞에 술은 없다. 앞을 응시하며 깊은 걱정과 고민에 빠져있다. 그의 오른쪽, 우측을 향하고 있는 의자에는 휴고가 의자에 앉아 몸을 앞쪽으로 쭉 뻗은 채 평소처럼 팔과 머리를 탁자 위에 두고 있다. 그의 축 처진 손 옆에 위스키 잔이 있다. 그들 왼쪽에 있는 앞줄 탁자의 뒤쪽에, 왼쪽을 향하고 있는 의자에 패럿이 앉아 있다. 긴장 속에서 미동도 하지 않으며 앞을 응시하고 있다.

막이 오르자 로키는 바 안쪽에서 일을 끝낸다. 앞으로 나와 래리의 탁자 오른쪽에서 왼쪽을 향하고 있는 의자에 가서 털썩 주저앉는다.

로키 　낮에 시장에서 사람들이 몰려올 때까지 잠깐 엉덩이 좀 붙이고 쉬어야겠군. (짜증내며) 척 저 자식 땜에 오전 근무까지 내가 해! 그냥 말다툼하는 것도 지겨워서 "그래, 결혼해! 그게 나랑 뭔 상관이야?"라고 했죠. 히키가 저 한 쌍의 바퀴벌레들을 붙여놨으니. (씁쓸하게) 어젯밤 그게 파티예요? 장례식이지? 첨부터 재수 옴 붙었다 했더니 결국 마누라 죽은 얘기로 분위기 종치고.

래리 　그래, 생일파티가 아니라 초상이었지!

로키 　평온에 대한 헛소리 안 한다고 해놓고도 계속 나불거렸잖아요. 그니까 다들 술과 음식이 공짜인데도 독이라도 든 것처럼 손도 안 대고 몰래 위층으로 도망 다녔잖아요. 근데 도망 다니면 뭐 해요. 밤새도록 이 방 저 방 쫓아다니는데. 아무도 못 말려요. 개혁의 물결은 오늘 아침에 더 세게 왔어요. 지미는 끌어내려서 옷 찾아다가 다리게 하고, 윌리한테는 돈 주고 전당포에서 물건 되찾아 오게 하고. 나머지 인간들은 벌벌 떨면서 솔질하고 면도하고―

래리 　(도전적으로) 내 방엔 안 왔어! 내 질문이 겁났나 보군.

로키 　(경멸하며) 네? 내가 보기엔 아저씨가 겁내는 거 같은데요.

래리 　(뜨끔하여) 헛소리 마!

패릿 　(휙 돌아서 래리를 바라보며― 조롱하듯) 속지 마요, 로키. 방문을 잠가서 나도 못 들어갔으니까.

로키 　맞아, 래리, 장난해요? 히키가 다 까발렸잖아요. 히키 말대로, 정 그렇게 죽고 싶으면 진작 비상계단에서 뛰어내리지 그랬어요?

래리   (반항적으로) 왜냐하면 겁쟁이들이나 포기하는 거니까, 그래서 그런 거야!

패릿   맨날 포기하는 겁쟁이 늙은 사기꾼!

래리   (그를 향해) 사기꾼 불량배자식! 내 경고했지ㅡ!

로키   (패릿에게 인상을 쓰며) 야, 너는 빠져! 니가 뭔데 끼어들어? 래리, 저 자식 어슬렁거리는 게 신경 쓰이면 쫓아내 버릴까요?

래리   (애써 무관심한 어조로) 아니, 그냥 놔둬. 나하고 아무 상관없는 애야. (로키는 어깨를 으쓱하고 졸린 듯 하품한다.)

패릿   맞아요, 전 이제 갈 데도 없어요. 세상에서 의지할 데는 아저씨밖에 없다구요.

로키   (졸린 듯) 아저씨도 참 물러 터졌어요. 쟤는 히키처럼 아무 쓸모없어요. 쟤는 우리랑 달라요. (하품한다.) 피곤해 죽겠네, 한숨도 못 잤더니 눈을 뜰 수가 없네. (그의 눈은 감기고 머리는 끄덕거린다. 패릿은 그를 힐끗 보더니 살짝 일어나 래리의 왼쪽 그와 로키 사이의 의자에 앉는다. 래리는 몸을 움츠리며 단호히 그를 무시한다.)

패릿   (그에게 몸을 굽히며ㅡ 낮은 목소리로 환심을 사려는 듯 사과조로) 자꾸 귀찮게 해서 죄송해요. 아저씨가 나한테 전혀 신경을 안 쓰니까 화가 났어요. 문까지 잠그고 말도 못 붙이게 하고. (곧 희망적으로) 하지만 그건 히키 아저씨 못 들어오게 하려고 그런 거죠? 아저씨 탓 안 해요. 그 아저씨가 싫어지고 점점 두려워져요. 특히 아내가 죽었다고 한 이후부터요. 왠지 모르게 그 아저씨랑 엮이는 듯한 이상야릇한 기분이 들어요. 왜 그런지는 모르겠는데 갑자기 엄마 생각도 나고— 마치 돌아가신 것처럼. (자신의 연민에 만족감 같은 야릇한 감정으로) 차라리 그게 더 낫겠다 싶어요. 제 말은 엄마 속마음이요. 제 생각하면 엄마는 죽고 싶을 거예요. 물론 그러고 싶어 하지 않는다는 건 알지만, 어쩔 수 없을 거예요. 자식이라곤 저 하나뿐이니 저를 버릇없이 키우면서 애지중지 했죠. 아주 가끔씩이요. 마치 죄의식을 느끼고 저한테 뭔가 보상이라도 하려는 듯. 그래서 조금은 저를 사랑하셨을 거예요. 그렇다고 자신의 자유에 방해될 정도까지는 아니고. (야릇한 동정어린 근심으로) 한때 만약 진실이 밝혀진다면, 어쩌면 아저씨가 우리 아빠일수도 있겠다는 추측도 해 봤어요.

래리 (격렬하게) 미친놈! 어디서 그런 미친 생각을 했어? 너도 아닌 거 알잖아! 니가 태어날 때까지 니 엄마한테 눈길 한 번 안 준거 동료들이 다 알아.

패릿 알아요. 엄마한테 물어봤거든요. 엄마는 저에게 솔직해야 한다고 키우면서 뭐는지 물어보라고 했어요. 그리고 항상 진실을 말해주셨죠. (갑자기) 하지만 이제 엄마가 저에 대해 어떻게 느낄까 하는 거죠. 제가 사상운동을 그만 둬 버렸으니 엄마는 저를 절대 용서 못하실 거예요. 사상운동이 곧 엄마의 삶인데. 엄마 충격이 만만치 않을 거예요,

제가 바로 그 장본인이라는 것을 아시게 되면—

래리 닥쳐, 망할 자식!

패릿 그 사실이 엄마에겐 정말 고통스러울 거예요. 엄만 분명히 저라는 거 아실 거예요. (갑자기 절망적으로 다급하게) 하지만 경찰이 엄마를 체포하리라곤 전혀 생각 못했어요! 그건 믿어주세요! 제 진짜 이유를 아셔야 해요. 어젯밤에 말씀드린 건 거짓말 맞아요. 애국심이나 나라에 대한 의무 같은 헛소리요. 하지만 진짜 이유는 이거예요. 단 하나의 이유! 바로 돈 때문이었어요! 창녀한테 빠져서 거기 가서 즐길 돈이 필요했어요. 그게 다예요! 단지 돈! 진짜예요. (자신의 천박한 야비함을 고백하면서 실질적인 죄책감으로부터 벗어나기 위해 핑계를 대는 사람처럼, 기이한 분위기를 풍긴다.)

래리 (그의 어깨를 잡고 흔든다.) 닥쳐, 이 망할 자식아! 그게 나랑 뭔 상관이야? (로키가 놀라서 잠에서 깬다.)

로키 뭔 일이야?

래리 (자신을 억제하며) 아니야. 이 어린놈의 새끼가 어찌나 말이 많은지. 히키보다 더해.

로키 (졸려하며) 아, 히키— 참, 아까 아저씨가 질문하는 것을 히키가 겁내한다는 말이 무슨 뜻이에요? 어떤 질문이요?

래리 뭔가 숨기는 게 있는 거 같아. 집사람이 어떻게 죽었는지는 말 안했잖아.

로키 (비난하며) 그 얘긴 그만해요. 그 불쌍한— 무슨 말을 하자는 거예요? 그냥 농담 아니에요?

래리	아니. 장담컨대 여기까지 죽음을 몰고 왔어. 그 인간한테서 서늘한 기운이 느껴져.
로키	헛소리. 돌았군요. (갑자기 로키의 눈이 커지며) 잠깐! 히키가 바람피워서 부인이 자살했다는 말이에요?
래리	(냉혹하게) 놀랄 일도 아냐. 여자 탓만 할 수도 없지.
로키	(경멸적으로) 말도 안 돼! 자살했으면 기쁘다는 말은 안했겠죠, 안 그래요? 그렇게 완전 쓰레기는 아니잖아요.
패릿	(자신의 생각에 빠져 진심을 털어 놓는다. 아릇하게) 아저씨가 더 잘 아시잖아요. 그분이 절대 자살할 사람이 아니라는 거. 그 분은 아저씨처럼 바닥까지 추락해도 끝까지 인생에 매달릴 거예요. 하지만—
래리	(뜨끔하여— 악의적으로 그를 향해) 그럼 넌? 만약 니가 진정한 사내자식이거나 아니면 인간으로서 염치가 있다면—! (죄책감에서 말을 멈춘다.)
패릿	(비웃는 투로) 아저씨는 너무 겁쟁이라 못했지만, 저는 비상계단에서 뛰어내려야 한다, 뭐 이건가요?
래리	(자신에게 말하듯) 아냐! 내가 누구를 심판해? 이제 심판 같은 거 안 해.
패릿	(비웃으며) 아저씨는 그런 거 좋아하시잖아요, 안 그래요?
로키	(이해할 수 없어 짜증을 내며) 도대체 이게 다 뭔 얘기예요? (패릿에게) 니가 히키 부인에 대해 어떻게 알아? 니가 자살이 아닌 걸 어떻게—?
래리	(애써 아무 일 아닌 듯) 쟤는 몰라. 히키 땜에 헷갈리는 거야.

로키, 쟤 좀 지 자리로 보내. 저 자식 아주 귀찮아 죽겠어.

로키 (패릿에게 위협적으로) 들었지? 한방 날리기 전에 빨리 꺼져!

패릿 (일어서며- 래리에게) 다른 자리로 보내서 저를 없애버리려구요! (자리를 옮긴다. 곧 악의에 찬 비난을 덧붙인다.) 그렇게 믿고 도움이 절실하다는데, 진짜 인정머리라고는 눈곱만큼도 없네요. (원래 자리로 돌아와 상심과 자기 연민 속에서 생각에 잠긴다.)

로키 (이전 생각으로 돌아와) 만약 자살이라면 히키 볼 면목이 없겠네요. 지금까지 했던 미친 짓거리들도 다 이해가 되고. (곧 어리둥절해하며) 근데 부인이 죽어서 기쁘다는데 안됐다고 해야 하나, 아니면 진짜인 거 같아요? (지치고 짜증나서) 젠장! 도대체 속을 알 수가 있어야지. (얼굴이 굳어지며) 하지만 이건 알죠. 나와 내 애들은 안 건드리는 게 신상에 좋다는 거! (잠시 후- 한숨을 쉰다.) 하, 어젯밤에 그 두 년들이 나한테 한 거 생각하면! 파티를 망치니까 술병 들고 지들 방으로 가서 완전 고주망태가 됐어요. 난 한숨도 못 자고. 여기 의자에서 한숨 자려고 하면 말썽부릴 거 없나 하고 내려오고, 아니면 올라가서 깔깔거리면서 노래하고 하도 난리를 쳐서 단속에 걸릴까봐 조용히 하라고 올라갔더니 옛날처럼 대들잖아요. "야, 이 싸가지 없는 이태리 새끼야, 히키 말이 맞다는 거지? 그치? 우리가 창녀라는 거지? 그렇지? 그러면 히키가 너에 대해 한 말도 맞거든! 너는 그냥 아주 악랄한 포주새끼야" 이러길래 한 대 갈겼

죠. 포주가 하는 거처럼 두들겨 패지는 않고. 그냥 갈겼
어요. 근데도 막무가내로 계속 대드는데, 어휴, 생각만 해
도 귀가 윙윙거려요. 그러면서 "야, 우리가 진짜 창녀면
우리한테도 너 같은 짝퉁 말고 진짜 포주가 필요해. 너
같은 악랄한 바텐더를 위해 다리가 붓도록 거리를 쏘다녀
봐야 맨날 무시나 당하는데, 이제 이 짓거리도 지긋지긋
하다. 우리도 진짜로 우리를 필요로 하고 떳떳하게 여기
는 좋은 놈을 찾을 거야. 오늘밤은 일 안 할 거니까 꿈 깨
라, 알았냐? 길에 뱃놈들이 넘쳐나도 절대! 오늘은 무조건
파업이야!" 하더라니까요. (머리를 흔든다.) 창녀들이 파업이
라니! 말이 돼요? (이야기를 계속한다.) 그러더니 "우리 휴가
갈 거야. 코니아일랜드 수영장에 가서 미끄럼틀을 탈거
야. 우린 돌아올 수도 있고 안 올 수도 있으니까 니는 지
옥으로 꺼지든가!"라고 하면서 모자를 쓰고 나가버렸어
요. 둘 다 고주망태가 되어가지고. (낙담해서 한숨을 쉰다. 그
는 묘하게도 잔소리하는 아내에 의해 어찌할 바를 모르고 난처해하는
공처가처럼 보인다. 래리는 자신의 문제에 몰두하느라 그의 이야기를
듣지 않았다. 척이 뒤편 현관에서 들어온다. 화려한 줄이 있는 밀짚모
자를 손에 들고 목깃이 빳빳한 멋진 파라색 셔츠를 입고 있다. 졸리고
덥고, 불편하고, 시무룩해 보인다.)

척   (우울하게) 이봐, 로키. 코라가 셰리 칵테일 한 잔 달래. 신
경불안이래.

로키   (돌아서 화를 내며) 셰리 칵테일! 신경불안엔 답 없어! 여기가
뭐 특급 호텔이냐?

척	내 말이, 계란도 없는데 뭘로 만들어, 니가 계란을 하나 낳던가 그랬지. 그랬더니 "등신아, 나가서 만들어진 걸 사오면 될 거 아냐" 그러더라고. (불평하며 밀짚모자를 삐딱하게 쓴다.) 젠장! 그냥 술이나 마시지! (그는 바 뒤로 가서 통에서 위스키를 따른다.)
로키	(비꼬며) 결혼식 날 신랑은 신부가 하라는 대로 해야지! (척이 바 뒤에서 나오자 로키가 그를 놀리듯 훑어본다.) 래리, 신랑 좀 봐요! 끝내주게 빼입었네! (래리는 관심이 없다.)
척	야, 닥쳐!
로키	뉴저지 농장에서 일주일, 내 생각에 너는 딱 그 정도야. 귀뚜라미 때문에 못살겠다고 하면서 한밤중에 뛰어와서 술 찾을 걸. (역겨워하며) 척, 너희 둘 결국 히키한테 넘어갔군.
척	(솔직하게) 맞아. 그 인간 주둥이를 한대 갈기고 싶어― 딱 한번! (곧 화가 나서) 됐어! 히키가 뭔 상관이야? 우리가 항상 그럴 거라고 말하지 않았어? 이제 그렇게 할 거고, 알겠어? 그니까 더 이상 뭐라 하지 마! (그는 싸울 듯 로키를 바라본다. 그러나 로키는 역겨움으로 어깨만 으쓱할 뿐이다. 척은 투덜거린다.) 코라 징징거림이 웬만해야지. 밤새 징징거려서 쉬지도 못했어. 한 말 또 하고 또 하고! 정말로 자기랑 결혼하고 싶냐고 묻기에 "당연하지, 자기야"라고 하니까 "하지만 한 일주일 있다가 병신 짓했다고 생각하고, 그 핑계로 술 먹으러 뛰쳐나갈 거잖아. 그럼 난 평생 술고래한테 매인 몸이 되겠지. 또 니 마누라인 나한테 손님 물어오라고

시킬 거잖아!" 하잖아. 그러더니 한바탕 울어대고 난 또 승질 나서 "거짓말 마. 취했거나 백수 때 빼곤 니 돈 안 가져갔어!" 그랬더니 "그래, 이제 며칠이나 안 마실 건대? 술 끊겠다는 헛소리로 날 속일 생각 마! 지금까지 진절머리 나게 들었으니까." 그러더라고. 그 말을 들으니까 나도 승질 나서 "사기꾼 취급하지 마. 에이, 차라리 지금 취했으면 좋겠네. 그럼 밤새 잠 못 자게 잔소리 안 했을 텐데. 입만 벙긋해봐. 아주 그냥 복날 개 패듯 패버릴 테니까" 했더니 "말하는 본새하고는, 그게 너랑 결혼할 여자한테 할 소리냐"라고 악을 쓰더라니까. (깊은 한숨을 내쉰다.) 젠장, 내 발목을 묶어두려고 해. (손에 든 위스키 잔을 복수심으로 바라본다.) 이거 그냥 확 마셔버려!

로키   못할 이유 뭐 있어?

척   (즉시 의심하고 화를 내며) 그래! 너야 좋겠지, 안 그래? 니 속셈 다 알아! 너는 내가 다른 놈들처럼 결혼해서 정착해 살아가는 꼴을 보기 싫은 거지! 맨날 취해서 너 같이 됐으면 좋겠지, 이 나쁜 포주새끼!

로키   (벌떡 일어선다. 그의 얼굴은 악의로 굳어진다.) 야! 아무리 너라도 그런 말은 못 참아!

척   (술잔을 바의 카운터 위에 놓고 주먹을 쥔다.) 그래? 한판 붙어볼까? (조롱하며) 좆만 한 새끼가 까불고 있어! 너 같은 거 열 명 데려와 봐. 한 주먹도 안 되는 것이!

로키   (뒷주머니로 손을 가져가며) 배에 철판 깔았냐!

조 (싸움이 시작될 때 빵 자르는 일을 멈추었다. 타이르며) 야, 너네 둘 그만해! 친구들끼리 왜 그래! 히키땜에 미쳐 날뛰는 군!

척 (그를 향해) 야, 깜둥이는 빠져!

로키 (척처럼 조를 향해, 마치 자신들의 싸움을 잊고 외부의 적에 맞서는 동맹군이 된 것처럼) 지 주제를 알아야지, 드러운 깜둥이 주제에!

조 (분노에 차 소리를 지르며 빵 써는 칼을 들고 간이식당의 식탁 뒤에서 나온다.) 이 백인 개새끼들! 창자를 다 배 밖으로 꺼내주지!
(척은 바에서 위스키 병을 낚아채 조를 향해 던지려고 머리 위로 쳐든다. 로키는 뒷주머니에서 니켈 도금을 한 단총열 소총을 꺼낸다. 이 순간 래리는 탁자를 주먹으로 치며 비웃는다.)

래리 바로 그거지! 이 미친놈들 다 죽여 버려, 히키가 축복해 줄 거야. 내가 히키가 죽음을 몰고 왔다고 하지 않았어?
(그가 끼어들자 모두 놀란다. 그들은 멈추고 그를 바라본다. 그들의 기세등등한 분노는 갑자기 가라앉고 위축된 채 온순해 보인다.)

로키 (조에게) 좋아, 칼 치워 나도 총 치울 테니까. (조는 뽀로통하게 간이식당 뒤로 가서 칼을 그 위에 꽂는다. 로키는 총을 주머니에 다시 넣는다. 척은 병을 바의 카운터에 내려놓는다. 휴고는 래리가 탁자를 칠 때 잠이 깨서 머리를 들어 올리고 있다가 지금은 바보처럼 낄낄거린다.)

휴고 어이, 소인배들! 신경 쓰지 마! 곧 버드나무 아래서 핫도 그와 공짜 와인을─ (갑자기 거만하고 까다로운 태도로) 샴페인이 시원하지가 않잖아. (쉰 목소리로 화를 내며) 빌어먹을 사기꾼, 히키! 그게 내가 귀족이 되고 싶은 증거라고? 내가 프롤레타리아를 얼마나 사랑하는데! 그들에게 지도자이자 신과 같은 존재가 될 거야! 그들은 내 노예가 될 거라고! (스스로 놀라 당황해서 멈춘다. 래리에게 호소하듯) 래리, 내가 너무 취했지? 쓸데없는 소리나 해대고, 내가 너무 취했나 봐, 안 그런가? 내가 무슨 말을 하는 거지?

래리   (동정하며) 엄청 취했어, 휴고. 자네가 이렇게 취한 거 처음 봐. 머리를 뉘이고 한숨 자.

휴고   (고마워하며) 응, 그래야겠어. 너무 취했어. (머리를 팔에 대고 두 눈을 감는다.)

조   (간이식당 식탁 뒤에서 — 미신적인 생각에) 래리, 자네 말이 맞아. 히키가 액운을 가져왔어. 나 같은 왕년의 도박사는 액운이 오면 그걸 느끼지! (곧 반항적으로) 하지만 그건 백인한테나 액운이지. 나한텐 안 통해! (그는 간이식당 식탁 뒤에서 나와 바로 간다. 로키에게 퉁명스럽게 말한다.) 빵 다 잘랐어. 일 다 했으니까 일한 만큼 술 줘. (로키는 그를 적대적인 눈빛으로 바라보면서 그에게 술병과 술잔을 준다. 조는 술을 넘칠 듯 따른다. 뾰로통하게) 이제 여기도 영영 안녕이야. (주머니에서 열쇠를 꺼내 바의 카운터위에 놓는다.) 여기 내 방 열쇠. 다신 안 돌아와. 내 고향으로 갈 거야. 날 안 반기는 곳에 있을 이유가 없지. 백인들과 빈둥거리면서 허송세월 보내는 것도 이젠 지긋지긋해. (술을 단숨에 들이킨다. 반항적인 눈빛으로 주변을 돌아보고 위스키 잔을 일부러 바닥에 던져 박살낸다.)

로키   이봐! 지금 뭐 하는—!

조   (위엄 있게 조롱하며) 그냥 니 수고를 덜어줄라고, 백인 꼬맹아. 내가 돌아서면 어차피 깰 거잖아. 어떻게 백인 양반

들께서 깜둥이들과 같은 잔으로 마시겠어. (뻣뻣하게 거리 쪽으로 난 문으로 걸어간다. 마지막으로 쏘아붙이기 위해 돌아서― 기고만장하게) 망나니들 하고 빈둥거리는 거 진절머리 나. 난 도박사야. 큰 크랩판에서 한 밑천 잡아 정식으로 흑인 전용 도박장을 열 거야. 그리고 나서 가끔씩 여기 망나니들이나 보러 와야지. 카운터에 이십 달러짜리 하나 던지고 "다들 마셔"하면 너희들은 내 등을 토닥이며 "조, 자넨 진짜 백인이야" 하겠지. 그럼 나는 "아니, 난 깜둥이고, 내 돈은 깜둥이 돈이야. 너희들 나랑 술 마시는 거 자랑스럽게 생각해야 해. 안 그럼 국물도 없어!"라고 할 거야. 아니면 "야, 다 꺼져. 내 체면이 있지. 어떻게 백인 쓰레기들하고 같이 술을 먹냐!"라고 하든가. (나가려고 문을 연다. 다시 돌아서) 이건 백일몽 아냐! 어떻게 해서든 오늘 꼭 한 밑천 구할 거야. 총 들고 백인 은행을 털어서라도! 두고 봐! (자동문을 통해 거드름을 피우며간다.)

척　(분노하며) 저 깜둥이 까부는 거 좀 봐! 이 복장만 아니면 당장에 쫓아가서 작살을 내버렸는데!

로키　아, 내버려둬, 미친놈! 지가 도박장을 연다고! 밤에 다시 돌아와서 방이랑 술 달라고 구걸할 거면서. (복수심에서) 그때는 내가 잔을 박살내버리겠어. 지 주제를 알려주지! (자동문이 열리고 윌리 오번이 거리에서 들어온다. 면도하고 비싸고 멋진 정장, 좋은 신발과 린넨 셔츠를 입고 있다. 술에 취하지 않았으나 얼굴은 아파보이고, 신경은 충격으로 불안해 보인다.)

척	멋쟁이가 또 있네! 윌리, 전당포에서 옷 찾아온 거예요? (비웃으며) 내일 또 갖다 파세요.
윌리	(퉁명스럽게) 아니. 이제 그 짓 안 해. 다시는. (바로 간다.)
로키	(동정적으로) 윌리, 안색이 안 좋아 보이는데 기운 나게 한 잔해요. (그에게 병을 민다.)
윌리	(간절하게 병을 바라보지만 고개를 젓는다. 단호하게) 아냐, 됐어. 끊으면 그냥 한 번에 끊는 거지. 술 냄새 풍기면서 검사 사무실가면 끝장이야.
척	진짜 갈 거예요?
윌리	(뻣뻣하게) 간다니까! 여긴 술 마시러 온 게 아니고 잠깐 들른 거야. 저 장돌뱅이한테 술기운의 객기가 아니란 걸 보여줄 거야─ (죄책감으로) 하지만 나한테 돈 대준 거 보면 정말 정 많고 좋은 사람이야. 모욕감 좀 주는 거야 뭐 어쩌겠어. (바에서 뒤를 돈다.) 아직도 다리가 후들거려. 좀 앉아야겠어. (두 번째 탁자 외편으로 가 패릿을 마주보고 앉는다. 패릿은 인상을 찌푸리고, 의심스러운 눈초리로 그를 바라보고 곧 그를 무시한다. 로키는 척을 바라보고 역겨운 듯 척의 머리를 톡톡 친다. 루이스 대위가 현관에서 나타난다.)
척	(중얼거린다.) 안 녕 녀 주가요! (루이스는 쌀쌀하게 차려입고 깨끗하게 면도한 얼굴이다. 해묵은 트위드 정장은 솔질을 했고 다 해진 린텐 셔츠도 깨끗하다. 억지로 쾌활하고 자신감 있는 태도를 취한다. 그러나 그는 아프고 숙취에 시달리고 있다.)
루이스	신사양반들, 다들 잘 잤나. (거리를 내다보기 위해 바의 앞쪽을 따라 지나간다.) 상쾌한 아침이군. (바로 돌아선다.) 해장술? 됐

어. 필요 없어. 저 간섭쟁이 히키와 고집쟁이 보어놈 때문에 잠은 좀 설쳤지만, 기분은 최고야. (얼굴이 굳어진다.) 그 자식 참을 만큼 참아줬어. 물론 내 잘못도 있지. 저 짐승 같은 네덜란드 농사꾼과 친하게 지냈으니까. 이제 타성에서 벗어날 때가 됐지, 속이 후련해. 참, 여기 열쇠. (바의 카운터에 열쇠를 둔다.) 다신 안 돌아올 거야. 해리와 자네들을 두고 떠나서 서운하긴 하지만, 그 자식이랑 한 지붕 아래 살아갈 순 없어. (말을 멈춘다. 웨트존이 현관에서 들어오자 적의로 몸이 굳어지고 그에게서 등을 돌린다. 웨트존은 조롱하듯 그를 노려본다. 그 역시 외모를 깔끔하게 하려고 노력했고, 육체적인 강인함을 드러내기 위해 의식적으로 과장된 태도를 보인다. 사실, 그는 아프고 술에 절은 육체를 간신히 지탱하고 있다.)

로키   (루이스에게 − 역겨워하며 바의 뒤쪽 선반에 열쇠를 놓으며) 거기도 히키한테 완전히 당했군요? 그래, 여기를 뜨시겠다?

웨트존 (조롱하며) 흥! 자기기만이지.

루이스 (그를 무시하며 − 쾌활하게) 응. 떠나. 하지만 히키 자식하고는 아무 상관없는 일이야. 쭉 생각해왔어. 새로운 삶을 시작할 때가 온 거야, 그게 다야.

웨트존 지 말로는 취직할 거래!

로키   무슨 일이요?

루이스 (쾌활한 분위기를 유지하며) 뭐든지. 노가다 말고, 최소한 두뇌와 교육이 필요한 일. 내가 지금 찬밥 더운밥 가릴 때가 아니지. 영사관에 친구를 만나볼 거야. 내가 일할 기분이 되면 언제고 연락하라고 했어. 커나드의 사무직 서기 정도 자리는 알아봐 줄 수 있다고.

웨트존   영국 영사관에서 주정뱅이를 따돌리려면 무슨 약속을 못 하겠어! 경찰 불러서 체포해가라고 하고 싶은데 신문에서 영국 백수 장교 이야기로 시끄럽게 할까봐 무서운 거지!

루이스   로키, 사실은 직장은 임시방편이야. 목적을 위한 수단일 뿐이지. 집으로 갈 일등실 뱃삯만 벌면 돼, 좋은 아이디어지.

웨트존   바다 건너 고향으로! 그거야말로 대단한 백일몽이군. 코딱지만 한 영국 놈의 뇌가 술에 절은 게 아니고 히키 때문에 헛바람이 들었구먼! (루이스는 주먹을 쥐지만 겨우 무시한다.)

척   (루이스를 안쓰럽게 생각하며 웨트존을 향해 - 빈정거리며) 거긴 히키한테 안 넘어갔나 보죠? 너무 교활해서? 그래도 그쪽도 나가서 일자리를 구해야죠.

웨트존   (노기를 띠며) 그럴 거야. 나한텐 쉬운 일이야. 난 신사인척 안 하거든. 노동이 뭐가 부끄러워. 염병할 영국 도둑놈들이 우리나라를 약탈하려고 전쟁 일으키기 전에는 나도 농부였어. (으스대며) 누구든지 내가 남자 열 명의 몫을 해낼 만큼 힘이 장사라는 건 단박에 알아.

루이스   (소동하며) 그래, 척, 어젯밤에 피아노 옮길 때 근육 장난 아니었지.

척   한쪽 모퉁이를 못 들어서 하마터면 피아노가 계단으로 굴러 떨어질 뻔 했잖아요.

웨트존   손에 땀이 차서 그랬어! 손이 미끄러운 걸 어쩌라고? 손만 안 미끄러우면 혼자서도 거뜬히 들을 수 있었어. 옛날에 트란스발에서 소가 가득 있는 달구지를 들어 올린 적이 있어. 그런데 일자리를 왜 못 구해? 부두꾼 십장 댄이 언제든지 나를 써줄 용의가 있다고 했어. 시장의 베니도 그랬고.

루이스   로키, 참 진귀한 구경일거야. 사람처럼 걷는 보어인이 — 그나저나, 철자가 오(o)가 두 개던가 — 술을 사고 댄과 베니는 험악한 표정을 짓고 있는 광경을 보면. 그 사람들 아마 달을 따다 준다고 약속했겠지.

로키   그냥 장난친 거죠.

웨트존   (화내며) 거짓말! 오늘 일자리를 얻을 거야. 저 빌어먹을 영국 놈하고 저 거짓말쟁이 히키 놈한테 보여줄 거야. 일은 잠깐만 할 거야. 집으로 갈 뱃삯만 벌면 돼. 많은 돈은 필요 없어. 삼등실이면 어때. 괜히 일등실 손님인척 허세부리고 싶지 않아! (비웃으며) 난 내 조국 내 고향으로 돌아 갈 거야. 그러면 모두들 날 반기겠지!

루이스   (점점 경직되며 — 목소리는 억압된 분노로 떨린다.) 로키, 남아프리카에 이런 소문이 있어. 어떤 보어인 장교가 — 오합지졸 농부들의 리더를 장교라고 부를 수 있다면 — 크론제한테 그만 저항하고 후퇴하라고 계속 충고를 했다고 —

웨트존   내가 맞았어! 내가 맞았다고! 그 놈이 포더버그에서 포위됐을 때 항복했어야지!

루이스   (그를 무시하며) 좋은 전략이었지만, 나중에 보어인들 사이에서 그 장교가 도망치려는 사적인 욕망에서 그랬다는 의혹이 생기고 나중에는 거의 다 정설로 믿었지. 사람들이 맹렬히 비난했고, 결국 가족은 그와 의절까지 했는데. 그런데 무슨 선창에서 환영식이며 반기는 친척들이-

웨트존   (죄책감에서 오는 분노로) 거짓말 마! 이 염병할 영국 놈이-

(자신을 통제하려고 노력하며 루이스의 태도를 따라한다.) 나도 어떤 영국 장교에 대한 소문을 들었는데, 전쟁이 끝나고 술 취해서 도박하다가 돈을 다 날렸데. 근데 알고 보니 그 돈이 연대 자금인데, 다 잃어버려서-

루이스   (통제력을 잃고 그를 향해) 이 염병할 네덜란드 놈아!

로키   (바 카운터 위로 몸을 기울여 루이스의 가슴에 주먹을 뻗어 제지한다.) 그만해요! (동시에 척이 웨트존을 붙잡고 뒤로 당긴다.)

웨트존   (몸부림치며) 덤비라고 그래! 저런 놈들 수도 없이 봤어- 마더 강에서, 마거스판테인 전투에서, 스피언 캅 고지에서- 겁이 났는지 칼을 휘두르면서 오기에 내가 소총으로 가볍게 죽여 버렸지. (보복심에) 세실, 잘 들어! 내가 가끔씩 취했을 때 너를 못 맞춘 게 유감이라고 농담했는데, 지금은 말짱해, 그리고 그거 농담 아냐.

래리   (조롱조의 폭소를 터트린다. 코믹한 광기의 속삭임으로) 세상에, 히키한테 죽은 자를 살리는 능력이 있나봐! 저 인간이 보어 전쟁얘기를 다시 꺼내는 거 보니! (이 개입은 루이스와 웨트존에게 찬물을 끼얹은 것 같은 효과를 준다. 그들의 싸움은 가라앉고 로키와 척은 그들을 놔준다. 루이스는 보어인에게서 등을 돌린다.)

루이스 (마치 아무 일이 없었던 듯, 밝은 분위기로 돌아가려고 하며) 이런, 영사관 친구를 만나러 갈 시간이군. 일찍 일어나는 새가 일자리를 구하는 법, 그치? 다들 잘 있어, 행운을 비네. (거리로 난 문으로 간다.)

웨트존 쳇, 저 영국 놈이 가면, 나도 가! (그는 서둘러 루이스 뒤를 따른다. 그러나 자동문을 열려고 하던 루이스는 갑자기 의지가 마비되어 굳어버린 것처럼 순간 주저한다. 웨트존은 부딪치지 않으려고 뒤로 물러선다. 그들은 잠시 앞뒤로 서서 자동문 너머의 거리를 응시하며 서 있다.)

로키 왜 안가요?

루이스 (죄책감에서 아무렇지 않게) 응? 갑자기 뭐가 생각나서. 해리한테 인사도 안하고 가는 건 도리가 아닌 거 같아서. 해리가 우리한테 참 잘해줬는데. 지미도 그렇고. 곧 내려오겠지. (이제야 웨트존이 있는 것을 발견한 척 한다. 마치 낯선 사람에게 사과하는 것처럼 문 옆으로 비켜선다.) 죄송합니다. 제가 나가시는 길을 막고 있었군요.

웨트존 (뻣뻣하게) 아냐. 나도 해리와 지미에게 인사하려고 기다리는 중이야. (그는 간이식당 식탁 뒤의 문 오른쪽으로 가서 방을 등지고 창을 내다본다. 루이스도 문의 왼쪽의 창가에서 비슷한 자세를 취한다.)

척 한심하기! (그는 바 카운터 끝에 있는 코라의 술잔을 든다.) 젠장, 코라를 깜박했네. 또 지랄하겠네. (술을 들고 현관으로 간다.)

로키 (역겹게 그를 향해) 그렇지, 그렇게 기집애 시중이나 들면서 살아라, 이 병신아! (머리를 저으며 기계적으로 바의 카운터를 닦기 시작한다.)

윌리 (계산하는 눈빛으로 건너편 탁자에 있는 패릿을 응시한다. 몸을 앞쪽으로 기울여 비밀스럽게 낮은 목소리로) 패릿, 잠깐 얘기 좀 하자.

패릿   (놀라서 - 방어적으로 인상 쓰며) 뭐요?

윌리   (교활한 형사 전문 변호사의 태도를 취하며) 니 문제지. 다 알고
        있어. 아무것도 인정하지 마. 그게 내 충고야. 죄다 부정
        해. 입은 꾹 다물고. 먼저 변호사랑 상담하기 전에는 어
        떤 진술도 해서는 안 돼.

패릿   이봐요! 지금 무슨-?

윌리   나 믿어도 돼. 나 변호사야. 너랑 나랑 서로 도우면 좋겠
        다는 생각이 갑자기 들었어. 물론 오늘 보좌관 일자리 건
        으로 검사를 만나는데, 아마 시간이 좀 걸리고 금방은 자
        리가 없을 거야. 그동안 내가 직접 사건 한두 건을 맡아
        두는 것도 좋지. 이로써 내 화려한 법대 성적이 요행이
        아니라는 것도 증명이 되고. 그러니 날 니 변호인으로 선
        임하는 게 어때?

패릿   미쳤어요! 내가 변호사가 왜 필요해요?

윌리   그렇지. 절대 아무것도 인정하지 마. 하지만 나는 믿어도
        돼, 그러니까 다 털어놔봐. 서부에서 사고치고 여기 숨어
        있는 거지. 아무리 멍청해도 그 정도는 다 눈치 까. (더 낮
        은 목소리로) 여기가 안전하다고 느끼겠지. 아마 당분간은
        그럴지도 모르지. 하지만 언젠가는 잡혀. 우리 아버지의
        경우를 봐도 그렇고. 우리 아버지처럼 절대 안전하다고
        여긴 사람도 없었지. 누가 아버지한테 법을 들먹거리면
        웃다가 쓰러질 정도였으니까. 하지만-

패릿 미친놈! (억지웃음을 지으며 래리를 향해) 아저씨, 들었어요? 이 멍청이가 경찰이 나를 쫓고 있는데요!

래리 (그를 무시해야 한다고 생각하기 전에 불쑥 진정한 반응을 보인다.) 제발 그랬으면! 그리고 벼룩도 낯짝이 있다면, 당연히 너도 그래야지! (패릿은 잠시 죄책감에서 그의 눈을 바라본다. 곧 조롱하듯 미소 짓는다.)

패릿 아저씨야말로 사상운동에서 손 뗐다고 자신을 속이잖아요! 늙은 사기꾼, 여전히 맘이 있으면서! (래리는 다시 그를 무시한다.)

윌리 (실망하여) 그럼, 아무 문제없다는 거니? 내심 나는ー 아니 다 됐어. 나쁜 뜻은 없어. 잊어버려.

패릿 (거들먹거리며) 그럼요. 괜찮아요. 내 성질을 건드린 건 아저씨가 아니라 저 늙은 사기꾼이에요. (의자에서 살짝 일어나 조금 전에 앉았던 래리 옆의 의자로 가서 조용히 앉는다. 낮은 목소리로 넌지시 은밀하게) 이해해요, 아저씨. 엄마가 아저씨를 막 대했어도 여전히 엄마를 사랑하시죠. 하지만 뭘 기대해요? 엄만 자신과 사상운동 외에는 아무도 진심으로 안 대했어요. 하지만 여전한 그 감정을 어쩌겠어요. 저도 여전히 엄마를 사랑하는데. (긴장되고 절망적인 어조로 애원하며) 진짜인거 아시죠? 그래야만 해요! 창녀한테 갈 돈이 좀 필요해서 불긴 했는데, 체포될 줄은 몰랐어요. 다른 이유는 없어요, 진짜예요! 또 무슨 이유가 있겠어요! (이런 뻔뻔한 고백을 통해 죄의식으로부터 벗어나려는 이상한 분위기를 풍긴다.)

래리 (듣지 않으려고 하면서도, 고조되는 긴장 속에서 다 듣고) 제발 날 평온 속에 가만히 둬! 난 널 심판할 수 없다고 말 했잖아! 만약 그 입 안 다물면, 곧 니 영혼을 토하는 말을 하게 될 거야. 마치 뱃속에서 울렁거리는 싸구려 술처럼. (의자를 뒤로 빼고 벌떡 일어난다.) 염병할 자식! (바 쪽으로 간다.)

패릿   (벌떡 일어나서 그를 뒤따른다. 절망적으로) 아저씨, 가지마세요! 저 좀 도와주세요! (그러나 래리는 바에서 뒤로 돌아있고, 로키는 그에게 인상을 쓴다. 그는 멈추고 무기력하게 움츠러든 채 돌아선다. 조금 전에 있던 탁자로 가서 뒤쪽에 놓인 정면을 향한 의자에 앉는다. 마치 지독한 두통이 있는 것처럼 탁자에 두 팔꿈치를 대고 두 손으로 머리를 받치고 있다.)

래리   로키, 술 줘. 내가 목말라 죽는 한이 있어도 히키가 사는 술은 안 먹겠다고 다짐했는데 마음을 바꿨어! 빚진 거 받는 거야. 이제 세상일에 관심 끊을 거야. 죽음의 아이스맨이 술을 산다 해도! (그는 깜짝 놀라 말을 멈춘다. 그의 얼굴에는 미신적 경외가 나타난다.) 내가 지금 무슨 말을 한 거지. (냉소적인 웃음으로) 맙소사, 꼭 들어맞잖아. 히키가 자신의 집으로 불러들인 아이스맨이 바로 죽음이었어!

로키   아, 아이스맨 장난은 그만해요! 불쌍한 부인이 죽었다잖아요. (불병과 잔을 래리에게 밀며) 미시고 뻗이요! 여기선 그게 자연스러우니까. (래리는 술을 마시고 한 잔 더 따른다. 에드 마셔가 현관에서 문으로 들어온다. 다른 사람들처럼 태도와 외양에 변화가 있다. 병색에 신경은 불안하고 눈에는 두려움이 있지만, 그 역시 지나치게 의기양양한 태도를 취한다. 래리와 도로로 난 출입구 사이를 지나 바 쪽으로 어슬렁거리며 간다.)

마셔 잘 잤나, 로키. 좋은 아침이야, 래리. 술을 끊으라는 히키
의 타락이 전혀 먹혀들지 않아 기쁘구만. 나도 뭐라 하던
신경 안 쓸 거야. (로키가 술병을 밀자 고개를 젓는다.) 여기서
입 냄새 없애는 방법은 커피 원두뿐이야. 단장은 절대 안
속긴 하지만. 커피 원두가 좋아서 씹는 놈을 믿는 놈은
곡마단 운영을 못하지. (그는 병을 멀리 민다.) 됐어, 아주 악
몽같은 밤을 보내서 필요하긴 하지만─ (인상을 쓴다.) 저 장
돌뱅이 자식! 못 들어오게 문을 잠갔는데도, 밤새 누구한
테 연설을 해 대는지 벽을 통해 다 들려. 내려 올 때 보니
까 지금도 지미하고 해리한테 연설중이야. 제일 참을 수
없는 건 저 허풍쟁이 평발 카톨릭교도 놈이 나한테 이래
라 저래라 설교하는 거야! 그래서 문을 잠갔지. (이렇게 말
할 때 맥글로인이 현관에서 문 쪽으로 온다. 외양과 태도에서의 변화는
마셔와 다른 사람들에게 생긴 것과 똑같다.)

맥글로인 로키, 거짓말이야! 문을 잠근 건 나야! (마셔는 발끈 화를 내
려한다. 곧 무시한다. 서로 등을 돌린다. 맥글로인은 내실 쪽으로 가려
고 한다.)

윌리 맥, 잠깐 이리 와 봐요. 할 얘기가 있어요. 제가 그쪽 사
건을 맡으려면 여기 뜨기 전에 서로 얘기를 해야죠.

맥글로인 (경멸적으로) 할 얘기 없어. 등신같으니라구, 내가 자네 부
친의 아들을 내 변호사로 쓸 거 같나? 자네가 법정에 서
면 우리 둘 다 바로 쫓겨나! (윌리는 주춤하더니 의자에 앉는다.
맥글로인은 건너편의 첫 번째 탁자로 가서 등을 바의 카운터 쪽으로 돌
리고 앉는다.) 어쨌든, 변호사 따위 필요 없어. 법은 개뿔!

공정한 변호사 찾아서 말만 전하면 돼. 그렇게 해줄 거야. 내가 누명쓴 거 다 알아. 일단 그 말만 전달되면 다 끝난 거나 다름없어, 법적으로든 아니든.

마셔   이 정신병원을 떠나게 돼서 기뻐! (주머니에서 열쇠를 꺼내 바의 카운터에 놓는다.) 여기 내방 열쇠.

맥글로인   (주머니에서 자신의 열쇠를 꺼낸다.) 여기 내꺼. (로키에게 열쇠를 던진다.) 저 미친 히키나 서커스 사기꾼이랑 한 지붕 아래서 자느니 차라리 도랑이 더 낫겠어. (험악하게 덧붙인다.) 참, 저 모자, 맞는 사람 아무나 써! (마셔가 분개하여 그를 향해 돌아보자 로키는 카운터 위로 몸을 숙여 그의 팔을 잡는다.)

로키   아, 진정해요! (마셔는 잠잠해진다. 로키는 열쇠를 선반위에 던진다. 역겨운 듯) 아, 골치야. 오늘밤에 열쇠 안 돌려줄 거니까 알아서들 해요. (둘 다 화가 나서 그를 향하지만, 문간에 코라와 척이 등장하자 중단된다. 코라는 취한 상태이다. 현란하고 멋진 옷을 입고 루즈와 마스카라로 진한 화장을 했고, 머리는 약간 헝클어져 있으나 모자를 쓰고 있다.)

코라   (바 안쪽으로 조금 걸어오며— 긴장 속에서 밝게 낄낄거리며) 안녕하세요! 우리 떠나요! 히키가 떠나려면 지금 가래요. 그래서 그 개자식한테 보여 줄려고요, 그치 자기야? 해리랑 지미가 그 자식하고 같이 내려오는데, 꼭 전기의자에 끌려가는 표정이에요! (두려움에 찬 분노로) 히키 그 자식 한 번만 더 헛소리하면, 대갈통을 부숴버릴 거야. (척의 팔에 손을 얹는다.) 자기야, 히키 오기 전에 가자.

척   (뽀로통하여) 그래, 자기 말이면 뭐든지.

코라	(싸움 투로) 그래? 그럼 그 전에 비싼 술집에서 셰리 칵테일 한 잔 사줘봐– 아니, 네다섯 잔? 내가 마시고 싶거든. 안 그럼 다 취소야!
척	이젠 술주정까지!
코라	노랭이! 아주 못마땅해 죽겠지, 이 짠돌이! 니 돈 쓰는 게 그렇게 아까우면 내 돈 써. 결혼식 끝나면 어차피 다 뺏어갈 거잖아. 너 같은 인간 다 알아! (스커트를 들어 올리더니 스타킹 위쪽 안쪽에 손을 넣는다.) 여기 있다, 이 건달아!
척	(코라의 손을 떨친다. 화가 나서) 더러운 돈 치워! 곧 결혼할 여자가 어디다 함부로 허벅지를 보여. 상판대기 얻어터지고 싶어!
코라	(기분이 좋아져서– 고분고분하게) 알았어, 자기야. (히죽거리며 주변을 둘러본다.) 참, 다들 결혼식에 오세요. (그러나 모두 각자의 걱정에 잠겨 그녀를 거들떠보지 않는다. 코라는 잠시 주저하다가 비참할 정도로 흐릿하게) 그럼, 여러분, 우리 가요. (반응이 없다. 그녀의 시선은 로키에게 고정된다. 절망적으로) 이봐, 로키, 귀 먹었어? 우리 간다고.
로키	(바 카운터를 닦으며– 계산된 무관심으로) 그래, 잘 가. 뉴저지에 안부 전해주고.
코라	(화가 나 눈물을 글썽이며) 야, 이 나쁜 놈아, 잘 살라는 말도 안 하냐?
로키	그래. 다음 주까지 서로 죽이지 말라고 기도해 주지.
척	(화가 나서) 아, 자기야, 저런 포주새끼한테 뭘 바래? (로키는

위협적으로 그에게 달려들려고 하지만 척은 위층에서 나는 소리를 듣고 코라의 팔을 잡는다.) 히키가 온다! 얼른 튀어! (그들은 서둘러 현관으로 간다. 거리로 나가는 문이 닫히는 소리가 들린다.)

로키 (우울하게 사망부고를 낭독하듯) 멀쩡한 한 놈과 괜찮은 한 날라리 지옥에 가다! (날카롭게) 저 미친 히키 자식 디져버렸으면! (찬성한다는 웅얼거림이 여기저기서 들린다. 곧 해리 호프가 현관에서 등장하고 지미 투마로와 히키가 들어온다. 호프와 지미 둘 다 자신감을 보이고 있지만 조금 전에 코라가 했던 설명이 더 적절하다. 걷는 모습에는 필사적인 허풍이 있으며, 이것은 사형수의 마지막 행진을 연상시킨다. 호프는 옛날에 입던 검정색 슈트와 검정색 넥타이, 신발, 양말을 신고 있어서 상중인 것처럼 보인다. 지미의 옷은 잘 다려져 있고 신발은 빛이 나며 흰색 린넨 셔츠는 얼룩하나 없이 새 하얗다. 숙취가 있으며 온화하게 호소하는 듯한 비난의 눈초리에는 분노가 있다. 히키의 얼굴은 수면 부족으로 다소 수척해 보이고 말을 계속해서 목이 쉬었다. 그러나 초조 속에서 활력은 강화된 듯 하고 성취감으로 인해 그의 표정은 밝다.)

히키 마침내 여기까지 왔군! (지미의 등을 토닥인다.) 잘했어. 아프다는 거 반은 엄살이라고 했잖아. 미루는 데 핑계야─

지미 제발 내 몸에서 손 좀 치워! 그냥 내일이면 컨디션이 더 좋을 거 같다는 거야. 하지만 오늘이 더 낫겠지.

히키 지금 끝내면 그걸로 완전히 끝이야. 그럼 자네도 자유고! (그를 지나서 호프의 어깨를 두드리며 격려한다.) 기운 내, 해리. 방금 확인했잖아. 류머티즘 때문에 계단을 못 내려오는 게 아니라는 걸. 내가 뭐랬나. (주위의 다른 사람들에게 윙크를 한다. 휴고와 패릿을 제외하고 모두 적의에 찬 눈빛으로 그에게 시선을 고정한다. 그는 장난치듯 호프의 갈비뼈 쪽을 팔꿈치로 친다.) 하여튼 핑계 대는 데는 선수야, 지미만큼이나!

호프   (안 들리는 척하며) 뭐라고? 안 들려─ (반항하며) 거짓말! 베시 가 죽은 뒤로 이십 년 동안 류머티즘이 있었다 없었다 했 어. 누구나 다 아는 사실이야.

히키   그래, 류머티즘이 자네 기분에 따라 있었다 없었다 하지! 속보여, 이 늙은 사기꾼아! (다시 어깨를 친다. 키득거리며)

호프   (자존심이 상하고 죄책감에서 벗어나기 위해 다른 사람들을 노려본다.) 젠장, 무슨 구경났다고 쳐다보고들 그래? 이게 서커스야! 히키 말대로 당장 여기서 나가 각자 일이나 신경 써! (모두 상심에 찬 눈빛으로 그를 비난하듯 바라본다. 움직이려 하면서 초조해 한다.)

히키   맞아, 해리. 이 시간쯤이면 벌써 용기내서 다 떠났을 줄 알았어. (씩 웃는다.) 반신반의 했지만. (갑자기 진심으로 동정하 고 진지해진다.) 왜냐하면 자네들의 고충을 내가 정확히 알 거든. 사람이 진실을 대면하게 되면 얼마나 겁쟁이가 되 는지 알아. 나한테도 엄청난 시련이 있었지. 자네들보다 훨씬 못한 개 같은 내 자신을 대면해야만 했어. 겁이 나 면 백일몽을 지키려고 온갖 추잡한 핑계를 다 대지. 하지 만 계속 말했듯, 그게 바로 내일의 꿈이란 것이고 자네들 의 진정한 평화를 방해하는 것이야. 그니까 나처럼 그 백 일몽을 없애야 해. (말을 멈춘다. 그들은 공포와 증오로 그를 노려 본다. 그에게 달려들며 저주를 하려는 듯 보인다. 그러나 그들은 말없 이 암전히 있다. 그의 태도는 변하여 상냥하게 타이른다.) 자, 어서

들 움직여! 누가 먼저 할까? 대위하고, 장군, 자네들 먼저. 자네들이 문에서 가장 가깝고 게다가 옛날 전쟁 영웅들이 잖아! 자네들이 선두에 서야지. 자, 어서, 그동안 수없이 들어왔던 마더 강 전투의 기백을 보여줘 봐! 하루 종일 여기 죽치고 있을 거야? 밖에 나가면 누가 잡아먹나?

루이스 (굴욕감과 분노로 돌아서— 쾌활하게 무심한척 하며) 그래, 저 빌어먹을 간섭쟁이 말이 옳아! 떠날 시간이야. 그저 자네하고 해리한테 작별인사 하려고 기다렸을 뿐이야.

호프 (의기소침하여) 잘 가게, 대위. 행운을 비네.

루이스 그래, 당연히 그래야지. 자네도 행운을 비네. (그는 회전문을 밀고 용감하게 퇴장한다. 문 우측 창문 바깥에서 오른쪽으로 돌아 의기양양하게 행진한다.)

웨트존 젠장. 저 영국 놈이 하면 나도 해! (그는 문을 밀고 장애물로 향하는 황소처럼 육중하게 나간다. 왼쪽으로 돌아 가장 먼 창문의 바깥쪽에서 뒤로 사라진다.)

히키 (독촉하며) 다음? 에드. 이렇게 화창한 여름날, 자네 핏속에서 들끓고 있는 옛 곡마단의 울림소리가 들리지 않나! (마셔는 그를 노려보고 문으로 간다. 맥글로인은 의자에서 벌떡 일어나 문쪽으로 움직인다. 히키는 그가 지나갈 때 그의 등을 친다.) 맥, 바로 그거야.

마셔 해리, 잘 있게. (그는 나가서 우측으로 돈다.)

맥글로인 (그의 뒤를 불쾌한 얼굴로 바라보며) 만약 저 사기꾼이 용기가 있다면— (바깥으로 나가 왼쪽으로 돈다. 히키가 윌리를 노려보자, 윌리는 히키가 말하기 전에 의자에서 벌떡 일어난다.)

윌리 안녕히 계세요, 해리. 그동안 고마웠어요.

히키 (그의 등을 친다.) 그렇지, 윌리. 검사는 바빠. 자네도 알다시피 하루 종일 기다리게 할 수 없잖아. (윌리는 서둘러 문으로 간다.)

호프 (멍하게) 윌리, 행운을 비네. (윌리는 바깥으로 나가 우측으로 돈다. 그 사이 겁에 질린 지미는 슬그머니 바 카운터로 가서 래리의 위스키 잔에 손을 뻗는다.)

히키 지미, 이제 자네 차례야. (그는 지미가 하는 행동을 보다가 지미가 술을 마시려고 할 때 그의 팔을 잡는다.) 이봐, 지미. 그러면 안 돼지. 빈속에 숙취까지 있는데 거기다 한 잔 더 마시면 까무러져. 그러고 나서 너무 취해서 복직 기회를 놓쳤다고 하려고 그러지.

지미 (극도로 비참하게 애원하며) 내일할게! 내일! 내일은 컨디션이 좋을 거야! (갑자기 자신을 통제하며— 떨면서도 굳건하게) 좋아. 갈게. 손 치워.

히키 바로 그거지! 다 끝나면 나한테 고마워할 거야.

지미 (공연히 분노를 터트리며) 에라, 이 개새끼! (술을 히키의 얼굴에 뿌리려 했으나 조준을 잘 못해 히키의 코트를 적신다. 지미는 돌아서 문으로 돌진하여 우측 창문 바깥으로 사라진다.)

히키 (코트에 묻은 위스키를 털어내며— 익살스럽게) 알코올 소독한번 잘했네! 그래도 기분 안 나빠. 그 심정 이해하거든. 그 방면은 내가 도가 텄잖아. 나도 누가 내 백일몽의 실체를 까발리면, 아마 총으로 쏴 죽였을 거야. (호프에게도 돌아서, 격려하며) 자, 주지사, 지미는 성공했네. 이젠 자네야. 만약 지미가 시험을 통과할 만큼 배짱이 있으면, 당연히 자네도—

래리 (고함친다.) 해리 좀 가만 놔둬!

히키 (그를 향해 씩 웃는다.) 래리, 내가 자네라면 내 앞가림 걱정이나 할 텐데. 해리 걱정은 마. 잘 해낼 테니까. 내 장담했거든. 싸구려 동정 같은 건 필요 없어. 안 그런가, 주지사?

호프 (단호함을 보여주려는 애처로운 시도로) 그럼, 래리, 쓸데없이 간섭하지 마. 히키가 먼 상관이야? 그동안 항상 산책 하려고 했었잖아, 안 그래? 자넨 내가 감옥에 있는 것처럼 여기 갇혀 있기를 바라나보군! 충분히 참았어! 내 운명의 주인은 나야. 내가 하고 싶은 걸 할 거야. 히키, 너도 빠져! 여기 사장은 니가 아니고 나야! 그럼, 난 문제 없어! 내가 왜 못해? 그냥 내 선거구 한 바퀴 둘러보기만 하는 건데, 겁날 게 뭐 있어? (이 말을 하면서 문 쪽으로 움직인다. 문에 도착한다.) 로키, 바깥 날씨 어때?

로키 화창해요, 사장님.

호프 뭐라고? 안 들려. 화창하긴, 금방이라도 비가 한바탕 쏟아질 거 같구만. 류머티즘이— (스스로를 억제한다.) 아니, 내 눈이 문제야. 거의 눈뜬장님이라 잘 안 보여. 이제야 화창해 보이네. 근데 걷기엔 너무 더운데. 술이 땀으로 나오면 몸에야 좋긴 하겠지. 하지만 저 차들을 조심해야겠는 걸. 이십 년 전에는 없었는데. 창에서 보니까 사람을 칠 것처럼 달려들던데. 무섭다는 게 아니고 내 몸은 내가 지켜야 한다는 거지. (회전문에 내키지 않은 손을 얹는다.) 그럼, 잘 지내− (멈추고 뒤를 돌아본다. 겁이 나 화를 내며) 젠장, 히키 뭐해? 같이 출발해야지.

히키 (씩 웃으며 고개를 젓는다.) 아니, 해리. 그럴 수 없어. 자신과 데이트하는 시간이야.

호프 (억지로 성을 내며) 야, 이 인정머리 없는 인간아! 내가 반 귀 머거리에 눈뜬장님인 거 뻔히 알면서 길 건너는 것도 안 도와주려고. 저 놈의 자동차들은 또 어떻고. 인정머리 없 는 인간 같으니라고! 젠장, 내가 언제 누구 도움 받고 살 았어! (스스로를 다독이며) 이왕 시작했으니 끝을 봐야지. 옛 날 친구들도 만나고. 이십 년 동안 소식이 없었으니 아마 내가 죽은 줄 알 거야. 하지만 베시를 잃은 슬픔 때문이 라는 걸 모두 알지− (문에 손을 얹는다.) 내가 나가자마자− (곧 손을 내린다. 감상적인 우울함으로) 히키, 자네도 내가 왜 그 러는지 알잖아. 베시 장례식 이후로 밖을 나가 본 적이 없어. 베시가 떠난 후, 인생이 살 가치가 없다고 느껴졌 지. 그래서 그 뒤로 다시는 밖에 안 나가겠다고 다짐했지. (애처롭게) 히키, 아무래도 지금은 나갈 때가 아닌 거 같아. 베시에 대한 예의가 아닌 거 같아.

히키 주지사, 그런 식으로 추억을 들먹이며 어물쩍 넘어가려고 하지 마!

호프 (두 손을 귀에 가져다 대며) 뭐라고? 안 들려. (다시 감상적으로 하 지만 절망적으로) 이제야 그 마지막 날이 뚜렷이 기억나−

화창한 일요일 아침, 우리는 같이 교회에 갔지. (목소리는 흐느낌으로 변한다.)

히키 (흐뭇해하며) 연기한번 대단해. 내가 더 잘 아는 거 자네도 알지. 교회는 개뿔 아무데도 베시랑 같이 안다녔잖아. 베시가 항상 당차게 밖으로 나가 활동 좀 하라고 그렇게 바가지를 긁어도, 자네는 평온 속에서 취해있고 싶어 했잖아.

호프 (말을 더듬으며) 뭐라는지 하나도 안 들려. 어쨌건, 자네가 하는 말은 다 거짓말이야! (곧 갑작스러운 분노를 느끼며, 그의 목소리는 증오로 떨린다.) 개자식, 여기 자네하고 있느니 차라리 밖으로 나가 미친개하고 악수를 하는 게 낫겠어! (화가 불끈하여 문을 밀치고 무작정 거리로 나가 런치 카운터 뒤의 창문을 지나간다.)

로키 (경탄하며) 이런, 해냈군! 확률은 대략 오십 정도로 절대― (바의 카운터 끝으로 가 창밖을 내다본다. 역겨워하며) 이런, 멈췄어요. 장담컨대 다시 돌아와요.

히키 당연 돌아오겠지. 다른 사람들도 모두. 오늘 밤까지 모두 여기로 다시 모일 거야. 얼간아, 그게 핵심이야.

로키 (흥분하여) 아니에요. 모퉁이까지 갔어요. 차를 보고 잔뜩 쫄았어요. 차라고는 한 시간에 한두 대 밖에 안 다니는 길인데, 에이 병신! (바 일은 잊은 채, 마치 자동차 경주에 돈을 건 듯 흥분하여 바라본다.)

래리 (반항심으로 히키를 향해) 이제 내 차례야? 자네의 축복받은 평온을 얻으려면 내가 뭘 해야 하나?

히키 (그를 향해 씩 웃으며) 다 얘기했잖아. 자신을 속이는 것을 그 만두고—

래리 내 인생은 끝났고, 인간들의 어리석은 탐욕을 보는 것이 지겨워 죽음이라는 깊은 잠을 위해 두 눈을 감겠다는 내 말이— 겁쟁이의 거짓말이라는 건가?

히키 (키득거리며) 그럼, 자네는 어떻게 생각하는데?

래리 (히키가 아니라 자신하고 싸우는 것처럼, 점점 고조되는 분노로) 사는 게 두렵다고, 내가? 죽는 게 훨씬 더 두려워! 그래서 여기 앉아서 자존심은 술병 바닥에 묻어버리고 항상 취해있지. 나도 모르게 공포에 떨면서 애처롭게 울면서 기도할까봐 겁나서. 사랑하는 예수님, 어떻게든 조금만 더 오래 살게 해주소서! 며칠이든 단 몇 시간이든, 오, 주여, 자비를 베풀어 주소서, 그리하여 겁에 질린 이 가슴이, 소중한 이 보물이, 값을 매길 수 없을 만큼 귀중한 이 보석이, 얼마 안남은 아름다운 생을 품고 있는 더럽고 악취 나고, 다 시든 이 늙은 몸뚱이를 탐욕에 차 꽉 부여잡게 하소서! 라고 말이야. (경멸과 증오로 자신의 내면을 응시하며, 조소와 복수심에 찬 자기혐오로 웃는다. 그리고 갑자기 히키를 적대자로 여긴다.) 내가 이렇게 스스로 인정하게 하겠다는 건가?

히키 (키득거리며) 방금 했잖아, 안 그런가?

패릿 (손에서 머리를 들어 올려 래리를 노려본다. 조롱하며) 히키 아저씨, 바로 그거예요. 저 늙은 겁쟁이 사기꾼 다 까발려 버려요! 죽은 척이라니! 날 도와줘야 하는데!

히키   래리. 저 아이와의 문제는 자네가 해결하게. 전적으로 저
        친구 손에 맡길 거야. 나만큼 자네의 관중석 허세를 없앨
        수 있겠군.

래리   (화내며) 두 놈 다 지옥으로 꺼져 버려!

로키   (바의 끝에서 흥분하여 소리친다.) 봐요, 해리가 길을 건너기 시
        작했어요! 히키를 병신 만들려나 봐요! (잠시 멈추고 본다. 곧
        걱정하며) 뭐야, 가다 왜 멈추는 거야? 그것도 길 한가운데
        서! 취한 거야 뭐야! (역겨워하며) 아, 그만두려나봐! 뒤 돌
        았어! 저 달려오는 꼴 좀 봐! 다시 오네! (겁에 질려서 뛰어온
        호프가 런치 카운터 바깥의 창문을 지나간다. 비틀거리며 회전문을 통
        해 오고 래리의 오른쪽 바로 비틀거리며 온다.)

호프   젠장, 빨리 한 잔 줘! 십년감수했네! 그 자식 잡아 쳐 넣어
        야 해! 길을 걷는 게 이렇게 위험하다니! 이러다 죽겠어! 다
        신 안 해! 병째 줘! (술을 가득 따라 마시고 다시 따른다. 조롱하며 그
        를 바라보고 있는 로키에게- 애원하며) 로키, 너는 봤지, 그치?

로키   뭘요?

호프   자동차 말이야! 그 운전수 자식 취했거나 미쳤어. 내가 피
        했으니 망정이지, 하마터면 차에 치일 뻔 했어. (환심을 사
        려는 듯) 이봐, 래리, 한 잔 해. 자 모두 한 잔 하자고. 담배
        도 하고. 로키, 잘 안 마시는 거 알긴 하지만.

로키   (불쾌한 듯) 지금은 마셔야 할 것 같네요! (술을 따르며) 완전
        히 뻗을 때까지 마실 거예요! 맘에 안 들면, 알아서 하세
        요. 언제든지 그만 둘 의향이 있으니까. (역겨워하며) 제기

랄, 저는 사장님이 배짱이 좀 있는 줄 알았더니! 꼭 성공해서 저 허풍쟁이를 망신시킬 거라고 장담했는데. (히키에게 고개를 끄덕인다. 곧 콧방귀를 뀐다.) 자동차는 무슨! 장난해요? 한 대도 없었는데! 쫄아서 그만 둔 거잖아요!

호프 (무기력하게) 뭔 소리야! 거의 치일 뻔 했는데!

히키 (그와 래리 사이의 바로 가서 그의 어깨에 손을 놓는다. 친절하게) 이봐, 주지사. 바보같이 왜 이래. 자네 드디어 시험에 통과했어. 자네를 괴롭히던 모든 꿈 따위를 없앤 거야. 이제 그런 것 따윈 믿을 필요가 없다는 거 잘 알겠지.

호프 (래리에게 애처롭게 호소한다.) 래리, 자네는 봤잖아, 안 그런가? 마셔! 한 잔 더! 맘껏 마시게! 예전처럼 코가 비뚤어지게 마셔보자고! 자네, 아까 그 자동차 봤지?

래리 (그의 시선을 피하며, 동정하며) 그럼, 봤지. 진짜 아슬아슬했지. 다시는 자네 못 보는 줄 알았어!

히키 (진정한 분노로 그를 향해) 래리, 왜 그래? 내가 잘못된 동정에 대해 얘기했잖아. 해리 좀 가만 둬! 내가 해리한테 해를 끼치나? 내 옛날 친구한테! 내가 그렇게 형편없는 놈인가? 난 해리를 위해서라면 뭐든지 해. 본인도 알아! 내가 원하는 건 모두 정리하고 여생을 편안히 지내는 거야. 있다가 모두들 여기로 돌아오면, 내 말이 무슨 뜻인지 알거야. (호프에게 돌아서서 그의 어깨를 토닥인다. 달래며) 이봐, 주지사. 다 끝났는데 이제 와서 웬 고집이야? 유령 자동차 이야기 따윈 집어치워.

호프   (내면에서 붕괴되기 시작하며 — 무덤덤하게) 그래, 무슨 소용 — 이
제 와서? 죄다 거짓말이야! 자동차 없었어. 하지만, 젠장,
뭔가가 날 덮쳤어! 아마 내 자신이었나 봐. (억지로 힘없는
미소를 짓는다. 곧 지쳐서) 잠깐만 쉬어야겠어. 몸이 천근만근이
야, 송장처럼. (바의 카운터에서 술병과 잔을 들고 첫 번째 탁자로
가서 의자에 앉아 왼쪽 정면을 바라본다. 그의 떨리는 손은 거리를 잘
못 측정하여 술병은 탁자 위에서 흔들린다. 이로 인해 휴고는 팔에 괴
고 있던 머리를 들어 올리고 일어나 두꺼운 안경 너머로 눈을 껌뻑이며
그를 바라본다. 호프는 기운 없는 목소리로 그에게 말한다.) 휴고, 콧
바람 쐬려고? 그냥 뻗은 채로 있어, 그게 약이야. 시원한
수양버들은 없어 — 자네가 술병에다 키우든지. (술을 한 잔
따라 벌컥 들이킨다.)

휴고   (실없이 키득거리며) 해리, 멍청한 프롤레타리아 원숭이! 난
수양버들 아래서 샴페인을 마실 거야 — (귀족적인 까다로움으
로) 이놈의 노예 새끼들이 시원하게 하라니까! (쉰 목소리로
화를 내며) 히키, 빌어먹을 놈! 천민자본주의에 알랑거리는
장돌뱅이 새끼! 미련한 군중을 이끌어서 바빌론을 약탈하
면, 저 놈을 제일 먼저 가로등에 목매달 거야!

호프   (기운 없이) 좋아. 밧줄을 당길 때 내가 도울게. 한 잔 채,
휴고.

휴고   (겁먹은 듯) 아니야, 지금 너무 취했어. 내가 헛소리를 하는
군. 내 말 무시해. 래리도 내가 이렇게 취한 거 처음 볼
거야. 좀 자야겠어. (머리를 팔에 두려고 하다가 멈추고 고조되는

불안감으로 호프를 바라본다.) 해리, 왜 그래? 표정이 꼭 송장 같군. 무슨 일이야? 도대체 모르겠네. 너무 취해서 나도 죽을 것 같아. 정말 잠이 필요한데. 근데 여기서 자네랑 은 못 자겠어. 자네 꼭 송장 같군. (혼란스러운 공포 속에서 간신히 일어나 호프를 등지고 왼쪽 탁자로 가서 왼쪽을 향하고 있는 의자에 앉는다. 모래 속에 머리를 숨기는 타조처럼 머리를 포개진 팔 안으로 들이민다. 그는 패릿을 의식하지 않고, 패릿도 마찬가지다.)

래리 (히키를 심하게 비난하며) 자네의 평온을 누리는 이가 또 있네!

히키 당장은 힘들겠지, 해리도 마찬가지고. 그냥 처음에 충격 받은 것뿐이야. 곧 둘 다 이겨낼 거야.

래리 그렇게 믿고 싶겠지! 다 보여! 미친 자식!

히키 당연히 그렇게 믿지! 내가 경험해 봐서 안 다고 했잖아!

호프 (기운 없이) 히키, 그 주둥아리 좀 닫아. 젠장, 베시년보다 잔소리가 더 심해. (기계적으로 자신의 술을 마시고 한 잔 더 따른다.)

로키 (놀라서) 들었어요?

호프 (무감각하게) 술이 왜 이래? 톡 쏘는 맛이 없잖아.

로키 (걱정스럽게) 래리, 휴고 말마따나 사장이 송장 같아요.

히키 (화를 내며) 등신같이 왜 이래! 시간이 지나면 곧 괜찮아질 거야. (처음으로 불안한 기색을 보이며 호프에게 말한다.) 해리, 괜찮지?

호프 (무감각하게) 휴고처럼 뻗었으면 좋겠어.

래리 (히키를 향해- 격분하여) 저게 자네가 가져온 죽음이라는 평온이구만.

히키 (처음으로 자제력을 잃는다.) 거짓말이야! (그러나 곧 자제하고 씩 웃는다.) 그래, 자네 계획대로 나를 골탕 먹였네. 젠장 할 해리가 그런― (참지 못하고) 그거 멍청한 짓인 거 알잖아. 나를 봐. 난 그거 다 지나왔어. 내가 송장 같아 보여? 그 냥 해리 혼자 놔두고 충격이 가실 때까지 지켜봐. 나처럼 새로운 사람이 될 거야. (달래듯 호프에게 소리친다.) 주지사, 어떤가? 홀가분하게 느껴지기 않아? 편안해지고 더 이상 죄의식도 없고?

호프 (무기력하게 투덜거린다.) 이 간섭꾼, 술에다 장난쳤지! 이제 술에 생기도 없네. 취해서 뻗어 버리고 싶어. 자, 다들 뻗 어 버리자고. 젠장 할 뭔 상관이야?

히키 (목소리를 낮추며― 걱정스럽게 래리에게) 솔직히 충격이 저렇게 클 줄 몰랐어. 나처럼 항상 태평스러운 놈이라서. 물론 나도 충격이 컸지. 근데 잠시였어. 곧 천근같은 죄책감으 로부터 벗어나는 듯 했어. 그동안 일어났던 모든 일들이 평온을 얻기 위한 일종의 과정이라 여겼지.

래리 (날카롭게) 무슨 일이 일어났는데? 말해봐! 어물쩍 넘어갈 생각 말고! 솔직하게 말해! (복수심에 차) 다른 사람도 그렇 게 몰아붙였나?

히키 (당황하여) 다른 사람?

래리 (비난하듯) 자네 집사람은 어떻게 죽었나? 철저히 비밀로 하던데― 뭔가 이유가 있겠지!

히키   (책망하며) 래리, 좀 심하군. 하지만 굳이 알고 싶다면 못
        알려줄 이유도 없지. 이블린이 머리에 총을 맞았어. (잠시
        긴장된 침묵이 흐른다.)

호프   (무감각하게) 젠장 할, 무슨 상관이야? 그 여자나 잔소리 꾼
        늙은 마녀 베시나.

로키   세상에. 래리, 제대로 짚었네요.

래리   (보복하려는 듯) 자네 때문에 집사람이 자살했나? 그럴 줄
        알았어! 아이고, 그럴 만하지! 나여도 그랬을 거야, 자네
        로부터 벗어나려고. 자네가 우리를 그렇게 몰아붙이는 게
        ― (갑자기 자신을 부끄럽게 여기고 동정하며) 미안하네, 히키. 자
        네 면전에 그런 말을 하다니 내가 미친놈이야.

히키   (조용히) 괜찮네, 래리. 하지만 속단하진 말게. 이블린이 자
        살했다곤 안했어. 집사람은 사고뭉치인 내가 살아 있는
        한 그런 짓을 할 사람이 아냐. 우리 집사람을 제대로 안
        다면 그런 억측은 안했겠지. (잠시 말을 멈춘다. 곧 천천히) 죽
        은 집사람 얘길 해서 미안하네. (래리는 점점 커지는 공포 속에
        서 그를 바라보고 그에게서 멀어져 바의 카운터 쪽으로 간다. 패릿은
        머리를 쳐들고 겁에 질려 주변을 둘러보다가 히키가 아닌 래리에게 시
        선을 고정한다. 로키의 둥근 눈은 튀어나온다. 호프는 무심하게 탁자
        위를 바라본다. 휴고는 팔에 머리를 묻은 채 생명의 표시가 없다.)

래리   (충격 받아) 그럼 ― 살해당했군.

패릿   (벌떡 일어나― 방어적으로 더듬거린다.) 래리 아저씨, 거짓말 하
        지 마요. 나한테 그런 말을 하다니, 미쳤군요! 살아 있는
        거 알면서! (그러나 아무도 그를 신경 쓰지 않는다.)

로키   (불쑥 말한다.) 살해요? 누가 그랬는데요?

래리   (공포에 찬 그의 시선은 히키에게 고정된다. 겁에 질려) 묻지 마, 이
        등신아! 우리하고 상관없는 일이야! 히키를 내버려둬!

히키   (애정이 담긴 흐뭇함으로 그에게 미소 짓는다.) 래리, 여전히 관중
        석 허세인가? 아니면 싸구려 동정인가? (로키에게 돌아서서−
        사무적인 투로) 경찰도 아직은 누가 그랬는지 몰라. 곧 밝혀
        지겠지. (마치 그 주제는 끝난 듯 호프에게 다가가 그의 어깨에 팔을
        두르고 그 옆에 앉는다. 다정하게 타이르며) 이제 괜찮나, 주지사?
        첫 충격에서 벗어났어? 죄책감과 헛된 꿈에서 벗어나니
        자유롭고 편안하지 않아?

호프   (냉담하게) 누가 이블린을 죽였다 이거지? 장담컨대, 아이스
        맨이야! 젠장 할 뭔 상관이야? 다 같이 취해서 뻗어버리자
        고. (기운 없이 기계적으로 술잔을 내려놓는다. 불평하듯) 젠장, 히
        키, 술에 무슨 짓을 한 거야? 술에 생기가 하나도 없잖아.

패릿   (더듬거리며 시선은 래리에게 향하고, 래리의 시선은 히키에게 향한다.)
        아저씨, 그런 표정 하지 마세요. 제 말 좀 믿으세요! 엄마
        하고는 아무 상관없어요! 단지 돈 몇 푼 때문이었다고요!

휴고   (갑자기 팔에서 머리를 들어 올리고 정면을 응시하고 겁에 질린 듯 조
        그마 주먹으로 탁자를 두드린다.) 등신짓 하기 마! 술 친 긴 세!
        이제 와인은 됐고! 시원하지가 않아! (쉰 목소리로 화를 내며)
        염병할 병신같은 프롤레타리아 노예 새끼들! 술 안 사면
        다 쏴 버릴 거야! (비참한 구걸로 변한다.) 제발, 안 취하니 잠
        이 안와! 인생은 미친 원숭이 낯짝이야! 수양버들 아래엔

항상 피가 있지! 그게 싫고 두려워! (팔에 얼굴을 묻고 소리죽여 흐느낀다.) 제발, 내가 너무 취했어! 다 헛소리야! 내가 한 말 다 무시해! (아무도 그에게 관심을 주지 않는다. 래리는 위축되어 바에 기대고 있다. 로키는 그 위에 몸을 숙이고 있다. 그들은 히키를 바라본다. 패릿은 애처롭게 래리를 바라보며 서 있다.)

히키 (걱정스러운 따뜻한 눈길로 호프를 바라본다.) 걱정되게 왜 그러나, 주지사. 뭔가가 있군. 왜 그런지는 모르겠지만― 자네의 진짜 모습을 봤잖아. 자네를 못살게 구는 백일몽을 없애기 위해 해야 할 일을 했어. 충격이 크다는 거 알아. 하지만 잠깐이야. 곧 평온을 위해선 그 방법밖에 없다는 걸 알게 될 거야. 내가 그랬던 것처럼 자네도 행복해 할 거야. 내 걱정은 그거야. 이제 자네가 행복하게 느낄 시간―

막이 내린다.

4막

1막과 같다. 내실과 바는 커튼으로 구분되어 있으며 커튼 오른쪽에는 탁자 하나가 정면을 향하고 있다. 시간은 다음 날 오전 1시 반쯤이다.

내실의 탁자들은 다시 새롭게 정렬되어 있다. 왼쪽 정면에 마당으로 향하는 창문 앞의 탁자는 그대로 있다. 두 번째 줄 오른쪽 뒤편에 있는 탁자도 그대로이다. 의자가 한 개뿐이나.

탁자 오른쪽에 있는 이 의자는 딱 정면을 바라보고 있다. 뒤쪽 문의 양쪽에 놓인 두 개의 탁자는 바뀌지 않았다. 하지만 가운데 정면에 있는 탁자는 오른쪽으로 밀려나 있다. 그래서 두 번째 줄 오른쪽 뒤편에 있는 탁자와 첫 번째 줄 오른쪽에 있는 마지막 탁자와 이제 너무 다닥

다닥 붙어 있어 하나의 그룹을 만들었다.

래리, 휴고 그리고 패릿은 앞줄 왼쪽 탁자에 있다. 래리는 창가에 있는 탁자 왼쪽에 앉아 앞을 바라보고 있다. 휴고는 뒤에 앉아 정면을 바라보며 평소처럼 머리를 두 팔에 두고 있으나 잠들지는 않았다. 휴고 왼쪽에는 패릿이 왼쪽 정면을 향하고 있는 의자에 앉아 있다. 탁자 오른쪽에는 빈 의자가 왼쪽을 향해 있다. 래리의 턱은 가슴에 닿아 있고, 시선은 바닥에 고정되어 있다. 그는 조롱하며 애원하는 눈빛으로 자신을 뚫어지게 바라보는 패릿을 보지 않으려 한다.

위스키 두 병, 위스키 잔과 탄산수 잔, 물 한 주전자가 각 탁자 위에 있다.

그들의 오른쪽 뒤편 탁자에 있는 의자는 비어 있다.

가운데 오른쪽 첫 번째 탁자에 코라가 탁자의 앞, 왼쪽에 앉아 정면을 바라보고 있다. 이 탁자의 뒤쪽 주변에 빈 의자가 네 개 있다. 코라 맞은편, 여섯 번째 의자에는 루이스 대위가 앉아 정면을 향하고 있다. 그 왼쪽에는 맥글로인이 가운데 탁자 앞에 있는 의자에 앉아 정면을 바라보고 있다. 그와 같은 탁자의 뒤 오른쪽에는 웨트존 장군이 앉아 정면을 향하고 있다. 이 탁자 뒤에는 세 개의 빈 의자가 있다.

웨트존의 뒤 오른쪽, 마지막 탁자 옆에 윌리가 앉아 있다. 윌리의 왼쪽, 탁자 뒤에 호프가 있다. 호프의 왼쪽, 탁자의 오른쪽 뒤에 마셔가 있다. 마지막으로 탁자 오른쪽에 지미 투마로가 있다. 네 명 모두 정면을 향하고 있다.

방 안에는 억압적이고 침체적인 분위기가 감돌고, 오른쪽의 사람들은 무감각한 분위기에 놓여 있다. 그들은 밀랍인형같이 뻣뻣하게 앉아서 기계적으로 술 마시는 자세를 취하지만 어떤 자극에도 반응하지 않는 무감각상태에 빠져버린 모습이다.

바에는 조가 탁자 오른쪽 의자에 앉아 두 다리를 쭉 뻗고 왼쪽을 바라보고 있다. 잠에 취해 그의 머리는 앞으로 끄덕인다. 로키는 의자 뒤에 서서 따분한 적대감으로 그를 바라본다. 로키는 지친 기색이 역력하며 냉담한 표정이다. 그는 이제 이탈리아 갱단의 하급단원처럼 보인다.

로키   (조의 어깨를 흔든다.) 이봐요, 깜둥이양반! 내실로 들어가요! 영업 끝났어요. (그러나 조는 움직임이 없다. 로키는 포기한다.) 젠장. 단속에 걸려도 몰라. 이제 이 그지같은 일도 끝이야! (뒤쪽에서 누군가 부르는 소리를 듣는다.) 거기 누구야? (척이 뒤에서 나타난다. 술을 많이 마셨으나 취한 것 같지는 않다. 그의 태도는 시무룩하고 뽀로통하다. 말다툼을 한 모습이다. 손가락 피부가 벗겨져 있고 한 쪽 눈 밑은 멍들어 있다. 밀짚모자는 잃어버렸고, 넥타이는 비뚤어져 있으며 파란색 정장은 더럽혀져 있다. 로키는 무관심하게 그를 바라본다.) 싸웠어? 술 다시 마셔? (잠시 후 그의 눈은 만족으로 번뜩인다.)

척   그래, 그래서 좋냐? (시비조로) 니가 뭔 상관이야?

로키   그게 아니고. 니 일 땜빵 하느라 힘들어 죽겠다고. 대신 봐주면 여섯시에 교대하자며, 벌써 새벽 한시 반이야. 이제 니가 해. 취했든 말든 내 알바 아니야.

척   취했다고, 젠장! 그랬으면 좋겠다. 한 병을 다 마셔도 안 취해. 젠장, 일은 무슨. 해리한테 그만 둔다고 말할 거야.

로키   그래? 나도 그만 둘 건데.

척 저 그지 같은 년 때문에 한참을 병신 짓 했어. 시키는 대로 다 하고. 이제 쉴 거야.

로키 이제 정신 차리는구나.

척 너도 정신 차려. 니도 참 병신이지. 계집애 둘이나 데리고 있으면서 바에서 뭐하고 있냐!

로키 그래, 근데 이제 아냐. 걔네들 코니에서 돌아오면 가르쳐야지. (조롱하며) 코라가 완전히 너를 갖고 논 거야. 시골에서 결혼해 살자고 부추기다니!

척 (무감각하게) 히키가 맞았어. 말도 안 되는 백일몽이지. 셰리 칵테일 사달라면서 나를 벗겨먹으려고 하는 거 보니까 정신이 번쩍 나더라. 선착장으로 가는 내내 지나치는 술집마다 사달라고 온갖 지랄을 다 떠는데, 저년이랑 결혼하면 완전 인생 조지겠구나 하는 생각이 들더라구. 그래서 선착장에서 말했지. "야, 뉴저지든 지옥이든 알아서 꺼지고, 나는 놓아줘."

로키 코라는 지가 꺼지라고 했다고 그러겠지, 니가 술을 다시 시작해서.

척 (이것을 무시하며) 아마 그럴 걸. 그리고 걔랑 잤던 남자들 한 줄로 세우면 아마 그 줄이 시카고까지는 될 걸. 그걸 어떤 놈이 그냥 넘어가? (우울하게 한숨 쉰다.) 그런 여자를 어떻게 믿어. 등만 돌리면 바로 아이스맨이나 딴 놈하고 바람 날 텐데. 히키 덕분에 정신을 제대로 차린 거지. (잠시 말을 멈춘다. 곧 애처롭게 덧붙인다.) 재미는 있었지. 뭐랄까,

서로 장난도 치면서ー (갑자기 얼굴이 증오로 굳어진다.) 히키 이 개자식 어디 있어? 제대로 한 방 먹여야겠어. 한 번만 더 주둥이를 나불거렸다가는 저승길행이야! 내가 전기의 자에 사형을 당하는 한이 있더라도ー

로키 (움찔한다. 낮은 경고조의 목소리로) 목소리 낮춰! 히키한테 접 근하지 마! 전화 건다고 나가서 지금은 여기 없긴 한데. 여기선 전화하기 싫은가봐. 내 직감으론 내뺀 거 같아. 혹시라도 돌아와도 모르는 척 하고, 누가 물어봐도 아무 것도 모른다 그래, 알았지? (척이 어리둥절해 하며 바라보자 속 삭이는 목소리로) 히키야말로 전기의자 행이지. 잘은 모르지 만, 아마도 지 마누라를 죽인 거 같아.

척 (관심을 보이며) 그럼 부인이 진짜로 바람을 피웠다는 거야? 그럼 히키 탓은 못하지ー

로키 누가 히키 탓한데? 부인이 그런 짓을 하면ー 하지만 자세 히는 몰라, 알았지?

척 우리 말고 또 누가 알고 있어?

로키 래리하고 사장. 사람들한테도 내막을 알려주고 히키를 멀 리하라고 했는데 다들 저렇게 취해있으니, 나도 모르지. (말을 멈춘다. 복수심에서) 지 마누라한테 먼 짓을 했는지 내가 무슨 상관이야, 전기의자에서 사형당해도 싸지!

척 맞아!

로키 나더러 포주라고 해서 이러는 거 아냐. 그게 뭐 어때서? 그럼 뭐 안 돼? 사장한테 한 짓 좀 봐봐. 저 불쌍한 노인네가 하도 주눅이 들어서 취하지도 못하잖아. 다른 사람들은 어떻고. 다들 기가 죽어 있잖아. 아까 저녁때 가랑이 사이에 꼬리 감춘 개꼴을 하고서 하나씩 기어 들어오는데, 그 꼴이 진짜 불쌍해서 못 봐주겠더라. 다들 하루 종일 얼마나 당했는지 아주 정신을 못 차리더라니까. 지미 투마로가 마지막으로 들어왔는데, 경찰 슈왈츠가 데려왔어. 웨스트가 선창가에 앉아서 바다를 보고 울고 있더래. 슈왈츠는 지미가 취해서 그런가보다 했지만 사실은 말짱했어. 내 생각에, 물속에 뛰어들려고 했는데 차마 용기가 안 났었나봐. 용기! 젠장, 다들 모기 한 마리하고 싸울 용기도 없어!

척 다들 지옥으로 꺼지라지! 무슨 상관이야? 술 한 잔 줘. (로키는 냉담하게 그에게 술병을 민다.) 너도 이미 한 잔 걸친 거 같은데.

로키 응. 근데 효과가 없어. 취하지가 않네. (척은 마신다. 조는 자면서 웅얼거린다. 척은 화가 나 그를 바라본다.) 저 깜둥이새끼 실컷 퍼 마시고 뻗었군. 히키도 저 깜둥이는 어쩔 수 없나봐. 아마 니가 저 자식 들어오는 꼬라지 봤으면 저자식도 당했다고 생각할 거야. 미친놈, 히키가 자기를 모욕했으니 총으로 쏴버리겠데. 그러더니 총을 내려놓고 울면서 지는 더 이상 도박사나 진짜 사내도 뭣도 아니래. 그냥 겁쟁이래. 강도질 할라고 총은 빌렸는데, 용기가 없었던 거지. 깜둥이 가게서 진탕 먹고 취한 거 같아. 다들 안됐다고 하는 거 같더라.

척   영업 끝났는데 뭐하는 거야. 안 쫓아내?

로키   (무감각하게) 아, 몰라. 뭔 상관이야?

척   (같은 분위기로) 그래, 맞아.

조   (갑자기 벌떡 일어나 멍하게― 중얼거리며 공손하게 사과한다.) 미안
하네, 백인양반들. 살아 있어서 미안해. 날 안 반기는 곳
에 있고 싶지 않아. (비틀거리며 뒤쪽에 커튼이 젖혀 있는 곳을 지
나 앞쪽 우측의 세 탁자 중 가운데 탁자에서 멈춘다. 더듬어서 좌측 탁
자로 가서 루이스 대위 뒤쪽의 의자로 간다.)

척   (일어난다. 냉담하게) 내 암퇘지가 내실에 있나? 코라가 내
돈 다 날려버리기 전에 잘 숨겨놔야지. (뒤로 간다.)

로키   (일어나며) 같이 가. 이제 이 그지 같은 바텐더일도 끝이야.
(척이 커튼을 지나 코라를 찾을 때 조는 루이스 대위 뒤쪽의 의자에 털
썩 주저앉는다.)

조   (루이스의 어깨를 토닥이며― 비굴하게 사죄하듯) 대위, 만약 내가
여기 있는 게 싫으면 말하게. 그럼 꺼져 줄게.

루이스   사과할 거 없어. 아프리카인이 체면을 구기면서까지 내
옆에 앉는다면, 나야 영광이지. (조는 당황하여 그를 바라본다.
그리고 두 눈을 감는다. 척이 코라 뒤쪽의 의자를 가지러 나올 때, 로키
는 내실로 들어와 래리의 탁자가 있는 쪽으로 간다.)

척   (무정한 목소리로) 기다리는 거 안 보여. 내놔!

코라   (냉담하게 따르며) 안 그래도 주려고 기다리고 있었어. 자.
(그를 쳐다보지 않고 어깨 너머로 손에 쥐고 있던 돈 뭉치를 건네준다.
척은 받고나서 의심스러운 듯 잠시 보더니 고맙다는 말도 없이 주머니

에 넣는다. 코라는 그에 대한 원망이라기보다는 스스로에 대한 넋두리로 말한다.) 젠장, 주정뱅이 포주랑 결혼하려 하다니 내가 병신이지.

척 내가 병신이지. 결혼 안 해도 이렇게 쉽게 니 돈을 내 손 안에 넣을 수 있는데!

로키 (패릿 왼쪽에 있는 의자에 앉는다. 래리를 바라보며 – 무덤덤하게) 안녕하세요, 묘지기 씨. (래리가 못 들은 것 같다. 패릿에게) 안녕, 짠돌이. 아직 있네?

패릿 (래리를 계속 바라보며 – 조롱하듯 도전적인 어조로) 래리 아저씨한테 물어봐요! 아무리 안 그런 척해도 내가 여기 있는 거 알고 있으니까! 내가 살아 있다는 걸 안 믿고 싶겠죠. 관중석 철학자 헛소리로 자신을 속이려고 하지만 이제 본인도 빠져나갈 길이 없다는 거 알 거예요! 아까까지만 해도 방문을 걸어 잠그고 혼자 술병만 끼고 있었는데, 어떻게 할 수가 없죠. 취하지가 않으니까! 기어 나올 수밖에! 히키 아저씨나 나보다 더 두려워하는 뭔가가 분명히 있어요. 비상계단을 보면서 삶이 진짜 지겨울 때 죽을 용기만 있다면 저게 얼마나 유용할까 생각했겠죠. (조롱하면서 잠시 멈춘다. 래리의 표정은 긴장되어 보이지만, 못들은 척 한다. 로키는 관심이 없다. 머리를 앞으로 숙이고 탁자 위를 바라보며 다른 사람들처럼 무감각 상태로 빠져든다. 패릿은 말을 계속하고 목소리는 점점 강렬해진다.) 물론 제 생각을 하긴 하겠죠. 어떻게 하면 나를 안 도와줄까 궁리하면서. 이해 같은 건 귀찮아서 하기 싫어하거든요. 근데 분명히 이해해요! 아저씨도 엄마를 사랑했었으니까. 그래서 비상계단에서 뛰어내려야 할 사람은 나라고 생각하겠죠. (말을 멈춘다. 래리는 너무 손을 꽉 움켜쥐어서 손톱이 손바닥을 뚫을 정도이다. 그러나 가만히 있다. 패릿이 침묵을 깨고 애원하기 시작한다.) 제발요, 아저씨, 뭐라고 말 좀 해봐요, 네? 히키 아저씨 때문에 정신이 하나도 없어서 내가 뭘 했는지, 왜 그랬는지도 모르겠어요. 내가 뭘 어떡해야 하는지 알아야—

래리 (감정을 억누르며) 미친 자식! 나더러 니 사형집행인이 되라고?

패릿 (공포에 질려) 사형집행? 그럼 아저씨 생각은—?

래리 난 아무 생각도 안 해!

패릿 (애써 조롱하며) 아저씨는 제가 죽어야 한다고 생각하죠. 왜냐하면 허황된 백일몽을 가진 등신들을 등쳐먹는 허풍쟁이 사기꾼들을 내가 배신하고 감옥으로 보냈으니까? (억지로 웃는다.) 웃기고 있네! 훈장을 줘도 모자랄 판에! 염병할 노인네! 아직도 사상운동을 믿다니! (팔꿈치로 로키를 찌른다.) 히키 아저씨 말이 맞죠? 안 그래요, 로키? 저렇게 멍청하고 아무짝에도 쓸모없는 늙은이들은 비상계단에서 뛰어내려야 한다니까!

로키 (무덤덤하게) 그럼. 누구도 예외는 없지. 나도, 너도. 무슨 차이가 있어? 뭔 상관이야? (이 말이 마비된 정신에 반응을 일으킨 듯, 무리로부터 미약하게나마 동요가 일어난다. 그들은 마치 꿈속에서 시달리면서 잠꼬대를 하는 것처럼 한 목소리로 "염병할!" "무슨 상관이야?"라고 웅얼거린다. 곧 다시 방안에 침묵이 감돈다. 로키는 당황

하여 시선을 패릿에서 래리로 옮긴다. 그는 중얼거린다.) 거기 둘 한
테 할 말이 있었는데. 뭐였지—? 아, 생각났다. (그는 야릇하
고 간사하며 계산적인 시선으로 멍한 그 둘의 얼굴을 번갈아 바라본다.
비위를 맞추며) 여기 두 사람 정말 대단해. 주정뱅이들처럼
빈둥거리면서 인생 허비하는 멍청이들이랑은 다른 거 같
아. 그렇다고 일 안한다고 뭐라고 하는 건 아니고. 등신
들이나 일하지. 쓸 만 한 놈 하나 잡아서 대신 일 시키고
수입 챙기면 돈 걱정할 일 없지. 말하자면 나처럼. 우리
는 친구니까 내 시스템 돌리는 방식을 알려줄게요. 여기
서 술고래로 있어봤자 본인이나 남한테 좋을 거 하나 없
잖아요. (이제 패릿에게 말한다. 설득하며) 패릿, 니 생각은 어
때? 내 말이 맞지? 그럼, 당연하지. 호구짓 그만하고, 너는
얼굴이 반반하니까 계집애들 니 식구로 만드는 거 완전
식은 죽 먹기일 거야. 내 비법을 전수해 줄게. (미심쩍은 듯
잠시 말을 멈춘다. 패릿은 그의 말을 들었다는 기색을 보이지 않는다.
로키는 못 참고 묻는다.) 자, 어떻게 생각해? 걔네들이 포주라
고 부르면 좀 어때? 뭘 그렇게 신경 써.

패릿 (그를 바라보지 않고— 악의적으로) 창녀한테 손 털었어요. 창녀
는 다 감옥에 있거나— 죽었으면 좋겠어요.

로키 (이 말을 무시하며— 실망하여) 하기 싫다, 이거지? 좋아, 계속
망나니로 살아라! (래리를 향해) 참 등신이네, 안 그래요? 저
렇게 머리가 나빠서야. 그 좋은 걸 알려줘도 몰라요. (알랑
거리며, 다시 설득 투로) 래리, 내 제안 어때요? 그쪽은 머리가

좀 돌아가니까. 당근 오케이죠? 나이가 좀 많기는 하지만, 그런 건 괜찮아요. 계집애들은 삼촌이나 동네 아저씨 정도로 여기면서 좋아할 거예요. 그쪽을 돌봐주려고도 할거고요. 여기 관할하는 경찰들도 그렇고. 내가 옆에서 도와주고 코치해 주면 일하기 편하고 좋을 거예요. 그러면 더러운 옷 걱정이나 다음에는 어디 가서 술 얻어먹을까 하는 걱정은 안 해도 돼요. (희망적으로) 어때요, 괜찮죠?

래리 (그를 노려보며− 잠시 조롱과 연민으로 마음이 움직인다.) 아니, 전혀. 내 말은 히키가 말한 평온 말이야. 자네는 다른 사람을 모두 포주로 만들어야 직성이 풀리나보지.

로키 (멍청히 그를 바라본다. 곧 의자를 뒤로 밀고 일어나 투덜거리며) 등신같이 시간 낭비만 했네. 주정뱅이는 주정뱅이지. 어떻게 변해. (돌아선다. 곧 다시 생각하고 뒤를 돈다.) 척한테도 말했는데, 히키를 멀리 하는 게 좋을 거예요. 누가 물어봐도 무조건 모르는 척 하고, 알겠죠? 부인이 있다는 말도 못들은 거예요. (표정이 굳어진다.) 젠장, 그 미친놈 전기의자에서 사형당하는 날 축하기념으로 술판을 벌여야겠어.

래리 (보복심으로) 나도 지옥에서 영생하라고 기도할 거야! (곧 죄책감과 연민으로) 아니! 물쌍한 미진놈− (곧 분노와 자기 경멸로) 동정은 무슨! 그 자식 전기의자를 반기겠지!

패릿 (경멸적으로) 왜 그렇게 죽음을 두려워해요? 싸구려 동정 따윈 필요 없어요.

로키 그 자식 안 돌아왔으면 좋겠어. 확실한 건 아니고, 그냥 추

측만 하는 건데, 만약 그 자식 계속 그렇게 떠들어대면-

래리 (엄하게) 돌아올 거야. 계속 떠들어멜 거고. 그래야겠지. 우리한테 판 평온이라는 것이 진짜라는 확신을 잃었어. 그래서 이젠 본인의 평온까지 불안한 거지. 우리한테 증명을 해야 하는데- (그가 말하는 동안 히키가 뒤쪽 출입구에서 조용히 나타난다. 세일즈맨의 밝은 미소가 사라졌다. 더 이상 자신 없는 태도에 불안해하고 표정에는 당혹함과 분노가 있다. 거기에는 결정에 대한 집착에서 오는 고집스러움이 있다. 들어올 때 시선을 래리에게 고정한다. 그가 말을 할 때 모두 놀라 그로부터 멀어지려한다.)

히키 (화를 내며) 다 거짓말이야, 래리! 자신감 하나도 잃지 않았어! 내가 왜 그래야하지? (으스대며) 나는 누군가한테 뭔가를 팔아야겠다고 마음만 먹으면 다 팔았어! (갑자기 당황하는 것처럼 보인다. 더듬거리며) 내 말은- 내가 지금 여기서 하는 거랑 그때의 농담 따먹기랑은 다르다는 거야 -

로키 (그에게서 멀어져 오른쪽으로 움직이며- 날카롭게) 가까이 오지 마요! 나 아는 거 하나도 없어요, 알겠어요? (그의 목소리는 위협적이나 돌아서 고개를 숙이고 빠르게 바 출입구로 향하는 태도는 도주하는 모습이다. 바에서 앞쪽으로 나와 탁자 옆의 의자에 털썩 주저앉아 정면을 바라본다.)

히키 (래리 탁자의 뒤쪽 오른쪽에 있는 탁자에 앉아 앞을 바라본다. 오른쪽에 있는 사람들을 바라보는 시선은 희망에서 실망으로 바뀐다. 예전의 다정하고 쾌활한 태도를 유지하려고 노력하면서 말한다.) 자, 자! 다들 어때? 자리를 비워서 미안하네, 마지막으로 정리해야 할 게 있어서. 이제 다 마무리 됐어.

호프 (희망 없이 불평을 기계적으로 반복하는 투로) 히키, 이 술 어쩔 거야? 먼 짓을 했는지 술에 생기가 하나도 없어. 꼭 구정 물 같애! 안 취해! 평온을 가져다준다며. (모두들 한 목소리로 맥없이 "안 취해! 평온을 가져다준다며!"라고 불평한다.)

히키 (분노를 터트리며) 염병할, 해리, 아직도 그 헛소리야! 낮부터 밤까지 하루 종일! 이제 혼자서도 모자라 다른 사람들까지 끌어들이고! 참을 만큼 참았어― 그래서 전화를 했고― (스 스로 자제한다.) 미안하네. 진심 아냐. 자네가 하도 죽은척해 서 걱정은 됐지만, 내가 돌아올 때쯤이면 본래 모습일거 라고 내심 기대했어. 자네가 내 앞에서는 일부러 그러는 거라고 생각했지. 내가 옳았다고 하면서 좋아하는 꼴이 보기 싫어서. 내가 옳아! 경험해 봐서 안다니까. (화가 치밀 어) 수백만 번도 더 설명했잖아! 자네도 할 일을 다 했고! 제대로라면 지금쯤이면 자네를 고통스럽게 하는 염병할 희망이나 허망한 꿈 따윈 다 버리고 만족해야 해! 그런데 여기서 장의사를 속이는 송장처럼 굴고 있어! (비난의 눈초 리로 주변을 둘러본다.) 도대체 이해가 안 돼. 그 놈의 고집! (잠시 멈춘다. 처참하게) 나한테 이러면 안 돼지! 자네들은 내 오랜 친구들이고, 나한테 친구라곤 자네들뿐이야. 내가 원하는 건 단 한 가지, 내가 여길 떠나기 전에 자네들이 행복해하는 걸 보는 거야― (스스로를 부추겨 이전의 밝은 사회 자의 태도로) 안타깝지만 지금 시간이 얼마 없어. 두시에 약 속이 있거든. 뭐가 잘못됐는지 당장 알아내야 해. (침묵이 흐른다. 분노 속에서 말을 계속한다.) 젠장, 자네들이 이룬 게 대단하지 않아? 후회나 죄의식 없이, 내일은 달라질 거라는 자신에 대한 거짓말에서 벗어나 이제는 진짜 자유인이 된 걸 모르겠어? 이제 내일이란 없다는 걸 아직도 모르겠어? 자네들이 그것을 완전히 없애 버렸어! 죽여 버렸다고! 더 이상 신경 쓸게 아무것도 없어! 마침내 인생이라는 게임에서 이긴 거라고, 그걸 모르겠어? (화가 나서 훈계하며) 그럼 술판을 벌이고 축하해야 하는 거 아냐? 웃고 떠들면서 "사랑스런 애들린"도 부르고? (상심하여 비난조로) 나한테 복수 할라고 이렇게 반은 썩은 송장처럼 구는 거 내가 모를 줄 알아! 내 배짱이 싫겠지! (다시 잠시 멈춘다.) 제발, 그러지 마! 자네들이 날 싫어한다고 생각하면 정말 괴로워. 자네들이 내가 자네들을 미워했을 거라고 의심하는 거 같기도 하고. 하지만 그거 다 거짓말이야! 아, 한때 나처럼 망나니가 아닌 인간들은 다 미워하긴 했었지! 하지만 그땐 사는 게 지옥이었을 때야─진실을 대면하고 이블린이 그토록 꿈꿔왔던 평온을 주고 그녀를 자유롭게 할 유일한 방법을 알기 전이라고. (잠시 멈춘다. 모두 두려움으로 동요하고 의자에 앉아 긴장하기 시작한다.)

척 (히키를 보지 않으며─ 불쾌한 악의에서 무덤덤하게) 아, 집어치워요! 그 놈의 부인 얘기! 바람피워서 뭐요? 그래서 부인한테 무슨 짓을 했건 말건 그게 뭔 상관이에요? 장례식은 그쪽이 알아서 할 일이고. 우리는 관심 없어요, 알겠어요?

(모두 "우리는 관심 없어"라고 동의하며 불쾌감을 무덤덤하게 표현한다. 척은 계속한다.) 우리가 원하는 건 제발 우리한테서 꺼지고 우리 좀 가만히 놔두라는 거예요. (모두 웅얼거리며 동의한다.)

히키 (못들은 척하며— 몰입한 표정으로) 집사람이 나 때문에 당한 일들을 다 보상하고 내가 더 이상 집사람을 못 괴롭히게 하고, 집사람으로부터 나를 제거하고 나를 절대 용서하지 못하게 하는 건 그 길뿐이었어! 자살을 할까 생각도 많이 했었지만, 그런다고 해결될 일이 아니더군. 집사람한텐 마지막 희망이었거든. 만약 그랬다면 집사람은 통곡을 하며 울다 죽었을지도 몰라. 자신 때문이라고 자책하면서. 또 내가 그냥 집을 뛰쳐나와도 눈물과 수치심으로 죽었을 거야. 내가 더 이상 자기를 사랑하지 않는다고 생각하면서. (인상적일만큼 간단하게 덧붙인다.) 집사람은 나를 사랑했어. 나도 사랑했고. 그게 문제였어. 집사람이 나를 그렇게까지 사랑하지 않았다면 방법은 쉬웠을 텐데. 아니면 내가 사랑하지 않던가. 그래서 방법은 딱 그거 하나였어. (잠시 멈춘다. 단순하게 덧붙인다.) 집사람을 죽여야만 했지. (그가 말을 끝내자 두 번째 죽음 같은 침묵이 흐른다. 곧 사람들의 긴장된 수소리가 들리고 몸을 움츠린다.)

래리 (갑자기 소리친다.) 야, 이 미친놈아, 그 입 안 다물어! 우린 이번 일로 자네를 싫어할 수도 있지만, 옛날에 우리한테 잘 해주고 우리를 즐겁게 해주었던 때도 기억해! 자네를 전기의자로 보내는데 보탬이 되는 일들은 알고 싶지 않아!

4막 191

패릿 (분노와 경멸로) 흥, 겁쟁이 사기꾼이나 조용히 하시죠! 아무 것도 인정 못해요? 나도 전기의자감 아닌가요, 만약 내가 ─ 만약 아저씨가 누군가를 죽였는데 그 사람들이 계속 살아있어야 한다면 그게 더 악질이죠. 나 같으면 전기의 자가 낫겠어요. 다 깔끔히 정리되고 스스로도 당당해지잖 아요!

히키 (동요되어─ 혐오감으로) 래리, 저 녀석 좀 없애. 나랑 똑같은 척 하는 꼴 못 봐주겠어. 중요한 건 니 마음속에 있는 거 야. 내 맘속에 있는 건 사랑이었지 미움이 아냐.

패릿 (분노와 공포로 그를 노려본다.) 거짓말마요! 난 엄마 안 미워해 요! 엄마하고 아무 상관없는 일이예요! 래리 아저씨한테 물어봐요!

래리 (분노하며 그의 어깨를 잡고 흔든다.) 이 염병할 자식, 나한테 떠 넘기지 마! (패릿은 얼굴을 두 손에 묻고 몸을 떨면서 잠잠해진다.)

히키 (조용히 계속한다.) 래리, 전기의자 걱정은 마. 아직도 죽음이 겁나겠지만, 나처럼 자신에 대해 평온을 얻으면 전혀 신 경 안 쓰게 될 거야. (오른쪽에 있는 사람들에게 말한다. 진심으로) 다들, 잘 들어. 내가 왜 그토록 백일몽을 없애고 걱정 없 이 자족하는 삶을 살아야 한다고 했는지 설명해 줄께. 백 일몽 때문에 나와 이블린이 어떻게 되었는지도. 장담컨대 처음부터 다 얘기하면 내가 자네들한테 왜 그랬는지 다 이해하고, 내가 얼마나 고마운지 알게 될 거야─ 미워하 는 것이 아니라. (야릇한 서술적인 태도로 진지하게 시작한다.) 자네들도 알다시피, 이블린과 나는 어렸을 때도―

호프 (술잔으로 탁자를 치며 버럭 소리 지른다.) 그만해! 누가 듣고 싶대? 듣고 싶지 않아. 우린 그냥 잔뜩 취해서 평온을 얻고 싶을 뿐이야. (래리와 패릿을 제외하고 모두 같은 흥분상태에 사로잡혀 술잔으로 탁자를 두드린다. 휴고와 로키조차도 "누가 듣고 싶대? 우리가 원하는 건 취하는 거야!"라고 외친다.)

히키 (상처받은 표정으로) 좋아, 그렇게 느낀다면야. 나도 억지로 그렇게 하고 싶진 않아. 말할 필요도 없고, 죄책감도 없어. 단지 자네들이 걱정스러울 뿐이야.

호프 이 술에 뭔 짓을 한 거야? 알고 싶은 건 그거야. 젠장, 뭔 짓을 했기에 술 속에 생기도 자극도 없어. (기계적으로 지미 투마로에게 호소한다.) 안 그래, 지미?

지미 (어떤 다른 사람들보다 그의 얼굴에는 밀랍인형 같은 멍함이 있다. 이것은 시체에 방부처리를 한 것처럼 보인다. 전혀 생기 없는 목소리로 정확하게 대답하지만, 그의 대답은 해리의 질문에 대한 것이 아니기 때문에 해리나 다른 사람을 바라보지 않는다.) 그래, 맞아. 다 멍청한 거짓말이었어― 내일에 대한 내 헛소리. 당연히 나를 복직시켜줄 리가 없지. 물어볼 엄두도 안 나고. 그래 봤자일 거야. 사실은 내가 그만둔 게 아냐. 주정뱅이여서 짤린 거지. 수년전 일이야. 지금은 전보다 훨씬 더 형편 없고. 부인이 바람 펴서 인생 망가진 척 하는 게 어이없는 일이지. 사실은 술이 문제였으면서. 히키 말대로 아주 훨씬 전부터 주정뱅이였거든. 젊었을 때부터 맨 정신으로는 인생을 감당하기가 어렵다는 걸 알았지. 마조리랑 왜 결혼했는지 잊었어. 예뻤는지조차도 기억이 안나. 금발이었던 것 같은데 확실하진 않아. 가정을 원하기는 했지만, 근처 술집을 더 좋아했지. 왜 마조리가 나랑 결혼했을까. 나를 사랑했을 리가 없어. 침대에서 자기와 있는 거보다 친구들이랑 밤새 술 퍼먹는 걸 더 좋아하니, 당연히 바람이 날 수밖에. 마조리를 탓하지 않았어. 사실 관심이 없었고. 오히려 자유로워서 기뻤지. 술을 마음껏 퍼마실 수 있는 비극적 구실을 제공해주어서 고맙다는 생각마저 들었어. (태엽이 풀린 자동인형처럼 멈춘다. 아무도 들은 내색을 하지 않는다. 무거운 침묵이 흐른다. 곧 바 쪽 탁자에 있던 로키가 뒤에서 나는 소리를 듣고 투덜거리며 돌아본다. 두 사람이 조용히 앞으로 온다. 한 사람은 모런으로 중년이다. 리브라는 또 한 사람은 이십대이다. 모두 모든 면에서 평범해 보이며 직업을 암시하는 특징적인 것이 없다.)

로키   (투덜대며) 술 마시려면 내실로 가요. (모런은 조용히 하라는 신호를 한다. 순간 로키는 그들이 형사라는 것을 눈치 채고 벌떡 일어나 그들을 본다. 얼굴표정은 경계하는 무표정으로 얼어붙는다. 모런은 코트를 젖혀 배지를 보여준다.)

모런   (낮은 목소리로) 히크맨이라는 남자가 내실에 있나?

로키   다른 이름들은 다 아는 거 같은데—?

모런   잘 들어! 살인사건이야. 까불지 마. 직접 전화해서 두 시쯤 여기 있겠다고 했어.

로키   (시큰둥하게) 그러니까 본인이 직접 전화했다는 거죠. (어깨를 으쓱한다.) 좋아요, 본인이 그랬다면야. 저기 혼자 앉아 있는 뚱뚱한 사람이에요. (의자에 다시 털썩 앉는다.) 혹시라도 자백 필요하면 그냥 듣기만 하면 돼요. 곧 시작할 테니까. 저 인간 말 한번 시작하면 아무도 못 말려요. (모런이 호기심에 찬 눈빛을 보이더니 리브에게 속삭인다. 리브는 뒤로 사라졌다가 잠시 후 내실의 현관 복도에 나타난다. 그는 히키를 찾고 출입구 좌측에 있는 의자로 살며시 가서 현관 쪽으로 도망가는 길을 차단한다. 모런은 뒤로 가 내실로 이어지는 커튼의 틈에 서 있다. 히키를 지켜보며 서서 그가 하는 말을 듣는다.)

히키 (갑자기 말한다.) 얘기를 해야겠어! 지금 자네들 하는 꼬락서니를 보고 있자니 성질나 미치겠어! 다 잘못됐어! 생각해 보니까 만약 내가 자네들을 망쳤다면, 나도 마찬가지겠지. 다 미련한 병신 짓이야. 자네들이 나와 이블린 사이의 일을 안다면, 집사람을 위해서 달리 방법이 없었다는 걸 알 거야. 아주 어린 시절 이야기부터 해야 이해할 수 있겠지. (이야기를 시작한다. 어조는 다시 생각에 잠긴 채 회상적이다.) 난 어릴 때부터 항상 불안정했어. 여기저기 떠돌아다녀야만 했지. 옛말에 "목사 자식은 개자식"이라고 하잖아. 내가 꼭 그 짝이었어. 집은 감옥 같았고, 종교엔 관심이 없었지. 아버지가 인디애나 촌놈들한테 지옥불 이야기로 겁주면서 돈 뜯어내는 거 보고 있으면 기가 차지. 나야 아버지한테 그냥 건네주면 됐지만. 내 영업기질은 아버지를 닮았나봐. 어쨌든 집이나 학교, 그 놈의 촌동네가 감옥 같았어. 나는 당구장이 제일 좋았지. 거기서는 담배랑 술도 마음대로 하고 놀 수 있었으니까. 완전 개망나니였어. 마을에 창녀촌이 하나 있었는데, 당연히 거기도 드나들었고. 아버지가 구두쇠이긴 해도 입장료 정도는 문제없었거든. 나는 술집 애들이랑 농담하면서 노는 걸 좋아했고, 걔네들도 재밌게 해주니까 나를 좋아했어. 근데 조그만 촌동네가 어떤지 다 알지. 금방 형편없는 놈팽이로 소문이 났지. 난 뭐라 하던 신경은 안 썼는데 마을 사람들이 다 싫었어. 이블린만 빼고. 어렸을 때부터 이블린을 사랑했거든. 이블린도 그랬고. (잠시 멈춘다. 아무도 움직이거나 들었다는 신호를 보내지 않는다. 그들의 눈에는 두려움만 있을 뿐이다. 패릿만이 얼굴에서 손을 치우고 간청하듯 래리를 바라본다.)

패릿 래리 아저씨, 전 엄마가 뭘 하든 엄마를 사랑했어요! 엄마는 제가 죽기를 바라시겠지만, 그래도 여전히 엄마를 사랑해요. 믿으시죠, 그쵸? 제발, 뭐라고 말씀 좀 해보세요!

히키 (자신의 이야기에 너무 심취되어 이제야 이것을 알아차린다. 감상적인 회상조로 계속한다.) 이블린과 나는 서로 사랑했었지. 이블린은 항상 내편이었어. 소문을 믿으려하지도 않았고 안 믿는 척 했지. 사람들이 아무리 내가 나쁜 놈이라고 해도 안 넘어갔지. 한번 마음먹으면 절대 굽히지 않았어. 내가 사실이라고 하고 사과를 해도 나를 위한 핑계거리를 만들어서 날 보호하려 했지. 일부러 그런 게 아니니 다시는 안 그럴 거 안다면서, 나에게 키스했지. 그러면 난 다신 안 그러겠다고 약속하고. 집사람이 너무나 착하고 나에게 잘해줘서 난 약속을 해야만 했어. 비록 그게− (잠시 목소리에 알 수 없는 괴로움이 있다.) 아냐, 아무도 집사람을 막을 수 없었어. 나에 대한 신념은 절대 흔들리지 않았지. 나조차도 어떻게 할 수가 없었어. 우리 집사람은 백일몽의 희생자였어. (곧 빨리) 당연히 처가 쪽 식구들은 나를 못 만나게 했지. 그 촌동네 유지였거든. 전차회사랑 목재소가 그 집 거였어. 게다가 엄격한 감리교 집안이었어. 내가 건방지다고 싫어했지만 이블린을 막을 수 없었어. 이블린이 쪽지를 보내면 몰래 만났지. 나는 점점 초조해지고, 마을은 갈수록 더 감옥 같고. 그래서 도망치기로 결심했지. 그때 내가 정확히 뭘 원하는지를 알았어. 호텔 주변에서 많은 외판원들을 만났는데 좋았어. 난봉꾼에 농담이나 하면서 여기저기 돌아다니는 삶이 멋져 보였어. 사람들한테 농담 몇 마디 하면서 물건 팔 재주가 나한테 있다는 걸 알았지. 문제는 도시까지 가는 기차표를 구하는 거였지. 그래서 포주 말리에게 상황을 말했지. 날 좋아했거든. 그랬더니 웃으면서 "이건 너한테 투자하는 거야. 장담컨대, 니 웃는 얼굴과 말재주면 개나 고양이한테도 스컹크를 팔 수 있을 거야!"라고 하더군. (키득거린다.) 몰리가 맞았어. 덕분에 자신감이 생겼지. 돈을 벌자마자 바로 갚으면서 편지에다 술집 아가씨들은 특별히 싸게 해줄 테니까 유모차 하나씩 사라고 했지. (키득거린다.) 물론 그건 그 전에 있었던 일이고. 내가 마을을 떠나기 전날 밤, 이블린과 데이트를 했지. 이블린은 너무 예쁘고 사랑스럽고 착했어. 난 흥분해서 딱 잘라 말했어. "날 잊어, 이블린, 그게 널 위해 좋아.

내가 얼마나 나쁜 놈이냐면 니 신발 밑창만도 못한 놈이야." 그러고 나서 주저앉아 울고 말았지. 그랬더니 놀래서 창백해져가지고 "왜 그래, 테디? 이젠 나 사랑 안 해?"라고 하더군. 그래서 "사랑하냐고? 이 세상에서 가장 사랑하지. 앞으로도 계속 그럴 거고!"라고 했더니, 이블린은 "그럼 다른 건 중요하지 않아. 죽음 외에는 아무것도 내 사랑을 막을 수 없어. 기다릴게. 준비가 되면 말해. 그때 우리 결혼하자. 난 당신을 행복하게 해 줄 수 있어. 그러면 당신은 더 이상 예전에 했던 나쁜 짓을 안 할 거야."라고 하더군. 그래서 나는 "당연히 안하지"라고 대답했지. 나 역시 진심이었어. 그렇게 믿었지. 난 이블린을 진심으로 사랑했고, 이블린때문에 믿음이 생겼지. (한숨 쉰다. 긴장된 침묵이 흐른다. 두 형사조차 이야기에 빠져들었다. 곧 호프가 갑자기 화를 내며 거칠고 냉담하게 항의한다.)

호프   장황한 연설 집어치워! 결혼하고 나서 부인이 아이스맨이랑 바람피우는 거 알고 죽인 거잖아. 누가 듣고 싶대? 우리랑 뭔 상관이야? 우리는 그냥 취해서 평온을 느끼고 싶을 뿐이야. (모두 무덤덤하게 화를 내며 항의한다. 그들은 마치 잠을 깨우는 사람에게 욕설을 하듯 "우리랑 뭔 상관이야? 우리는 취해서 평온을 느끼고 싶을 뿐이야!"라고 중얼거린다. 호프는 술을 마시고 다른 사람들은 기계적으로 그를 따라한다. 그가 한 잔 더 따르자 다른 사람들도 똑같이 한다. 그는 멍청하면서도 잔소리 같은 불평을 한다.) 술에 생기가 없어! 자극도 없고! 꼭 구정물 같아. 젠장, 아무리 마셔도 안 취해!

히키   (마치 아무 일 없었던 듯 계속한다.) 그래서 도시로 갔지. 일자리
는 쉽게 얻었고, 돈 버는 거도 쉬웠어. 내가 소질이 있었
나봐. 마치 게임 같았지. 사람들을 한순간에 딱 간파하고
그들 최대의 백일몽이 뭔지 알아낸 다음에, 그쪽으로 유
도해서 그 사람들이 믿고 싶어 하는 것을 같이 믿는 척
하면 돼. 그러면 그 사람들은 자네를 좋아하고 믿고, 고마
움을 표시하기 위해 뭐라도 하나 팔아주려고 하지. 재밌
었어. 하지만 늘 죄책감이 들었지. 이블린을 멀리 남겨두
고 나 혼자만 즐겁게 지내면 안 되는 것처럼 느꼈어. 편
지 보낼 때마다 보고 싶다고 하면서도 경고했어. 내가 술
을 얼마나 좋아하고 개자식인지 말했어. 그런데도 나에
대한 이블린의 신념은 절대 흔들리지 않았고 미래에 대한
꿈도 마찬가지였지. 나 역시 이블린한테 편지를 받으면
똑같이 믿음이 가득하곤 했지. 그래서 돈을 모으자마자
우린 결혼했어. 우리는 참 행복했어! 장담컨대 우리만큼
사랑한 사람은 세상 어디에도 없을 거야. 그 후로도 계속,
내가 무슨 짓을 하던— (잠시 멈춘다. 곧 슬프게) 근데, 문제는
처음부터였어. 나는 유혹을 뿌리치는 법을 몰랐어. 진심
으로 달라지려고 했어. 이블린과 내 자신에게 약속했고,
그렇게 믿었지. 이블린에게 이번이 마지막이라고 하면
"이번이 마지막인거 알아. 당신은 다시는 안 그럴 거야."
라고 말하곤 했었지. 근데 그게 더 상황을 악화시켰어.
내가 술집 여자들과 놀아나도 매번 이런 식으로 용서해

주니까 내가 더 개자식이라는 느낌이 들었어. 물론 나는 그냥 재미로 그런 거고 걔네들을 좋아 한 것도 아니었지만. 그래도 이블린한테는 다를 거 아냐. 그래서 속으로 다짐했지, 다신 그러지 말자. 하지만 자네들도 떠돌이 생활이 어떤지 잘 알잖아. 지긋지긋한 호텔방. 벽지만 쳐다보고 있으면 정말 미쳐버릴 거 같아. 외롭고 집 생각이 나면서도 또 집이 지겹기도 하고. 해방감을 느끼면서 약간 자축하고 싶기도 했지. 일할 땐 술을 전혀 안마시니 여자밖에 달리 방법이 있나. 창녀 말이야. 야한 농담 몇 마디하면 좋아서 깔깔거리는 애들 있잖아.

코라   (무덤덤하게 비꼬며) 젠장, 여태 재밌는 척하며 들은 게 더러운 농담이었잖아!

히키   (못들은 듯 계속한다.) 가끔씩 웃기다고 생각되는 농담을 이블린에게 했었지. 그러면 항상 웃긴 했지만, 속으로는 더럽다고 여기는 거 다 알고 있었어. 그리고 이블린은 내가 집에 돌아오면 창녀들이랑 어울리다가 오는 거 다 알고 있었어. 내게 키스하고 나를 바라보는 눈빛을 보면 알 수 있지. 인정하지 않으려는 모습. 만약 그게 사실이래도 창녀들이 꼬셔대면 자신도 옆에 없고 하니 외로워서 어쩔 수 없었을 거다, 창녀들은 그이의 몸만 가진 거고 그가 사랑하는 이는 오직 나뿐이다 라고 하면서. 맞아, 이블린이 옳았어. 난 이블린말고 어떤 여자도 사랑한 적이 없어. 원해도 할 수가 없었지. (잠시 멈춘다.) 모든 게 다 밝혀졌을 때도 날 용서했지. 계속 기회가 있다는 게 어떤 건지 알지. 한동안은 행운일 수 있지만 결국은 대가를 치르게 되어있어. 앨투너의 어떤 창녀한테 임질을 옮았지.

코라 (화내지 않고 무덤덤하게) 아마 그 여자는 딴 놈한테 옮았을 거야. 원래 다 그렇거든.

히키 집에 와서는 온갖 거짓말과 핑계를 댔었지. 돌팔이한테 가진 돈 다 갖다 바치고 완전히 다 나았다고 하기에 그런 줄 알았지. 근데 아니었어. 불쌍한 이블린은 남자들이 여기저기 돌아다니다보면 기차 칸 물 컵에서 병을 옮기도 한다는 내 거짓말을 믿는 척 하려고 무지 애를 쓰더군. 하여튼, 날 용서했지. 매일 같이 술을 마시고 와도 매번 같은 방식으로 날 용서했어. 다들 술 취하면 막판에 내가 어떻게 되는지 알지. 날 봐 왔으니까. 길고양이도 안가는 시궁창에 자빠져 있잖아. 알코올중독자 병동에서 나오는 쓰레기랑 같이 버려지거나, 죽어야 하는데 살아 있는 인간이잖아. (자기혐오로 얼굴에 경련이 일어난다.) 이블린은 한 달 넘게 내 소식을 못 들어. 혼자서 나를 기다리고 있으면 동네 사람들이 안됐다고 하면서 뭐라고 떠들고 다니나봐. 그래서 이웃이 없는 외곽으로 이사 가자고 하더군. 이사 후 이블린은 문을 활짝 열어 놓고 나는 아까 말한 모습으로 비틀거리며 얼룩하나 없이 깨끗한 집으로 들어가지. 그리고 다시는 이런 일이 없을 거라 다짐하고, 그리고 또 이번이 마지막이라고 다짐하지. 이블린의 눈빛에서 사랑과 역겨움이 싸우고 있는 걸 보았어. 항상 사랑이 이겼지. 마치 아무 일 없었듯, 마치 내가 지금 막 출장에서 돌아온 듯, 나에게 키스했었지. 한 번도 불평을 하거나 악을 쓴 적이 없어. (증오와 분노가 깔린 고통 속에서 말한다.) 염병할, 내가 얼마나 개자식 같은 느낌이 드는지 알아? 이블린이 내가 언젠가는 제정신을 차릴 거라는 백일몽을 더 이상 믿지 않는다고 한번만이라고 인정했더라면. 하지만 절대 그러려고 하지 않았지. 고집이 말도 못했어. 한번 마음속에 신념이 생기면 하늘이 두 쪽이 나도 절대 안 흔들려. 내일은 꼭 이루어질 거라고 믿지! 똑같은 얘기를 수년 동안 계속해서 반복하고, 그러다보니 둘 다 마음속에 쌓인 거지. 나 때문에 이블린은 고통 받고, 이블린의 용서 때문에 난 죄의식을 느끼고, 이런 내 자신이 개자식 같고, 이런 감정 상상이 되나? 이블린이 그렇게 착하지만 않았어도, 나와 같은 류의 여자이기만 했었어도. 가끔 기도하면서 그리고 실제로 이렇게 말한 적도 있어, "이블린, 해봐, 왜 못해? 나 같은 인간은 그래도 싸. 괜찮아. 용서해줄게." 물론 농담처럼 했지. 이블린과 아이스맨이 침대에서 뒹굴고 있다고 여기서 했던 것처럼. 진지하게 했다면 내가 자신을 더 이상 사랑하지 않는다고 생각하면서 상처받았겠지. (잠시 멈춘다. 곧 주변을 둘러본다.) 다들 내가 거짓말한다고 생각하겠지? 그걸 다 감당하고 나를 그렇게까지 사랑해줄 여자는 없을 거라고 하면서, 그렇게까지 동정하고 용서하는 여자는 인간이 아니라고 하면서. 근데, 진짜야, 한번이라도 이블린을 봤다면 내 말 믿을 거야. 다정함, 사랑, 연민과 용서가 얼굴에 다 쓰여 있어. (기계적으로 주머니 안에 손을 넣는다.) 기다려! 보여줄게. 항상 사진을 가지고 다니거든. (갑자기 놀란 표정을 짓는다. 앞을 바라보고 손은 조용히 내려온다.) 아 참, 찢어버렸지, 나중에. 더 이상 필요가 없었거든. (말을 멈춘다. 방안은 빈사상태에 있는 사람의 죽음을 숨죽이며 기다리는 것과 같은 침묵이 흐른다.)

코라   (숨죽이고 흐느끼며) 저런, 히키! (몸을 떨며 손을 얼굴로 가져간다.)

패릿   (래리에게 낮은 목소리로 끈질기게) 엄마 사진을 태워버렸어요. 엄마 시선이 항상 날 따라 다녔거든요. 마치 제가 죽기를 바라는 것만 같았어요.

히키   자꾸만 그런 생각들이 쌓여만 갔지. 세상에서 나를 가장 사랑하는 여자에게 그런 몹쓸 짓을 한 내 자신이 점점 가증스러워졌어. 거울에 비친 내 자신을 볼 때마다 개새끼라고 욕했어. 이블린에 대한 연민 때문에 미칠 것만 같았어. 나 같은 놈이 그런 연민을 느낀다니 믿기지 않겠지. 매일 밤 그녀의 무릎에 얼굴을 파묻고 엉엉 울면서 용서를 빌었어. 그러면 "괜찮아요, 다신 안 그럴 거라는 거 알아요."라며 나를 달래주곤 했지. 젠장, 이블린은 사랑했지만, 그 백일몽은 증오하기 시작했어! 가끔씩 날 용서하는 이블린을 용서할 수가 없었어. 그래서 정신병원에 갈까봐 두려워지기 시작했어. 내 자신을 증오하게 만든 이블린을 증오하게 됐지. 인간이 느낄 수 있는 죄의식이나 감당할 수 있는 타인의 동정, 연민도 한계가 있어. 결국은 남 탓을 하게 되지. 이블린이 내게 키스하면 가끔씩 날 모욕하려고 일부러 그런다는 생각이 들었어. 마치 내 얼굴에 침 뱉는 것처럼 느껴졌지. 하지만 그게 미친 썩어빠진 생각인걸 알게 되고 나를 더욱 증오하게 됐지. 나처럼 소탈하고 낙천적인 사람이 그렇게 증오했다니 못 믿겠지. 그런데 해리 생일이 가까워 올수록 완전 미치겠더라고. 매일 밤 이블린에게 다짐했지. 나와 당신의 최종 시험을 통과할 때까지 이번에는 절대 안 가겠다고. 그랬더니 "진심인거 알아요. 이번에는 꼭 이겨낼 거예요. 그럼 우린 행복해질 거예요."라며 날 격려했지. 그렇게 말하고 키스할 땐 나도 그렇게 믿었어. 그런데 자려고 누웠는데 잠이 안 오는 거야. 이블린이 옆에서 자고 있어서 방해될까봐 혼자 이리저리 뒤척이면서 깨어 있는데 지독히도 외로웠어. 그러면서 여기가 얼마나 평화로울까 생각했지. 같이 술 마시면서 사랑 따위 잊어버리고 농담하고, 웃고, 노래하고, 서로 속이기도 하면서 말이야. 결국엔 가야 한다고 생각했지. 그리고 이번에 가면 끝이라는 걸 알았어. 다시 돌아와 용서받을 용기가 없었어. 이블린의 마음을 또 아프게 할 거고, 더 이상 자신을 사랑하지 않는다고 느낄 테니까. (잠시 멈춘다.) 전날 밤에 방법을 궁리하는 데 미칠 것만 같았어. 침실로 갔지. 이젠 끝이라고 말하려고 했는데 깊이 잠들어 있었어. 순간 생각했지. 만약 잠에서 안 깨어나면 영원히 모르겠지! 그때 이블린을 위한 유일한 방법이 떠올랐어. 내가 집을 비우는 동안 쓰라고 준 호신용 총이 옷장 서랍에 있었지. 이블린은 아무 고통 없이 영원히 꿈 속에서 살 수 있을 거야. 그래서 난—

호프 (술잔으로 탁자를 치면서 이 말을 막으려 한다. 크게 분노하며) 젠장할, 우리 좀 가만 놔둬! 염병할, 뭔 상관이야? 우리는 취해서 평온을 느끼고 싶어! (패릿과 래리를 제외하고 모두 자신들의 술잔으로 탁자를 치며 다 같이 웅얼거린다: "염병할 뭔 상관이야? 우리는 취해서 평온을 느끼고 싶어!" 모런 형사는 커튼 틈으로 조용히 빠져나와 실내의 뒤를 가로질러 자신의 동료 리브가 있는 탁자로 간다. 로키는 이것을 알아차리고 뒤쪽 탁자에서 일어나 뒤로가 지켜본다. 모런은 리브와 눈빛을 교환하며 그에게 일어나라고 손짓한다. 리브가 그렇게 한다. 아무도 그들을 알아차리지 못한다. 술잔으로 두드리는 소리가 시작했을 때처럼 갑자기 사라진다. 히키는 이 소리를 듣지 못한 것처럼 보인다.)

히키 (단순하게) 그래서 죽었어. (죽음 같은 침묵이 흐른다. 형사들조차 이 이야기에 놀라 꼼짝하지 않는다.)

패릿 (갑자기 포기하고 힘없이 의자에 늘어진다. 낮은 목소리에 이상한 지친 안도감이 있다.) 래리 아저씨, 솔직히 말할게요. 더 이상 거짓말해봤자 아무소용 없으니까. 아시겠지만, 저는 돈에 연연 안 해요. 엄마를 증오해서 그랬어요.

히키 (듣지 못한 채) 사실 난, 이블린한테 평온을 주고 날 사랑한 불행으로부터 자유롭게 해줄 수 있는 방법을 옛날부터 알고 있었던 거야. 그녀의 평온이 곧 내 평온이라는 것을 알았지. 가슴을 무겁게 짓누르던 죄책감이 사라진 기분이었어. 침대 옆에 서 있는데 갑자기 웃음이 났어. 이블린이 용서할 거라는 걸 아니까 웃음을 참을 수가 없더라구. 마치 그동안 꼭 하고 싶었던 중요한 말인 것처럼 이블린을 향해 말했어. "야, 이 미친년아, 이제 니 백일몽이 뭔지 알겠냐!" (마치 악몽에서 충격을 받은 것처럼, 마치 자신이 좀 전에 한 말을 믿을 수 없다는 듯 놀라서 멈춘다. 더듬거린다.) **아냐! 난 절대—!**

패릿   (래리에게— 조롱하며) **맞아요, 바로 그거예요! 엄마와 그 빌어먹을 낡은 사상운동이라는 백일몽!**

히키   (광적으로 부인한다.) **아냐! 거짓말이야! 난 말한 적 없어! 세상에, 내가 그런 말을 하다니! 만약 그랬다면, 미쳤던 거야! 평생 이블린을 그 무엇보다 사랑했어!** (사람들에게 더듬거리며 호소한다.) **자네들은 내 친구잖아! 나를 오랫동안 알아 왔잖아! 내가 절대 그런 일을 할 사람이 아니란 거—** (시선이 호프에게 머무른다.) **해리, 자네가 누구보다 더 나를 오래 봐왔잖아. 내가 그때 미쳤었다는 거 자네도 알지, 안 그런가?**

호프   (처음에 보였던 방어적인 냉담함으로— 그를 바라보지 않고) **염병할 뭔 상관이야?** (그리고 갑자기 히키를 바라보자 그의 표정에 극히 이례적인 변화가 생긴다. 마치 그의 마음속에 있는 희망의 징조를 본 듯 표정이 밝아진다. 그는 알고 싶은 열망으로 말한다.) **미쳤다고? 자네 말은 자네가 진짜 미쳤다고?** (그의 어조에서 그 옆의 탁자에 있던 모든 사람들은 그의 생각을 눈치 챈 듯 놀란다. 그리고 히키를 뚫어지게 바라본다.)

히키 그래! 그러니까 웃었지! 이블린한테 그런 말도 하고! (모런이 그의 뒤에서 걸어오고, 두 번째 형사인 리브는 다른 쪽에서 그에게 다가간다.)

모런 (히키의 어깨를 토닥이며) 그만하면 됐어. 우리가 누군지 알지. 체포하겠네. (리브에게 고개를 끄덕이자 히키의 손목에 수갑을 채운다. 히키는 이해할 수 없다는 듯 멍하니 그들을 바라본다. 모런이 그의 팔을 붙잡는다.) 따라와, 나머지는 조서 쓸 때하고.

히키 잠깐만, 형사 양반! 잠깐이면 돼! 내가 전화해서 일이 쉬워졌잖아. 안 그래? 잠깐이면 된다고! (호프에게 애원하듯) 해리, 내가 이블린에게 그런 말 못하는 거 알지, 안 그러면—

호프 (열렬히) 그때부터 미쳤었다고? 여기서 말하고 행동한 게 모두—

히키 (잠시 자신의 집착을 잊고 친근한 애정 어린 표정을 지으며 키득거린다.) 주지사! 옛날 수법 또 나오는군! 자네 속셈 다 알아, 이번엔 내가 못 빠져나가게— (그때, 호프가 분노하며 냉담한 표정을 짓고 고개를 돌리자, 급히 필사적으로 애원한다.) 그래, 해리, 맞아. 내가 그때부터 정신이 나갔어. 내가 여기 있는 내 내 미친 거 봤잖아, 안 그래?

모런 (역겨워하며) 조용히 해! 연기는 그만하면 됐어. 나머지는 배심원들 앞에서 해. (날카롭게 사람들에게) 다들 저 거짓말에 속지 마요. 교활하게 미친 척해서 빠져 나가려고 하는데, 어림도 없지. (테이블 근처에 모여 있던 사람들은 이제 희망을 느끼고 분개하며 그를 바라본다.)

호프   (평소처럼 화를 내며) 흥, 형사 나부랭이가 건방지게 히키에
        대해 뭘 안다고 씨부렁거려! 우리가 알고 지낸 세월이 얼
        만데, 여기 있는 사람 다 히키가 들어오자마자 미친 거
        눈치 챘어. 정신병원에서 도망친 미친 목사처럼 우리에게
        평온을 가져다주느니 어쩌니 헛소리나 해대고! 우리한테
        한 미친 짓을 봐! 우리가 시키는 대로 한건- (주저한다. 도
        전적으로) 우리가 속아주면 괜찮아질 거라고 생각해서 그
        런 거라고. (다른 사람들을 둘러본다.) 다들, 안 그래? (모두들
        열렬히 동의한다. "맞아, 해리!" "그렇지, 해리!" "그래서 그랬지!" "미
        친 거 알고 있었지" "비위맞추느라 그랬지!")

모런   아주 교묘한 쥐새끼들이군! 비겁한 잔인한 살인자를 감싸
        다니.

호프   (이에 자극받아 자신의 호전성을 회복하며) 그런가? 혹시 이 얘기
        들어봤나? 성 패트릭이 아일랜드에서 뱀을 쫓아냈는데,
        그것들이 뉴욕까지 헤엄쳐 와서 경찰이 됐데! 흥! (모욕적
        으로 낄낄거린다.) 자네들을 보니, 그 얘기가 사실이군, 안 그
        런가, 자네들? (모두 모런을 노려보며 동의한다. 모런은 그들을 노려
        본다. 그러나 그는 자신의 죄수를 잊고 자리를 뜨고 싶은 심정이다. 호
        프는 호전적인 태도로 계속한다.) 히키, 자네 권리를 지켜! 이
        건방진 형사가 자네한테 함부로 못하게 해. 만약 저자가
        까불면 나한테 말해. 시청에 친구가 있으니까 순찰 좀 돌
        라고 하면 돼. 선거구 사람들한테 뜯을 수 있는 건 깡통

뿐이거든.

모런   (분노하며) 이 늙은 주정뱅이들이 어디서— (자신을 통제하며 이런 상황을 알지 못하는 히키의 팔을 홱 잡아당긴다.) **이리와!**

히키   (기괴한 광기에서 진지하게) 형사 양반, 갈께. 이젠 못 참겠어. 차라리 이블린을 죽이고 바로 전화할걸 그랬어. 여기 오는 건 시간 낭비였어. 이블린한테 설명하느라고. 나 용서했을 거야. 미친 줄 아니까. 형사 양반, 오해하지 마. 나 전기의자로 가고 싶어.

모런   헛소리!

히키   (매우 화내며) 이런, 멍청한 형사 같으니라고! 지금 내가 목숨에 연연하는 것처럼 보여? 이 돌대가리야, 나한텐 부질없는 희망이나 백일몽은 눈곱만큼도 없어.

모런   (현관으로 나가는 문 쪽으로 돌린다.) 가!

히키   (뒤쪽으로 걷기 시작하자— 집요하게) 이건 알아둬. 내가 미쳤을 땐 그 다음이야, 내가 이블린을 보고 웃었을 때! 내가 완전히 안돌았으면 그렇게 말 안했겠지. 이 세상에서 내가 유일하게 사랑한 사람은 이블린이었어. 이블린을 죽이기 전에 내가 먼저 죽었어야 했는데! (그들은 현관으로 사라진다. 계속 저항하는 히키의 목소리가 들린다.)

호프   (그 뒤에 대고 소리친다.) 걱정 마, 히키! 자네 전기의자로 못보내! 자네가 미쳤다고 증언하면 돼! 안 그런가, 자네들? (모두 동의한다. 두세 명이 호프의 "걱정 마, 히키"를 따라한다. 곧 바깥문을 닫는 소리가 현관에서 들려온다. 진정한 슬픔으로 호프의 얼굴이 어두워진다.) **가버렸네. 불쌍한 새끼!** (그 주변의 모든 사람들도 똑같이 말하고 동정한다. 호프는 술잔에 손을 뻗는다.) **젠장, 한 잔 마셔야겠어.** (모두 술잔을 잡는다. 호프는 희망적으로 말한다.) **저 자식이 가버렸으니 술맛이 다시 나겠지.** (그가 마시자 모두 따라한다.)

로키　(바 입구에 서 있다가 앞으로 나온다. 희망적으로) **그래요, 사장님, 이제 취할 수 있겠네요.** (척 옆에 있는 의자에 앉아 술을 따라 마신다. 그때 마치 이 술이 중요한 테스트인 것처럼 그 효과를 기다리며 모두들 조용히 앉아 있다. 너무 기대에 부풀어 있어 래리의 탁자에서 일어나는 일을 의식하지 못한다.)

래리　(그의 눈은 고통과 연민으로 가득 차있다. 속삭이듯, 자신에게 큰 소리로) **전기의자가 평온을 가져다주기를, 불쌍한 놈!**

패릿　(그쪽으로 몸을 기울인다. 이상야릇한 낮은 목소리로) **맞아요, 하지만 평온이 필요한 사람이 또 있죠. 저는 저 아저씨가 불쌍한 게 아니고 운이 좋은 거 같아요. 모든 게 다 끝나고 종결됐으니까. 제 문제도 결정이 났으면 좋겠어요. 전 결정에 서투르거든요. 엄마 밀고한 것도 사실 수사기관에 같이 잡힌 창녀가 꼬드겨서 한 거예요. 저희 엄마가 어떤 사람인지 아시죠. 엄만 제 결정까지 모두 혼자 다 하시잖아요. 엄만 자신 외에 다른 사람이 자유로운 걸 싫어했어요.** (마치 반응을 기다리듯 잠시 멈춘다. 그러나 래리는 무시한다.) **아저씨는 형사가 히키 아저씨 잡아갈 때 저도 같이 잡아갔어야 한다고 생각하시죠? 제가 그걸 어떻게 증명하죠? 아마 제가 미쳤다고 할 거예요. 왜냐면 엄마가 살아계시니**

까. 아저씨만 제 죄를 아시죠. 아저씨가 엄마를 알고 제가 엄마한테 한 짓을 알고 있으니까. 제 죄질이 히키 아저씨보다 더 나쁘다는 것도. 제가 한 짓이 훨씬 더 추악한 살인인 것도. 왜냐하면 죽었는데 당분간은 살아 있어야 하니까. 근데 감옥에서 오래 살 순 없잖아요. 자유를 엄청 사랑하시는 분인데. 히키 아저씨처럼 엄마가 평온 속에 있다고 거짓말은 못하겠네요. 엄마가 살아계시는 한은 꿈속에서도 제가 한 일을 잊지 못할 거예요. 단 한순간도 평온이 없죠. (잠시 멈춘다. 곧 소리친다.) 아저씨, 뭐라고 말 좀 해보세요. (래리는 한계점에 다다랐다. 패릿은 계속한다.) 저는 거짓말 같은 거 안 해요. 웃으면서 속으로, "야, 이 늙은 미친년아, 니가 말한 자유백일몽이 어떤 건지 이제 알겠냐!"라고 한 거는 나중에 미쳐서 그랬다느니 그런 말 안 한다구요.

래리 (그의 얼굴은 혐오로 경련을 일으키며 돌아서서 매섭게 말한다. 떨리는 목소리에는 유죄판결을 선고하는 듯한 명령을 담고 있다.) 가! 이 염병할 자식, 죽어 없어져버려, 내가 숨통을 끊어놓기 전에! 올라가ー!

패릿 (그의 태도가 즉시 변한다. 갑자기 평온함을 느끼는 것처럼 보인다. 단순하게 감사하는 마음으로 말한다.) 고마워요, 아저씨. 그냥 확신이 필요했어요. 이제 보니 그게 엄마로부터 벗어나는 유일한 방법이었네요. 어쩌면 이미 알고 있었는지도 모르죠. (잠시 멈춘다. 곧 조롱하는 미소를 지으며) 엄마한테도 조금이나마 위안이 되어야 할 텐데. 외아들이 프롤레타리아여서 청렴한 혁명의 어머니 연기를 할 기회를 줄 거예요. 아마 이렇게 말씀하시겠죠. "정의가 구현된 거야! 모든 반역자들에게 죽음을!" 그리고 "그 자식이 죽어버려서 기뻐! 혁명이여 영원하라!" (냉소적인 조소를 덧붙인다.) 엄마를 잘 아시잖아요! 항상 오버하는 거!

래리   (격렬하게 항변한다.) 가, 제발, 이 상놈의 자식아, 너를 위해서! (이 말에 휴고가 잠을 깬다. 머리를 들어 올리고 어리둥절해 하며 래리를 바라본다. 래리와 패릿 둘 다 그를 알아차리지 못한다.)

패릿   (래리를 바라본다. 그의 표정은 마치 자제력을 잃고 울 것처럼 일그러지기 시작한다. 고개를 돌리고 더듬듯 팔을 뻗어 래리의 팔을 토닥이며 말을 더듬는다.) 고마워요 아저씨. 역시 제 상황을 이해해 주는 사람은 아저씨뿐이에요. (일어서서 문 쪽으로 향한다.)

휴고   (패릿을 보고 바보처럼 웃음을 터트린다.) 어이, 꼬마 돈, 원숭이 얼굴! 바보짓 하지 마! 술이나 한 잔 사!

패릿   (과장된 허세를 부리며 ― 애써 씩 웃으며) 그럼요, 아저씨! 내일! 수양버들 아래서! (아무렇지 않은 듯 거들먹거리며 문으로 가 현관으로 사라진다. 그때부터 래리는 창 밖 뒷마당에서 들려오는 소리에 귀 기울인다. 그러나 공포와 극도의 긴장 속에서 듣지 않으려고 애쓴다.)

휴고   (멍하게 패릿이 사라진 곳을 응시한다.) 멍청한 자식! 히키 땜에 너도 돌았구나. (멍하게 있는 래리에게 고개를 돌린다. 다소 진지하게) 히키를 정신병원으로 데려가 버려서 기뻐. 그 자식 땜에 악몽을 꾸고 나에 대해 거짓말하고 그동안 내가 꿈꾸었던 것들을 경멸했지. 그 자식을 정신병원으로 데려가서 정말 기뻐. 이제 살 거 같군. 그 미친 장돌뱅이가 나한테 죽음을 팔고 있었어. 이제 한 잔 해야겠어. (술을 한 잔 따라 단숨에 들이킨다.)

호프   (기쁨에 넘쳐) 어이, 술이 다시 찌릿해져, 진짜야! 내 안에 생명이 다시 샘솟는 것 같애! 여태 마신 술이 한꺼번에 달아오르면 뻗겠는데! 히키가 훼방꾼이었어. 젠장, 미친 소리 같지만, 그 미친놈이 우리 모두를 정신병자로 만들 었잖아. 밤낮으로 미친놈의 백일몽 이야기를 듣고 믿는 척 하면서 그 자식을 속이기도 하고, 기분 맞추려고 시키 는 미친 짓 다 하고. 위험하기도 했지. 하도 지랄해서 어 쩔 수 없이 산책하는 척 했던 건 또 어떻고. 날씨가 아주 개떡 같았지. 날은 뜨거워 죽겠지, 길은 자동차로 넘쳐나 지. 젠장, 일사병 걸리는 줄 알았어, 하마터면 차에 치일 뻔도 했다니까. (로키에게 호소한다. 반응을 두려워하지만 과감하 게) 로키한테 물어봐. 보고 있었으니까. 안 그래, 로키?

로키   (약간 취해) 뭐요? 지금껏 마신 술이 달아오르기 시작하는데 요. (진지하게) 자동차요? 그럼요, 제가 봤죠! 진짜 아슬아슬 했죠! 차에 치이는 줄 알았어요. (잠시 멈춘다. 곧 다른 사람들 을 둘러보고 예전에 했던 농담 투로 하려 하지만 곧 약간 두려운 듯) 정직한 바텐더의 명예를 걸고 보증하죠! (다른 사람들에게 윙 크를 한다. 모두 미소로 응답하지만 약간의 억지와 불편함이 있다.)

호프   (의심스러운 눈빛으로 노려본다. 곧 이해하고─ 성미 급한 태도로) 그 래, 넌 바텐더지. 아무도 그건 부정 못하지. (로키는 고마워한다.) 근데, 그 정직 어쩌고는 빼! 너하고 척은 도둑놈 조합에 들어야 해! (이 순간 사람들로부터 열광적인 웃음이 터져 나온다. 호프는 즐거워한다.) 다시 웃음소리를 들으니까 좋군! 히키 자식이 여기 있었을 때는, 영 마음이 그랬는데 다시 취하니까 좋아! (낄낄거리며 술병을 잡는다.) 다들 마셔. 공짜야. (모두 술을 따른다. 모두 이제 빠른 속도로 취한다. 호프는 감상적이 된다.) 불쌍한 놈. 그 자식이 한 짓 가지고 뭐라 하지 마. 다 잊고 그냥 옛날의 히키만 기억하자고. 가죽 구두를 신은 마음씨 좋고, 호탕한 놈으로. (모두 진심으로 감상적인 상태에서 동의한다. "맞아, 해리!" "그렇지!" "멋진 놈이지!" "최고야!" 등등. 호프는 계속한다.) 매터원 정신병원에 있을 히키를 위해! 다들, 원 샷! (모두 마신다. 창가 탁자에서 래리는 탁자의 가장자리를 꽉 잡고 있다. 말을 들으면서 그의 머리는 무의식적으로 창문 쪽으로 기운다.)

래리 (괴로움을 참지 못하고) 젠장! 그러게 왜—!

휴고 (다시 취하기 시작하며— 그를 빤히 쳐다본다.) 뭐가 그러게야? 바보같이 왜 그래! 히키는 갔어. 그 자식은 미쳤다고. 술이나 마셔. (곧 그가 대답이 없자— 약간 불안해하며) 왜 그래 래리? 이상하네. 뒷마당에 뭐 들을 게 있어? (오른쪽에 있던 코라가 사람들에게 말하기 시작한다.)

코라 (취해서) 그 미친 자식이 시키는 대로 우리가 했던 거 생각하면. 농장도 안 사고 결혼하려고 떠났다니 말이 돼!

척 (열렬하게) 맞아. 우리는 진짜인척 했지.

지미   (자신만만하게 - 취기에서) 나는 내일 어쩌고저쩌고 할 때부터 단박에 알아봤지. 미친놈들이 단골로 써먹는 멘트거든. 시키는 대로 안 하면 더 심해져.

윌리   (열렬하게) 나도 마찬가지예요, 지미. 하루 종일 공원에 있었다니까요. 내가 그렇게 등신은 아닌데 -

루이스   (기분 좋게 취하며) 내가 영사관에 갔으면 어땠을지 생각해 봐. 거기서 일하는 친구 놈 완전 웃긴 놈이거든. 아마 순전히 악의로 일자리 줬을 거야. 그래서 여기저기 돌아다니다가 공원에 있는 쉼터에 갔지. (웨트존에게 씩 웃으며 애정 어린 농담을 한다.) 근데, 하, 옆에 있는 벤치에 누가 있었는지 알아? 글쎄 옛날 전장 동료인, 사람처럼 걸어 다니는 보어인이 있지 뭐야. 만약 영국 정부가 내 충고를 받아들였다면, 저 자식을 썩은 내 진동하는 원주민촌 초원에서 런던 동물원의 개코원숭이 우리로 당장 이송했을 텐데. 그러면 지금쯤이면 어린애들이 유모들한테 "저 파란색 엉덩이를 가진 게 보어 장군이에요?"라고 묻고 있을 텐데. (모두들 박장대소한다. 루이스는 몸을 기울고 다정하게 웨트존의 무릎을 친다.) 악의는 없네.

웨트존   (그에게 미소 지으며) 없는 거 알아. (웨트존은 계속한다. 씩 웃으며) 일자리 얘기는 나도 동감이야. (창가 탁자에서 휴고는 다시 래리에게 말한다.)

휴고   (불안하게 강조하며) 왜 그래, 래리? 잔뜩 겁먹은 얼굴인데. 밖에서 무슨 소리가 나? (그러나 래리는 듣지 않는다. 그리고 조는 오른쪽에서 사람들에게 말하기 시작한다.)

조	(취중 자신감으로) 멍청하게 크랩게임을 왜 해? 히키가 주변을 어슬렁거리고 있는데. 미친놈들이 있으면 부정 타거든. (맥글로인이 말한다. 웨트존 앞으로 몸을 숙이고 호프의 왼쪽에 있는 마셔에게 말한다.)
맥글로인	(취중 진지함으로) 자네도 어떤지 봤잖아. 미친놈한테 설명해봤자 무슨 소용이 있어. 근데 시기가 안 좋았지. 복직하는 게 어떤 건지 알잖아.
마셔	(결단력 있게) 당연하지. 서커스 쪽도 마찬가지야. 촌놈들이 먹고 살기 바빠서 서커스 볼 돈이 없데. 그리고 나 푼돈 가지고 사기 친 적 없어.
호프	(감상적인 혼미상태에서 주위를 둘러보며) 젠장, 나 취했어! 자네들도 모두 취했군! 괜찮아! 한 잔씩 더해! (모두 술을 따른다. 창가 탁자에서 래리는 무의식적으로 들으면서 눈을 감는다. 휴고는 겁을 먹고 그를 빤히 쳐다본다.)
휴고	(멍하게 반복한다.) 왜 그래, 래리? 왜 계속 눈을 감고 있는 거야? 꼭 송장 같구만. 뒷마당에서 무슨 소리라도 나나? (그때 래리가 눈을 뜨지도 대답도 하지 않자, 겁에 질린 채 서둘러 일어나 중얼거리며 탁자에서 멀어진다.) 미친놈! 히키처럼 미쳤구먼! 자네 땜에 악몽을 꾸게 생겼어. (히키가 앉았던 탁자를 지나 우측에 있는 무리의 뒤쪽으로 재빠르게 피한다.)
로키	(떠들썩하게 애정으로 반기며) 오, 휴고! 파티에 온 걸 환영해요!
호프	그래, 휴고! 앉아! 한 잔 해! 열 잔도 좋고!
휴고	(래리와 악몽은 잊고, 다시 키득거린다.) 해리, 잘 있었나! 원숭이

들도 잘 있었나! (분위기가 달아오르자, 갑자기 독특한 연설조의 비난으로 바뀐다.) 염병할 멍청한 부르주아 새끼들! 곧 심판의 날이 올 거다! (모두가 조롱하며 앉으라고 말한다. 다시 온화하게 키득거리며 가운데 탁자의 뒤쪽에 앉는다.) 해리, 열 잔 줘. 속일 생각 말고. (모두 웃는다. 로키가 술잔과 술병을 그에게 민다. 현관에서 술 취한 마지와 펄의 목소리가 들린다. 모두 문을 향해 돌아앉자 둘이 등장한다. 그들은 취했고 옷과 머리가 너저분해 보인다. 들어오는 그들의 태도는 뻔뻔하고 방어적이다.)

마지 (날카롭게) 비켜, 여기 두 잘난 창녀님들 나가신다!

펄 그래! 빨리 한 잔 가져와 바!

마지 (로키를 노려보며) 빨리빨리 해, 포주! 술 좀 내와 바!

로키 (그의 검은 눈동자는 감상적인 되고, 둥근 이태리인의 얼굴은 환영의 미소를 띤다.) 아니, 이게 누구야! (양팔을 벌린 채, 비틀거리며 그들에게 다가간다.) 잘 지냈어, 예쁜이들! 안 그래도 걱정했는데, 진짜야! (안으려하자 그들은 의심의 눈초리로 그를 바라보며 밀친다.)

펄 뭐하자는 거야?

호프 (떠들썩하게 그들을 부르며) 야, 니들도 와서 파티에 껴. 만나니 반갑네! (두 여자들은 당혹스러운 시선을 서로 교환하며, 파티와 달라진 분위기에 참여한다.)

마지 뭔 일 있어요?

펄 그 히키 자식은 어디 있어요?

로키 경찰이 데려갔어. 미쳐서 부인을 죽였대. (두 여자들은 "어머!"라고 소리를 지른다. 그러나 그 안에는 공포보다는 안도감이 담겨 있다. 로키는 계속한다.) 매터원 정신병원에 가겠지. 그 인간

잘못 아냐. 너희한테 창녀라고 한 거는 아무 의미 없는 거니까 잊어버려. 어떤 새끼든 니들을 창녀라고 부르기만 해봐, 내가 가만 안 둬! 다 쏴 죽여 버릴 거야! 니들이 날라리인 게 뭐 어째서? 니들 착하잖아! 그니까 잊어버려, 알았지? (그가 팔을 걸치자 이제 가만히 있다. 그들을 포옹한다. 모든 적의가 그들의 얼굴에서 사라진다. 그들은 미소를 짓고 어머니 같은 흐뭇한 미소를 교환한다.)

마지 (윙크하며) 아유, 우리 귀여운 바텐더, 그치, 펄?

펄 그래, 아주 귀여워 죽겠어, 그냥! (그들은 웃는다.)

마지 그리고 개자식!

펄 개자식이긴 하지. 근데 쟤가 어디 가서 우리 같은 애들을 만나겠어. 로키, 우리 코니아일랜드에서 아주 재밌게 놀다 왔어!

호프 야 계집애들, 앉아! 집으로 온 걸 환영해! 한 잔 해! 열 잔도 좋고! (모두에게 따뜻한 환영을 받으며 척 왼쪽에 있는 빈 의자에 앉는다. 로키는 그들 뒤에 서서 그들의 어깨 위에 한 손씩 올려놓고 자랑스러운 소유감을 느끼며 미소 짓는다. 호프는 파티를 성공적으로 이끈 주인으로서 비뚤어진 안경 너머로 밝은 미소를 짓는다. 그리고 행복하게 두서없이 이야기한다.) 이제야 좀 낫네! 이게 생일파티지, 다른 건 다 잊어. 코가 비뚤어지게 마셔보자고! 누가 빠졌지? 그 늙은 현자는 어디 갔어? 래리 어디 있어?

로키 저기 창가요. 눈 감고 있는 게 자는 거 같아요. (모두 돌아본다. 로키는 무시한다.) 그냥 무시해요. 술이나 마셔요. (모두 외면하고 그를 잊는다.)

래리   (떨리는 속삭임 속에서 고통스럽게 자신과 싸우며) 그 놈한테는 그
      방법뿐이야! 히키 말대로 모두의 평화를 위해! (매서운 어조
      로) 빌어먹을 겁쟁이 자식, 빨리 안하면 내가 올라가서 던
      져버리겠어! 창자가 갈기갈기 찢긴 개새끼처럼 고통에서
      해방되는 거야! (그가 의자에서 절반쯤 일어날 때 창 밖에서 쿵하는
      소리와 함께 뭔가 떨어지는 소리가 난다. 래리는 몸을 떨고 두 손으로
      얼굴을 감싼 채 숨을 헐떡이며 다시 의자에 앉는다. 오른쪽에 있는 사람
      들은 이 소리를 듣지만 술 마시는 데 너무 몰두해 관심을 쏟지 않는다.)

호프   (궁금해 하며) 무슨 소리야?

로키   아, 아무것도 아니에요. 비상계단에서 뭐가 떨어졌나봐요.
      매트리스겠죠. 가끔씩 비상계단에서 자기도 하거든요.

호프   (이 말에 관심이 불만으로 변한다. 퉁명스럽게) 거기서 못 자게 해!
      야외에서 잔다고 치료가 돼? 매트리스가 얼마나 비싼데.

마셔   파티를 망치지 말자고. 술이나 마셔. (호프는 잊고 술잔을 잡
      는다. 모두 술을 마신다.)

래리   (공포에 찬 연민으로 속삭이며) 불쌍한 놈! (오랫동안 잊고 있던 신
      념이 잠시 되살아나 중얼거린다.) 영혼이 평온 속에 고이 잠들
      기를. (눈을 뜬다. 씁쓸한 자조로) 연민은 무슨, 히키 말처럼 잘
      못된 거야! 희망이 없어! 관중석이든 어디든 난 절대 성공
      못할 거야. 인생은 감당하기 너무 벅차! 죽는 날까지 연민
      으로 모든 것의 양면을 바라보면서 무기력한 바보로 지내
      겠지! (강렬한 고통으로) 어서 그날이 왔으면! (깜짝 놀라 잠시 멈
      춘다. 냉소적인 미소를 지으며) 여기서 나만 히키가 가져온 죽
      음을 찬양하고 있군. 이 겁쟁이의 진심이야!

호프   (호들갑스럽게 부른다.) 어이, 래리! 이리 와서 고주망태가 되어보자고! 거기서 뭐하고 있는 거야? (래리가 답이 없자 즉시 그를 잊고 파티로 관심을 돌린다. 이제 모두 취해있어서 몇 잔만 더 마시면 인사불성의 단계에 이르나 모두 이를 즐긴다.) 자, 노래하자고! 축하해야지! 내 생일파티잖아! 나 취했어! 노래하고 싶어! (그가 "그녀는 천국으로 가는 길목의 햇살"의 후렴부분을 시작하자 모두 노래를 부른다. 그러나 같은 노래가 아니다. 각자 노래를 선택해 후렴부분을 부른다. 지미 투마로는 "작은 부두와 도리스"; 에드 마셔는 "어머님께 전하는 소식"; 윌리 오번은 1막에서 불렀던 "선원 노래"; 웨트존 장군은 "교회에서 기다리며"; 맥글로인은 "태머니"; 루이스 대위는 "옛 켄트의 길"; 조는 "내겐 연민뿐"; 펄과 마지는 "모두 다 함께"; 로키는 "아름다운 아가씨"; 척은 "괴로운 마음의 저주"; 코라는 "대양의 파도"; 반편 휴고는 벌떡 일어나 주먹으로 탁자를 치며 프랑스 혁명가 "까르마뇰"을 부른다. 이런 뒤섞인 노래로 인해 불협화음이 생기고 그들은 노래를 멈추고 웃음을 터트린다. 휴고를 제외한 모든 사람은 취중 주연을 계속한다.)

휴고   까르마뇰을 춤추세!

그 노래를 기리세! 그 노래를 기리세!

까르마뇰을 춤추세!

그 노래와 대포를 기리세!

(모두 즐겁게 놀리면서 노래를 방해한다. 그는 노래를 멈추고 매우 분노한 투로 그들을 비난한다.) 자본주의 돼지새끼들! 멍청한 부르주아 원숭이새끼들! (열변을 토한다.) "날은 점점 지네, 오 바빌론!" (그들은 열광적으로 후렴부분을 함께 부른다.) "그대 수양버들 아래의 시원함이여!" (그들은 한바탕 웃음을 터트리며 술잔

으로 탁자를 두드리고, 휴고는 그들과 함께 낄낄거린다. 래리는 창가에서 정면을 바라보며 그들의 소동을 의식하지 못한다.)

막이 내린다.

작품 해설

『아이스맨이 오다』(*The Iceman Cometh*)는 1939년 집필되었다. 또한 이 시기는 2차 세계대전이 발발한 때이기도 했다. 오닐은 히틀러의 잔인함에 경악하고 후에 그의 작품세계는 서부 문명의 잔혹한 살상과 파괴에 의한 영향으로 더욱 염세적이게 된다. 결국 오닐은 『아이스맨이 오다』의 초연을 전쟁이 끝날 때까지 미루기로 결심한다. 또한 전쟁이 끝나자마자 바로 공연을 하게 되면, 전쟁 승리에 뒤따른 대중들의 낙관주의가 작품의 염세적인 분위기와 상충되기 때문에 초연을 조금 더 미룬다. 전쟁이 끝나고 1년이나 2년이 지나면 사람들의 마음속에 환멸감이 자리 잡을 것이고 작품이 더 잘 이해될 것이라는 생각에서였다. 결국 『아이스맨이 오다』는 1946년에 초연되었다.

작품 배경인 술집은 뉴욕에 있던 여인숙인 지미더프리스츠(Jimmy-the-Priest's)를 모델로 한 것이다. 작품에 등장하는 인물들은 오닐이 지미더프리스츠와 헬 호울(Hell Hole)에서 알았던 사람들을 모델로 하고 있다. 지미더프리스츠는 오닐이 1912년 부에노스아이레스에서 배를 타고 뉴욕으로 돌아왔을 때 머물렀던 곳으로, 방세는 한 달에 3달러였다. 이 여인숙이 이런 이름을 갖게 된 이유는 실제 이곳 주인이 냉담하고 냉소적인 사람이었으나 목사와 같은 외모를 가졌기 때문이라고 한다. 이 여인숙에서는 술도 팔았는데 사람들은 아주 싼 가격으로 맥주나 저급 위스키를 마실 수 있었다. 이곳에는 선원, 창녀, 세계산업노동자협회원, 무정부주의자를 비롯해 기타 다양한 사회 밑바닥 계층의 사람들이 머물렀다. 오닐은 여기서 알고 지낸 하층민 사람들이 그에게는 최고의 친구들이었으며, 창녀들 중 한명은 그에게 사랑을 고백하기도 했다고 회상한다.

해리 호프의 술집은 환상의 세계로 인생낙오자들이 이상을 꿈꾸는 공간이다. 15명의 인물들은 술에 취해 자신들이 모두 한때 잘 나가는 사람들이었으며, 곧 머지않아 그런 날이 또 올 거라는 백일몽 속에 살아간다. 호프는 정치적인 환상 속에 프롤레타리아들에게 가식적인 사랑을 보여주면 권력을 쥘 수 있으리라고 생각하고, 조는 인종적 환상 속에 백인들에게 평등을 요구하며 호전적 태도를 보인다. 척과 코라는 가정에 대한 환상 속에 결혼을 꿈꾸고, 마지와 펄은 신분에 대한 환상 속에 날라리와 창녀라는 단어를 구분 지으려 한다. 오번은 지적인 환상에 빠져 있고, 래리 슬레이드는 철학적 환상에 빠져 환상에서 벗어나 삶에 초연한척 한다. 마지막으로 히키는 구원을 찾았다고 하지만 그것 역시 종교에 대한 환상이다. 그들 모두는, 최소한 무의식적으로는, 자신과 서로에 대한 진실을 알고 있다. 그러나 또한 그들은 환상 없이는 삶이 지

속될 수 없음을 알기 때문에 다른 이의 백일몽을 묵인해 주며 상대방 역시 내 백일몽을 묵인해 주기를 바란다.

해리의 술집은 해저에 있는 밑바닥 술집이지만, 진실이 다가와 건들지만 않으면 아주 아름답고 평온을 주는 공간이다. 인물들은 단 하나의 교리인 '내일주의'(Tomorrow Movement)에 매달리며 조화롭게 살아간다. '내일'은 인물들의 희망이 계속 살아있게 하는 것으로, 그들은 내일은 꼭 자신들이 계획한 일을 하겠다고 다짐한다. 그러나 그 내일은 절대 오지 않는다. 왜냐하면 그 내일은 내일이 되면 또 다시 '내일'로 미루어지기 때문이다.

내일주의에 반대하며 히키는 '오늘주의'를 내세운다. 그는 인물들에게 환상이 없는 삶이 죄책감 없는 삶이라고 하며 내일이라는 꿈을 없애라고 강요한다. 이런 이데올로기의 갈등 속에서 히키의 적대자로 래리 슬레이드가 있다. 작품의 해설자이자 주인공이라고 볼 수 있는 래리는 한때 무정부주의자였다. 하지만 오래전에 무정부주의와 삶에 대해 모두 관심을 끊었다. 늙은 관중석 바보 철학자역할을 하면서, 그는 삶에 완전히 초연한 자세를 취한다. 그에게 있어 인류의 본질은 똥이고 지구상에서 인간의 운명은 정해져있다. 술집의 인물들이 그를 늙은 묘지기라고 부르는 것은 그가 죽음에 대한 생각에 빠져 있기 때문이다. 그는 조용히 앉아 죽음의 순간을 기다리고 있다. 래리는 비록 시니컬한 철학을 가장하지만, 지미 투마로의 말처럼 여기 있는 사람들 중에 속마음은 가장 여리다. "불쌍하지만 지친 늙은 성직자"로서 본능적인 연민을 억누르려고 하면서도, 히키가 다른 인물들의 백일몽을 밝은 불빛 아래 드러내려고 할 때 그들의 백일몽을 지켜주려고 한다. 또한 히키가 오직 진실만이 평온을 가져다준다고 확신하는 반면, 래리는 행복이라는 것은 오로지 상호간의 속임을 밑바탕으로 하는 것임을 안다. "진실은 염병할 무슨! 세계 역사가 증명하듯 진실은 텅 비었어. 백일몽이라는 거짓이 잘못 태어난 미친 우리 인간들에게 생명을 주는 것이지, 우리가 취했건 말짱하건." 오닐은 히키가 복음을 전달하는 행위를 실패하게 함으로써 진실이라는 복음은 모든 환상 중에 가장 터무니없는 환상임을 말한다.

오닐은 울프(S. J. Woolf)와의 인터뷰에서 'cometh'라는 동사는 "계획적으로 성경에서 따온 것"으로 이 작품은 종교적인 의미를 가진다고 하였다. 그는 자신을 영혼의 의사로 간주하며 극작가로서 자신의 임무는 "오늘이라는 질병을 뿌리 채 뽑아내는 것"이라고 하였다. 이 말은 곧 오래 된 신의 죽음을 의미한다. 오닐이 『아이스맨이 오다』에서 기독교에 대한 반감을 어느 정도 내포하고 있음은 신약성경과의 유사점을 통해 알 수 있다. 먼저 구세주로서 히키는 열두 명의 제자가 있다. 그들은 호프의 저녁 식사만찬에서 와인을 마신다. 그들이 무대 위에 모여 앉아 있는 모습은 레오나드로 다빈치의 〈최후의 만찬〉을 연상시킨다. 예수가 그랬던 것처럼, 히키가 마지막에 파티를 떠날 때 그가 처형될 것이라는 것을 안다. 세 명의 창녀들은 세 명의 마리아와 같고 세 명의 마리아가 예수를 동정하듯 그들은 히키를 동정한다. 패릿은 여러 측면에서 유다를 연상시킨다. 그는 극 중 인물 중에 열두 번째로 유다는 성경에서 열두 번째로 나온다. 패릿은 이백 달러 때문에 무정부주의자인 어머니를 배신한다. 유다는 은 삼십 냥 때문에 예수를 배신했다. 히키는 패릿의 속마음을 읽고, 예수는 유다의 속마음을 읽는다. 패릿은 비상계단에서 뛰어내려 자살하고, 유다는 높은 곳에서 떨어지거나 목을 맨다.

오닐이 이 작품이 종교적인 의미를 함축하고 있다고 언급한 것을 비추어 보았을 때, 이런 유사점들은 결코 우연이라고 할 수 없다. 히키가 한밤중에 도착하는 것도, 많은 등장인물들도 그러하다. 만약 오닐이 단순하게 인간이 아무리 바닥까지 추락한다 하더라도 그들을 지탱하는 하나의 마지막 백일몽이 필요하다는 것을 말하고 싶었다면, 네 명에서 다섯 명의 인물이면 충분했을 것이다. 굳이 열두 명이라는 많은 인물들이 필요 없었을 것이고, 작품이 이렇게까지 장황하지는 않았을 것이다.

표면적으로 아이스맨은 히키가 농담하는 것처럼 자신이 집을 비우는 동안 아내와 바람을 피우는 대상이다. 더 심층적인 의미로 아이스맨은 죽음을 뜻한다. 아이스맨은 성경에 등장하는 신랑(마태복음 25장 5-6절 참조)의 포일 캐릭터이며, 포일 캐릭터로서 신랑이 상징하는 모든 것들의 완전한 반대를 상징한다. 성경에서 신랑은 영원한 생명을 주는 예수이다. 신랑을 기다리는 것은 인간의 구원에 대한 희망을 상징한다. 결혼을 통한 신랑과의 결합은 모든 기독교인들에게 있어 궁극적인 목적이고, 의미의 실현이고, 약속의 이행이며 소망을 이룬 것이다. 간통을 통한 아이스맨과의 만남은 신랑과의 만남에 대한 패러디로 볼 수 있다. 그것은 죽음에 대한 굴복이다. 이블린은 남편에게 죽임을 당하고 나서야 상징적인 아이스맨의 팔에 안겨 평온을 찾는다. 즉 히키가 자신의 집으로 불러들인 아이스맨은 죽음이었다. 그러므로 히키, 죽음, 아이스맨은 하나이다.

철물 세일즈맨인 히키는 모든 메시야와 구세주를 대표한다. 메시야가 사람들의 일에 일일이 간섭하고 어떻게 살아야 하는지 잔소리 하는 것처럼, 히키는 인물들에게 백일몽을 없애고 현실을 직면하라고 잔소리한다. 그리고 이것이 그들을 행복하게 할 것이라고 생각한다. 그러나 당연히 그렇지 않다. 오히려 인물들은 우리(cage)에 갇힌 동물들처럼 괴로움 속에 서로를 향해 으르렁거린다. 그들은 자신들의 상처를 가리기 위해 다른 이의 상처를 할퀴기 시작하고 오래된 우정은 적대감으로 변해버렸다. 여린 마음을 가진 해리 호프조차 본인답지 않은 호전적인 성격으로 변한다. 술조차도 그들을 행복하게 할 수 없다. 그들은 숙취로 고통스러워하고 불안과 걱정 때문에 금단증상은 악화된다. 인물들은 안전한 꿈이 찢긴 채 자신들이 가장 두려워하는 '내일'을 대면하기 위해 밖으로 나간다. 하지만 모두 풀이 죽고 기가 꺾인 채 "가랑이 사이에 꼬리를 감춘 개 꼴"을 하고 돌아온다. 히키는 그들을 행복하게 하기 보다는 오히려 삶의 의지를 박탈해 버렸다. 희망을 잃어버린 인물들은 이제 지옥 속에 살고 있다. 모든 탈출구가 차단되어 버린 것이다. 그들은 진실이라는 죽음의 광선에 의해 돌처럼 굳어버리고, 휴고는 해리를 향해 "왜 그래, 해리? 이상해보여. 꼭 송장 같구먼"이라고 한다. 그들은 환상이 지탱해주지 않는 삶은 견뎌낼 수 없다. 진실은 인간을 자유롭게 하는 것이 아니라 오히려 죽게 하는 것이다.

히키가 해리 호프의 술집으로 가져온 평온은 무덤 속의 평온이다. 그러므로 히키는 가짜 메시야이다. 부활과 생명이 아닌 세상을 날려버릴 위대한 허무주의자이다. 오닐은 히키가 가짜 메시야라는 것을 그의 가정사와 심리상태를 통해 드러낸다. 목사의 아들인 히키는 열렬한 복음주의를 자신의 영업에 사용했고, 자신의 영업 기질을 복음을 전달하는데 사용했다. 이를 통해 오닐은 모든 것들을 사고 팔수 있는 이 나라에서 종교에 대한 환상 역시 팔 수 있다고 보았다. 브루스 바튼(Bruce

Barton)의 말처럼 오닐의 마음 한편에는 예수는 최고의 세일즈맨 (super-salesman)이라는 생각이 자리 잡고 있을 지도 모른다. 히키는 본 능적으로 다른 사람의 약점을 알아본다. 부분적으로는 자신의 내면을 들여다본 경험에 의한 것일 수도 있겠지만, 또 다른 한편으로는 그가 "최고의 세일즈맨"이기 때문이다. 그렇기 때문에 그는 고객의 취약한 점을 즉각적으로 알아차릴 수 있다.

히키 역시 백일몽에 의지해 살아가는 인물이다. 히키는 이블린이 자신의 죄를 계속 용서해주면서 그에게 죄의식을 심어주고 삶의 즐거움을 없애 버렸기 때문에 그녀를 죽였다. 따라서 히키의 행동은 사랑이 아닌 복수의 행위이다. 히키가 이블린에게 성병을 옮겼을 때도 그녀는 그를 용서했다. 그는 그때 무의식 깊은 곳에서 아내를 죽이고 싶어 했다. 물론 당연히 그 생각은 의식 속으로 들어오지 못했다. 왜냐하면 그녀를 사랑했고, 그녀도 그를 사랑했기 때문이다. 하지만 오랫동안 그 생각을 품어왔고 자신의 본성에 따라 호프의 술집에 가야한다는 것을 알고 아내를 죽였을 때, 그는 아편 하나를 더 조제한다. 그리고 아내를 사랑 때문에 죽인 것이기 때문에 아내가 자신의 치료할 수 없는 방탕함 때문에 더 이상 고통 받지 않을 것이라는 아름다운 백일몽을 꾼다. 사실 그는 아내의 환상을 증오했을 뿐만 아니라 아내를 몸서리치도록 혐오했다. 그가 무의식적으로 내뱉은 "야, 이 미친년아, 니가 말한 백일몽이 뭔지 이제 알겠냐?"라는 말은 그의 이런 심리를 잘 보여준다. 히키는 농담 삼아 아내가 아이스맨과 바람을 피우고 있다고 말하였으나, 사실 그는 이것이 사실이기를 바랐다. 그는 죄의식 때문에 한시도 마음 편할 날이 없었다.

그러나 히키는 곧 미쳤다고 주장한다. "세상에, 내가 그런 말을 했었을 리가 없어! 만약 그랬다면, 미쳤던 거야! 난 이블린은 세상 그 누구보다 사랑했어." 그러나 이것조차 아내를 향한 자신의 진짜 감정을 대면할 수 없기 때문에 차용하는 자기기만이다. 결국 미쳤다는 히키의 말은 거짓이라고 볼 수 있다. 이것은 사형을 면하기 위한 것이라기보다는 진실로부터 도피하기 위한 목적이다. 그는 자신이 아내를 증오했다는 사실을 인정할 수 없다. 그러나 결국 아내에 대한 사랑이 환상이었고, 아내를 증오했기 때문에 죽였다는 것을 깨닫고 "전기의자로 가고 싶어"라고 말한다. 광기는 불쾌한 현실로부터의 도피이기 때문에 히키의 심리상태는 전혀 상관없다. 요점은 자신은 진실 속에 살고 있다고 믿고 있는 히키가 또 다른 백일몽 속에 살고 있었다는 것이다. 결국 히키가 파는 구원이라는 상품은 가짜임이 증명되었다. 이블린을 죽인 후 발견한 행복감은 단지 또 다른 환상에서 오는 행복감이었다. 그러므로 해리 호프 술집에 있는 인물들의 환상을 없애려는 히키의 시도는 큰 실수이다.

인간의 마음은 사악하리만치 영리하다. 하나의 꿈이 구멍 나면, 다시 말해 우리가 우리 자신 혹은 '현실'과 마주치게 되면, 우리 마음은 얼른 또 다른 백일몽 속으로 뛰어들고 그것을 진실이라 부른다. 그리고 현실을 직면하고 있다고 말한다. 오닐은 우리가 일반적으로 환상에 의지해 살아간다는 사실을 슬프다고 느끼지 않는다. 중요한건 그렇게 하고 있다는 사실을 알고 있는 것이다. 우리는 환상에 빠져 있는 사람들을 좋아한다. 진짜 행복한 사람은 현실과 사이가 그리 좋지 않다. 진짜 현실이 무엇인지 꿰뚫어본 사람은 아무도 없다.

결국 『아이스맨이 오다』의 주제는 신이 없는 세상에서 종교적인 구원을 불가능하다는 것이고 따라서 인간은 환상 없이는 살 수 없다는 것이다. 오닐은 한 인터뷰에서 다음과 같이 말한다.

이 작품은 백일몽에 대한 극이다. 인간이 아무리 밑바닥까지 추락해도 항상 단 하나의 마지막 꿈은 남아 있기 마련이다. 내가 경험해봐서 안다.

앙드레 말로(André Malraux)는 19세기에 신이 죽어버린 후, 20세기에 인간들은 살아 남을 수 있는지 물었다. 오닐은 『아이스맨이 오다』에서 그렇지 않다고 대답하는 것처럼 보인다.

작가 소개

　유진 오닐(Eugene O'Neill)은 1888년 10월 16일 뉴욕 타임스퀘어에 있는 한 호텔인 배럿하우스(Barrett House) 3층에서 태어났다. 아버지 제임스 오닐은 〈몽테크리스토 백작〉 공연에서 에드먼드 단테 역으로 유명한 배우였다. 오닐은 1888년에서 1895년까지 특별한 집이 없이 아버지의 순회공연을 따라 미국 전역을 여행하며 호텔에서 생활했는데, 아버지가 코네티컷 뉴런던에 지은 여름 별장이 사실상 유일한 집이었다. 가족들은 이곳에 와서 여름을 보내곤 했는데 이 별장은 오닐의 자전적 비극인 『밤으로의 긴 여로』의 배경이 되는 곳이다. 오닐이 서문에서 "이 극은 눈물과 피로 쓴, 묵은 슬픔이다"라고 밝히고 있듯 오닐의 슬픈 가족사가 고스란히 담긴 극이다.

　오닐은 1907년부터 1912년 사이에 다양한 직업을 가졌다. 금광을 찾으러 온두라스에 가고, 여러 차례 배에서 갑판원으로 일했으며, 아버지의 공연을 따라다니며 일을 돕기도 하였다. 뉴욕 해안가에 있는 여인숙이자 싸구려 술집인 '지미더프리스츠'에서 알코올 중독에 빠져 지내다 1912년 자살을 시도하기도 하였다. 그 후 건강이 악화되어 같은 해 12월 24일 결핵 치료를 위해 요양원에 들어갔다가 1913년 5월 퇴원한다. 오닐은 요양원에 있는 동안 아우구스트 스트린드베리를 비롯한 많은 극작가들의 드라마를 읽고 극작가가 되기로 결심한다.

1914년 봄, 오닐은 단막극인 〈카디프를 향하여 동쪽으로〉를 완성한다. 이 극은 오닐에게 극작가로서 첫 명성을 안겨주고, 1920년에 발표된 장막극인 『지평선 너머』로는 그에게 퓰리처상을 안겨준다. 이후 그는 명예와 부를 동시에 거머쥐고 극작가로서 상승 가도를 달리기 시작한다. 1920년대와 30년대 초기까지 발표된 작품들이 성공을 이루었는데, 『황제 존스』, 『털북숭이 원숭이』, 『애나 크리스티』, 『신의 아들은 모두 날개가 있다』, 『느릅나무 아래 욕망』, 『이상한 막간극』, 『상복이 어울리는 엘렉트라』가 있다.

오닐의 생애는 그의 작품들처럼 불안정하고 파란만장하며 비극으로 뒤범벅되어 있다. 그의 친구에 의하면 오닐에게는 6개의 감각이 있었는데 미각, 촉각, 시각, 후각, 청각 그리고 비극감이 그것이다. 어머니는 출산후유증으로 마약 중독에 시달리고, 아버지는 배우로서, 한 역할만 한 것에 대한 패배감에, 형은 알코올 중독에 시달렸다. 이런 가정환경 속에 오닐은 신에 대한 반감, 인간의 고통이나 죽음과 같은 비극적인 감정에 집착했다. 그는 세 번 결혼하였고 첫 결혼에서 두 아들과 한 명의 딸을 얻었는데, 유일하게 딸만이 오닐 집안의 저주로부터 벗어난 것 같았다. 한 아들은 자살로 생을 마감하고, 다른 아들은 유진 오닐 3세인 자신의 아기가 질식사로 죽는 등 고달픈 생을 살았다. 오닐은 점차적으로 근육신경이 마비되는 신경계통의 희귀질병 때문에 고통 받았다. 초기 증상은 손 떨림이었는데 이것은 글을 쓰는 작가에게는 치명적이었다. 그는 한동안은 글을 전혀 쓸 수 없기도 했으며 최소한 1947년까지 글 쓰는 일에 완전히 손을 놓아야만 했다. 따라서 후기 작품들은 엄청난 스트레스와 육체적인 고통 속에서 탄생한 작품이라 할 수 있겠다.

오닐은 1953년 11월 27일 보스턴에 있는 한 호텔에서 65세의 나이로 생을 마감했다. 죽기 전 그는 주먹을 꽉 쥐며 이런 말을 했다고 한다. "젠장 할, 호텔에서 태어나 호텔에서 죽다니."

옮긴이 강선자
한국외국어대학교 영문학과 졸업 영문학박사
한국아메리카학회 편집이사(2013-2014)
네이버 인문교양시리즈, 현대영미드라마 해설
현재, 한국외국어대학교 실용외국어센터 책임연구원
주요논문과 저서: 「『집에서 동물원에서』에 나타난 동물성의 의의」, 『영미문학 속의 여성』(공저)

아이스맨이 오다

초판 1쇄 발행일 2019년 5월 14일
유진 오닐 지음
강선자 옮김

발행인 이성모
발행처 도서출판 동인
주 소 서울시 종로구 혜화로3길 5 118호
등 록 제1-1599호
TEL (02) 765-7145 / FAX (02) 765-7165
E-mail dongin60@chol.com
I S B N 978-89-5506-805-4
정 가 13,000원